山神

海德薇——著

感動推薦

「就算你在101上班，我的辦公室一定比你們的都還要高！」站在海拔二千公尺的工作站，對著話筒另一端的同學說。為了活下去，曾經喝著前輩一年前留下來的箭竹青苔水。原住民耆老擔心後面的路況不佳，月光下點根菸低著頭呢喃禱告著。巡山這趟路，除了保衛森林，更祈求大家平安下山。「山神」尊敬山，而不褻瀆山。用幽默的口吻把我們工作的辛苦寫了一遍，巡山巡什麼？我想這本書會告訴大家答案。

——浪漫巡山員　粉絲專頁

身為守護山林的一分子，很高興能為海德薇老師《山神》一書作推薦，這是一本專門描寫鮮少人關注，長期為台灣森林默默付出與守護的森林護管員，也就是一般人所稱的「巡山員」或「山林仔」的故事。

在海德薇老師貼近現實的描寫下，讓閱讀者能跟著她生動的文字敘述，一同走進森林護管員的世界，或許森林護管員與您日常生活毫無相關，但透過閱讀《山神》一書，會讓您對人生更有體悟，原來台灣真的有一群人無私且因為熱愛山林而默默奉獻一生歲月，只為了守護台灣森林。

當您閱讀這些森林護管員的故事後，相信一定會有深刻的體會，並以他們為榮，因為台灣有這些「山神」守護著，讓我們好幸福。

——深山特遣隊之我在山林的日子　粉絲專頁

依稀記得訪談結束後，我說的最後一句話是「謝謝妳特地選了這題材，讓更多人了解這份人數不多的職業及工作內容。」然而如今《山神》已經抄印紙本成書了；內心那份感動是溢於言表的。

森林並非集所有功能於一身，因其各有不同的屬性，而身為巡山員卻必須對所有森林中的事如數家珍，諸如取締盜伐、搶救森林火災、樹種辨識、造林監工等等。

除了專業與熱忱外，從事這份工作也要學著與自己獨處，同時亦如「葉綠儀」那般剛毅果敢的內心。

——林務局南投林區管理處水里工作站　森林護管員　吳聰志

毒蛇、虎頭蜂佐咬人貓全餐，再贈水蛭、摔車、骨折樣樣來！當然不只這些。你還可以見證山崩、洪水與森林大火。這是一本「森林護衛隊教戰手冊」。我跟隨小儀的腳步，在山中尋找她的父親、尋找她自己，也尋找著那令人敬畏的山中之神。讀完它，你既是偷窺了台灣森林之美，亦是參與了一場溫柔、浪漫又勇敢的冒險旅程。

——《森林護衛隊》導演　練建宏

推薦序　願為台灣山林帶來美好養分

林務局局長　林華慶

森林護管員，也就是俗稱的「巡山員」，雖然常常在新聞媒體中伴隨著「山老鼠」出現，但他們的職責既然是保護我們的森林，所要擔負的任務遠不只是與山老鼠鬥法而已。他們是森林的保母、森林的護衛隊，每個人都有著各自看守的轄區，在那片森林之中的每一件事，都與他們有關。

目前台灣一六二萬公頃的國有林，由一〇六四名森林護管員守護，相當於每人的負責範圍高達一四〇〇多公頃，相當於五十幾座大安森林公園，但可不是平坦好走的綠地，而是充滿艱鉅挑戰的荒野山林，每趟深山勤務，都必須身負三十公斤以上裝備，翻越崇山峻嶺、渡過湍急溪流，還得時時留意蜂螫蛇咬，甚至與台灣黑熊狹路相逢，依然要不懼險阻地完成任務。

再者，森林護管員的工作龐雜繁重，包括林產管理、林農溝通、林道維護、取締盜獵盜伐、野生動物保育救傷、外來種防治、造林工程監工、搶救森林火災以及協助山難搜救等等，簡言之，與山林有關的工作無所不包，除了過人的體力，更要有健全的心智。他們不辭風霜雨雪地在山上值勤，仰賴的完全是對山林的一片赤誠。

森林護管員背負護衛自然環境、珍貴林木的重責大任，為了查緝盜伐，還得徹夜埋伏，甚至與武裝的山老鼠正面對峙，遭遇恐嚇與暴力相向。他們是最讓人疼惜的一群，是守護森林生態的無名英雄，值得社會大眾的尊敬與支持。

也因此，林務局一直為爭取提高森林護管員的待遇而努力，也非常感謝行政院看見了這群人的辛勞與重要性，在二〇一九年核定發給護管員相當於危險加給的「山地巡護作業費」，藉以肯定森林護管員對山林的血汗付出。然而森林護管員的基本薪資僅介於二・七萬元到三・三萬元之間，就他們工作的重要性、特殊性及危險性而言，仍明顯偏低。因此，林務局仍在持續爭取能讓森林護管員有更好的待遇。

《山神》是台灣第一本以森林護管員為主角的長篇文學小說。其中「山神」的意象，是原住民敬畏的山神與祖靈，是深山特遣隊中漢人祈求保佑的土地神明，也是女主角葉綠儀因公殉職的護管員父親阿山哥。又或者，山神其實在我們每個人心中——正如女主角在面對大自然的力量時，學習到的敬重與謙卑。

《山神》一書透過虛實雜揉的描述，串起各種實際會發生的森林護管員日常，編織人物之間的友情、愛情、乃至對山林的情感，加上護管員日常會經歷的各種危機事件，帶領讀者近距離看見森林護管員的歡笑與哀愁，讀來有滋有味。

願此書的付梓，為台灣山林帶來更多美好的養分。

特別致謝

林務局保林科：劉大維科長、蔡博雅技士。

林務局南投林區管理處水里工作站：謝光普主任、森林護管員吳聰忠、
陳明田技術士，以及水里工作站人倫分站同仁。

玉山國家公園管理處：邦卡兒・海放南秘書、陳仲誼技士。

我的個人林業顧問：姚明堯、陳智真、周辰蒼。

謝謝，因為你們，才有這部作品的誕生！

01.

從打包到溜走，只花了我六十分鐘；從一段人生逃至另一段，大概需要五個小時；但是，為了做出這個決定，幾乎窮盡了我一輩子。

一路南下，天氣的變化只有熱、很熱和更熱。我的安全帽由豔陽直接加溫，像是一只悶燒鍋，讓我頭皮發癢、頭頂冒汗、大腦也在焦慮和不確定感中蒸騰，還隱隱散發油臭味。

更別提我的頸部和雙肩早已僵硬得像是忘了上油的機器，維持一模一樣的姿勢久了，幾乎在風吹中漸漸幻形為石雕，臀部則早已因麻木而失去知覺，忘了什麼叫疼痛。

頂著大太陽從桃園鄉間一路騎車來到南投市區，指針剛過中午，距離我的目的地，估計還得再三十分鐘。等待紅燈變綠的時刻，我讓白色野狼一二五停在待轉區，棲身路樹的陰影裡。

半天的時光，兩百公里的旅程，這是一趟苦行，卻也是不得不為之的決定。畢竟，若是和我即將面臨的挑戰相比，痠痛和惡臭都是小問題。

我需要我的野狼，騎車雖不是第一順位的選項，卻是連人帶車以及行李一同運至定點，最直截了當的方法。

也是最迂迴的辦法。

誰讓我像逃難一樣，匆匆拎了行囊就跑，出發前明明有充裕的時日打包，我卻選擇在倉促的清晨，草率地完成了這項任務。我不知道我在躲避什麼？是母親彷如遭受背叛的態度？還是我自己任性有餘卻欠缺成熟思慮的內心？

我的行李相當輕便，只有幾件簡單衣物和私人用品，其中最有份量的，是一個實木雕刻的小人偶，出自父親之手。木雕被壓在背包底部，猶如沉甸甸的船錨，讓我的意志不再飄搖。

為什麼偏偏帶這個木雕呢？出門在外，又不能當做乾糧充飢，也不是保暖的被褥，更談不上讓人眼睛為之一亮的藝術品。可父親的遺物只剩下這個了，我就是難以割捨……。

獲得這件禮物的時候我只有七歲，小學一年級新生，對芭比娃娃的渴望也許還更多一些。父親送了木雕給我，我順手擱在書桌上，一放就放了十幾年。從小女孩到青少女，跨越成年禮搖身一變為女人，媽媽買的娃娃早不曉得丟到哪兒去，木雕小人卻一直守在桌邊，日間伴我讀書，夜裡替我捕夢。

現在，則陪著我前往林務局位於南投的水里工作站報到，準備接下「森林護管員」一職。

跟父親之間的事情，非得做個了斷不可，省得我日思夜想，參不透他話中的意義。於是我拋下自身與文明的連結：高跟鞋、化妝品、臉書還有何宇倫，該割捨就割捨、不久留不強求，輕裝簡行，唯獨帶上了我的心結。

然而，光是那枚心結，我就快要扛不動了。

「嘿，正妹。」一聲呼喚將我扯回現實。

轉過頭，我瞥見有個男的騎著ＢＭＷ重機，一樣停靠在機車停等區。我莫名其妙地皺起眉，我已經這樣難聞了，莫非他是蒼蠅？

「妳的玩具還不錯。」他掀開安全帽護目鏡，露出自以為瀟灑倜儻的微笑。

玩具？我震驚地瞪著他，全套防摔衣，專業防撞手套，高級進口車靴，抗震腕部護具，又愛耍帥又怕死。他的車也跟主人一樣愛現，線條剛強，造價不斐，企圖吸引整條馬路上的注意力。

「這才是真正的摩托車，」他在空檔時猛催油門，「要不要我載妳去兜風？」

我厭惡地咬起下唇，生平最討厭貶低女人的男人了，我討厭他車子發出的噪音，討厭把我和他框在一起的白線，關於他的一切，我全部都討厭。

我的大腦高速運轉，拚命思索退敵的策略。

我騎野狼一二五，野狼被設計來克服各式各樣的艱難地形，有能力上山下海，卻無法以速度取勝。

好吧，既然跑不過ＢＭＷ，我也只能選擇閃躲。

對於該如何甩開他，老天立刻給了我答案，這一刻，不只是我的聽覺，連我的嗅覺也清楚地指出方向，所以我打了右轉燈。

他也跟著打燈轉彎，緊緊尾隨於後，一如我的預期。可惜層層疊疊的裝束蒙蔽了他的原始感官，我倆一前一後鑽入狹窄的巷弄內，垃圾車音樂響起，幾秒鐘後人群湧現。

那輛嗆鼻的黃色怪物迎面而來，巷子的寬度根本不夠會車，尤其丟垃圾的民眾猶如追逐浪花的招潮蟹，一波退下一波又接著湧上，丟完垃圾還不忘睨上我們幾眼。

想當萬眾矚目的焦點？這下你成功了。後照鏡告訴我，跟在我屁股後面的那傢伙臉色很難看。

「不好意思喔。」我綻放甜美笑容，滑著機車小心擠過人群之間的空隙。

至於騎乘重達三百公斤的進口高價摩托車、車上還載了他過度膨脹的自尊的那個什麼誰，理所當然被卡在垃圾車後方進退維谷。

而我，和我心愛的白色野狼一二五輕檔車，則迎著風、迎著日光、迎著清新宜人的空氣，往台16線的方向揚長而去。

02.

白色野狼是買給自己的十八歲生日禮物，連續打工兩個寒暑，一塊一塊積攢起了零用錢，象徵自己的成年與獨立。它至今車齡四年，里程數剛突破三萬，仍然穩當耐操又好騎，幾乎不曾花費我什麼心力修繕。

此際，它的輪胎隆隆運轉，載著我橫跨大橋，與夏季的蟬鳴聲相互應和，底下是波光粼粼的溪水，源自濁水溪的分流。濁水溪是全台灣最長的河川，水流沖刷過頁岩、砂岩等容易遭受侵蝕的地層，導致含沙量高於一般。

烈日當頭，於兩側路樹冠撒落成片金光，茄苳和台灣欒樹在風中抖動枝椏，篩落閃爍光澤的點點金箔。我朝河水瞥了一眼，發現水面依然恰如其分地映照出兩岸濃蔭，宛如一幀帶有模糊美感的印象派風景油畫。

茄苳和台灣欒樹皆是台灣常見的行道樹，我對茄苳懷抱有特別的情感，還記得我念的小學，校門口旁就有一棵老茄苳，它的樹皮長得粗糙不平，樹瘤也奇形怪狀，中空凹陷的樹幹宛如《愛麗絲夢遊仙境》的兔子洞。

小時候最喜歡用腳去踩掉在地面的茄苳果子了，一串又一串的褐色果實，好似迷你版本的龍眼，用鞋底輾過時嗶嗶剝剝的，果皮還會瞬間爆開，和捏泡泡紙一樣紓壓。

等到我長大了，在課堂上學到關於茄苳的知識，更是印象深刻，原來茄苳從頭到腳各有功用，它堅硬可靠的樹幹可作為建材，鋸齒狀葉片曬乾後則能拿來泡茶，從前的人還會摘來果實製成漬物。

我奔馳在南投縣的山林裡，經過集集以後，小鎮與小鎮之間，我來到一處依山傍水的路段，蜿蜒的公路循著河床持續向前，彷彿要將我帶向充滿未知的陌生境地。

目的地不遠了，我可以感覺到自己的心跳因距離逐漸縮短而開始焦躁。迎面而來的狂風向我挑釁，不斷拍打我的皮膚、拉扯我的上衣，然而我毫不在意。

好歹我也通過了森林護管員的考試，實際騎乘150C.C循環檔機車通過各種模擬路況，直線駕駛換檔且不熄火、不踩地。還有攜帶二十公斤背包的負重跑走，需於九分三十秒內完成一千公尺的距離。

林務局說，不適宜高山工作者請勿參加甄試，測驗中如發生意外應自行負責。

我說，幹得好，就是要有這種態度。

何宇倫說，才不是，巡山根本是折磨旁人，也折磨自己。

他正是所謂的旁人，儘管分手明明是他提起的，他卻責怪我親手粉碎了我們的愛情，恍如踩爛了滿地茄苳漿果。我的解讀是，誠如季節遞嬗，愛情也有花開花落的時刻，倘若無法接住熟透的果子，任由它掉在土壤上腐爛，這也是自然循環的過程。

母親的反應也很激烈，她宣稱受夠了，不希望家裡出現第二個森林護管員，還威脅只要我膽敢踏出家門，就永遠別想回去。

思及至此，我再度催促油門，讓白色野狼發出怒吼。

我在陽光燦爛的午後抵達水里，這是個七零年代因伐木業而興盛的年輕鄉鎮，居民不到兩萬人，既非歷史悠久的古都，也不是高度發展的城市，只見平坦的雙向柏油馬路和褪色蒙塵的屋舍兼容並蓄，樓房多半是四五層高的公寓或鐵皮屋，街頭巷尾隨處可見古早味麵店和不知名的超市，偶爾還能瞥見傳統柑仔店串場，給人一種半新不舊，橫亙歷史中央，位在過渡地帶的感覺。

和全台灣每條都差不多的老街不一樣，水里沒有與誰相像，它擁有獨特的性格。我想，水里是過去和未來的交界點。

對我來說也是人生道途的重要分野，從大學生到社會人士，從倍受保護的女兒到獨當一面的女人，從某人的女友到孑然一身……既然跨過了這條線，就再也沒有回頭的機會。

我經過火車站，以及一座水泥橋，在十字路口等待綠燈的片刻，我暫時從座墊上起身，讓屁股減壓，一面東張西望。

我是在北部念的大學，這輩子尚未足踏濁水溪以南，我發現此地路人的穿著打扮是種舒適自在的表態，和「時髦」二字完全沾不上邊，再低頭看看身上的排汗衫、工作褲與登山鞋，不禁苦笑了一下，確信自己會適應良好。

林務局水里工作站位於鬧街上，就在鄉公所隔壁、一間教堂的正對面，牆邊種有一排漂亮的台灣欒樹，非常好認，絕對不可能錯過。

低矮的磚砌圍牆內，是一幢綠白相間的兩層樓高建築物，佔地大約百來坪，背倚著一座小山坡，前方則是當作停車場的大面積空地，整體呈現出公家單位樸素簡約的氣質。

再細看辦公建築本身，正中央是敞開的玻璃大門，門前是突出的廊柱與臺階，門內則是接待櫃檯，以屏風隔出會客室的獨立區塊。

我將白色野狼駛入停車場，在角落找了個不起眼的位置。

想必是野狼獨特的震動節奏引起了注意，我才剛把車停妥，摘下安全帽，手指抓鬆壓扁的亂髮，讓頭皮暢快呼吸，一對身穿制服的中年男女便現身臺階頂端，笑容滿面地迎上前來。

我站在原地等待。

女人約莫四十歲上下，個子比我高一些，大概一百六十五公分左右，蓄著俐落短髮，身形清瘦健美，步伐輕快有力。她素淨的臉龐上有一對高聳顴骨，臉部線條筆直剛毅，雙眸是鹿眼的形狀，澄澈的眼神中帶有一種悲天憫人的溫柔。

至於那個男人，似是再年長一些，他有圓滾滾的身材和粗壯的臂膀，溢出皮帶的腰腹有點不受控制，噸位讓人難以忽視，整個人散發出精力充沛的氣勢。尤其他一見我就笑，笑起來時露出一對堪稱可愛的虎牙。

「葉綠儀？」男人比了比胸前，以渾厚的嗓音吼道：「上次見面，妳還不到我的胸口呢。」

「小儀，好久不見了。」女人張開雙臂擁抱我。

「陸姊、莊哥？」我紅著臉咕噥。

「一路上辛苦了。」陸姊拍拍我的背，隨即鬆開手，將我從上至下仔細端詳一遍，「都長那麼大了，變得很漂亮呢！」

莊哥和陸姊是水里工作站的夫妻檔，也是父親昔日的老戰友。莊哥是主任，主任位階是整間辦公室的最高長官，隸屬於南投林管處處長之下；陸姊的職位則是技正，於公是莊哥的秘書，於私則是他的左右手。

「歡迎妳加入我們，妳爸一定會以妳為傲。」莊哥說。

「不是要你別提起傷心事嗎？」陸姊白了莊哥一眼，口氣和藹地對我說：「妳爸離開，林務局痛失人才，我和莊哥也很難過。以後有什麼事就和陸姊或是莊哥說，把我們當自己人，知道嗎？」

「不不不，請兩位不要特別照顧我。」

「怎麼可能不照顧妳？我在妳父親靈前發過誓的！」

我斟酌著字句，遲遲開不了口。

他們倆都是好人，人太好了，還算準了時間特地出來迎接我，希望讓我有受到歡迎的感覺。問題是，我好怕自己在莊哥和陸姊眼裡，還是當年的小孩子，怕他們的關愛會越界，不敢賦予我該負的責任和鍛鍊。

「我是怕其他同事知道我和莊哥還有陸姊認識，懷疑我走偏門，或是覺得長官大小眼。」我愈說愈小聲。

沒料到莊哥聽了，喉頭爆出一連串洪亮大笑：「妳想太多了，出門在外大家必須互相照顧，工作站的同事就像兄弟姊妹，都是一家人啦。」

「妳的生活用品都準備好了嗎？盥洗用具？拖鞋毛巾？」陸姊問。

「還有些東西要買。」我嘟噥。

「我先帶妳去宿舍安頓下來，然後妳可以去附近的超市走一趟，把缺少的東西買齊。今晚好好休息，明天正式上班。」陸姊說。

「等一下，向陽他們回來了，」莊哥攔下我們，雙眼尾隨一輛駛入門口的三菱Space Gear廂型車，「既然是同一組的，順便介紹一下好了。」

「ＯＫ！」

「嘿，新人來報到了嗎？」副駕駛座車窗搖下，一名二十幾歲的男子探出頭來，毫不掩飾他的殷切期盼。

不等車停穩，那傢伙便搶著下車，小跑步來到我們面前。

「終於有新血了，而且還是女生！我們工作站總算有女生啦，老天爺，謝謝你。」男子高舉雙拳歡呼。

我必須仰起頭來看他，他長得很高，應該有一百九十公分，理著清爽的平頭，身材虎背熊腰，卻不會帶給人壓迫感。我想，多半是因為他憨厚的長相給人一種親切感。

「怎麼車沒停好就下車呢？注意安全哪，傻大個兒。」陸姊搖搖頭。

情。

「嘿嘿……」他的視線持續在我身上逗留。

「聽聽你在說什麼?子平，陸姊也是女生耶。」莊哥伸出食指，一副「你完蛋了」的表情。

「名花有主的不算嘛。」他咧嘴而笑。

「等一下，宋子平，你怎麼那麼臭?」陸姊上下打量他。

「他踩到大便了啦。」車輛停妥，車門鎖上，駕駛慢條斯理加入我們。

「大便?」陸姊捏住鼻子。

「都是楊向陽啦，明明看見路上有動物排遺，卻故意不提醒我。」宋子平一把勾住楊向陽的脖子。

楊向陽虛晃一招，以靈活的姿態甩開他，「看到黑熊，難道也要我喊你才知道跑?」

我噗哧而笑，眼前名為楊向陽的男人有張原住民的臉孔，五官如風蝕過的山壁般深邃而立體，眼底綻放純真卻坦率的光彩，身形精實健康，看起來像是運動健將。

「唉唷，在女生面前，給我點面子好不好?」宋子平求饒。

「她的名字叫葉綠儀，小儀。」陸姊把我往前推。

「妳好。」楊向陽撥開瀏海，深不見底的眼眸瞥向我，害我的心漏跳一拍。

「嗨！」

宋子平突然插嘴：「新同學，我單身喔！」

「走開，快去洗你的臭腳丫。」陸姊開玩笑地推了他一把，對我說：「去宿舍看看吧？」

「麻煩了。」

陸姊領著我走向辦公室後方的斜坡，穿越第二個停車場以後，一排與辦公室平行的房舍豁然現身眼前。工作站宿舍是一幢飽經風霜的連棟單層建築，前身是舊辦公室，新大樓蓋好以後便挪為他用。

「中央是走道，底端有公共客廳，廁所在外面，是另外獨立的空間。」陸姊替我拉開紗門，門框咿呀作響。

甫進入門內，一股蘊含潮溼氣息的陳年霉味撲鼻而來，猶如混合了森林、土壤和雨露的古怪香氛。再踏上走廊，十來間宿舍臥房隔著狹窄的廊道兩兩相望，長廊左右的牆壁是薄薄的木板牆，所以我猜隔音效果不會太好。

陸姊似是看穿了我的心思，便道：「每間房間坪數不一定，大一點的，房租也就高一些。妳的房間在角落，應該會比較安靜。」

「嗯……」

我分到鄰近公用廁所的邊間，室內大概五坪，有一扇可以眺望停車場的窗戶。前人留下了簡易的單人床架和塑膠布質衣櫃，陸姊則幫我張羅了書桌，看得出來物品都走過一段輝煌歷史，以致於佈滿了坑洞、刮痕與傷疤，彷如古戰場遺跡。

「不好意思，設備都是二手的，但是新鮮空氣無價。」陸姊笑道。

「別這麼說，我住過更糟糕的。」我回答。

這是謊話，也是實話。我其實不曾搬離開家裡，但我拜訪過大學同學蝸居的出租雅房，和林務局宿舍一樣，徒有四面牆壁和一方遮風避雨的屋頂，重點是，還沒有任何美景。

「那我先回去上班囉，有事打給我。」陸姊往我手裡塞了一張名片。

我點點頭，目送她的身影離去，四周頓時安靜下來，又只剩下我了。

我闔上房門，把稍早前打包好的行李重新自背包取出，一一放入它們的新家。內衣褲摺疊整齊，牙膏牙刷擱在案上，當我拉開衣櫃拉鍊，樟腦丸特殊的氣味立刻以排山倒海之姿傾瀉而出，鑽入我的鼻腔，佔領了腦內迴路，控制住某個負責回憶的突觸……。

我看見年幼的自己奔向父親，把臉埋進他滿是樟腦味道的褲管，父親順勢蹲下，鬆開肩上的行囊，緊緊將我擁入懷中，剎那間樟木的氣息益發濃烈，我彷彿被一整座樟樹純林包圍。

母親帶著我定居桃園，父親獨自駐守南投，我們父女倆久久才能團聚。所以，每次見面都要重演一遍拿拖鞋、倒茶水等父慈子孝的劇情，每回離別也都要上演十八相送的戲碼，直至我大到對所謂「親職」建立了主觀概念，開始會質疑父親長年離家的正當性，再也無法以小玩意兒收買，才將他排拒在擁抱之外。

一把樹果、一只雕刻、一塊石頭，都是父親餽贈的禮物。又如我帶來水里的小人雕刻也是其一，長度相當於我的手掌，握在手裡寬度剛好，觸感猶如滄桑老人的皮膚，刻劃質樸、底蘊原始，既冰涼又粗糙，還摸得到毛細孔。

說來好笑，他想擷取大自然的一部分，帶回家裡給我，多年後我卻主動走向大自然，試圖貼近他的想法、探究他的初衷，為父親的死亡與我們倆的決裂做個了斷。

最後就定位的是父親的木頭雕刻，我決定讓它站在書桌的檯燈旁，其他樹果、石頭什麼的早都不見了，我懷疑是母親偷偷丟棄，誠如父親死後，母親像是發瘋了似的，拚命刷洗父親在她生命裡並行的軌跡。

礙於木雕太過顯眼，所以僥倖逃過一劫，否則，我連這父親唯一的遺物都有可能不保。

終於，我坐在床緣，幽幽地吁了口氣。

這裡，水里，就是我未來的起點了。從宿舍步行至辦公室，只消不到一分鐘，從辦公室跋山涉水前往所負責的林地，卻可能是難以估算的時日。而我又得花多少時間，才能讓母親放心，接受我成為巡山員的事實呢？但願有朝一日，我能親口告訴母親，我在這裡很好，我是個稱職、適任、合格的巡山員。

從今以後這兒就是我的新家了，我瞥向窗外，陸姊說的沒錯，水里空氣清新，沒有林立的高樓將天空分割成奇形怪狀的銳利稜角，群山綠樹猶如用之不竭的芬多精自助吧，車聲淡去的入夜之後，應該能聽見蟲叫和蛙鳴組成的夏季大合唱。

視覺解脫了，聽覺也解脫了，就連呼吸都得到自由。也許正是這份自由讓父親長駐山林，但無論如何，追尋自由都不構成拋家棄子的正當理由。

03.

真到了離家的時刻，我才發現自己是個會認床的人。

喬遷的第一夜我沒能睡好，躺在陌生的床褥上，我彷如一座孤島，任陌生的浪潮包圍，熟悉的一切全都被推得遠去，險些睜眼直到天明。

後來我反覆思量，認為是太過安靜的關係，小鎮缺乏大都市的環境噪音，反而讓人不習慣。偏偏寂靜又是一張充滿想像力的帳子，當它網住了你，你就變成對一丁點風吹草動都心存恐懼的孩子。

深夜裡的宿舍，還真是靜得讓人發毛啊，靜到我懷疑自己都幻聽了，以為有人在附近彈吉他。清晨時分鬧鈴大作，我才發現自己糊里糊塗睡了好幾個小時。

睡眠品質自然是不好的，第一個上班日，我勉強以隔離霜遮蓋黑眼圈，再穿上巡山員制服，罩一件登山外套。搭配防曬遮陽帽以及人體工學登山背包與登山專用鞋，照照鏡子，我也算是人模人樣。

公發的巡山員制服有夏季和冬季兩種，我身上的夏季制服是一件顏色介於卡其和淺綠之間的襯衫，肩線和領口飾以深綠色塊。它的設計理念源自於「森林」的概念，質料輕薄耐磨且吸濕快乾，下半身的灰色工作褲則附上許多口袋。

除了制服，我這身行頭可是全新的，花了好幾張小朋友。我考慮過暫時拿父親的舊大衣擋一擋，初出社會手頭拮据，總得省點錢，可是父親的衣櫃都給母親清空了，捐給慈善機構或扔進了回收箱，半天都搜不出一件。也罷，每件衣料都嵌著思念，要我如何穿上？

上午八點我走出宿舍，慢吞吞地來到辦公室外，卻躊躇著沒敢進門，我聽見門內有人正議論著我。

「聽說你昨天碰見新同事？恭喜你，終於不是最菜的了。」一個被燻傷了的菸嗓問。

「新同事超級可愛，皮膚白白嫩嫩，還有一雙大眼睛。」宋子平嘻嘻哈哈的語調相當好認。

「幾歲的人？」

「大學剛畢業吧。」

「搞屁啊，她過了考駕照的年齡了嗎？錄取個小女生進來幹嘛？」

「你怎麼這樣說啦，現在不是流行什麼正妹女警、正妹議員嗎？工作站裡多個漂亮女生，大家看了也賞心悅目。」

「我們是要巡山，又不是要選美，長得美是要給山羌看還是給飛鼠看？」

我僵立原地，頓時有如萬箭穿心。

「莫名其妙嘛，哼哼，我猜她撐不過一年。拜託千萬不要把她分配到我隔壁林班，省得拖累我，還得幫她擦屁股。」菸嗓又道。

「老劉我跟你說，你不要欺負人家，她就會待得久一點啦。你不想跟她分到一組，我還求之不得咧，最好大家都像你那麼慷慨，把機會讓給我。」宋子平說。

「這裡是上班的地方，不是把妹的地方，要一個扯後腿的夥伴，是想找死嗎？說你菜還不承認，笨蛋。」菸嗓罵道。

我不由自主倒退兩步，想要遠離新同事的惡毒評價，想要拔腿轉身逃走。

這時，有人拍了我的肩一下，「小儀？」

我慌張回頭，驚覺莊哥和陸姊站在我身後，不曉得站了多久。

「早安啊。」陸姊若有所思地往內瞥了一眼，隨即攬著我的肩，道：「一起進去吧。」

拎著公事包的莊哥率先跨越門檻，他左右逡巡的如炬目光好比深夜中的探照燈，瞬間讓閒言閒語化作風消雲散。

「莊哥早！」接二連三的道早聲響起。

「嗯。」莊哥微微頷首，走進自己的辦公室。

這一刻，我意識到莊哥身為主任，必然有著不怒而威的一面，他可不是以成天談笑風生的方式在帶人。不確定他有什麼領導魅力，但顯而易見，所有人都對他心服口服。

「來，妳的座位在那邊。」陸姊笑容可掬地領著我。

陸姊又是另一種極端的例子了，她舉重若輕，看破卻不說破，是典型的四兩撥千斤。在陸姊的引薦下，我前前後後繞了一圈，和每位同仁打過招呼、收受名片、短暫寒暄。

水里工作站一共有三十多名員工，其中擔任巡山員的就有二十來個。我們這一組六個人，扣掉我自己，分別是宋子平、楊向陽、安大哥和老劉。

宋子平和楊向陽昨天就打過照面了，宋子平愛熱鬧，見了我又開始口沫橫飛地講笑話，非得讓陸姊出聲制止，把我從他面前拉走。楊向陽性子穩定些，雖是布農族原住民，卻不是那種活蹦亂跳的類型，他不愛沾惹是非，早先也沒有和宋子平他們一塊兒嚼舌根。他們倆一動一靜，恰似沉潛的山與奔騰的河，兩者自然共生。

至於另外兩張生疏面孔都有點年紀，其中安大哥是來自阿里山的鄒族，他整個人由高大硬朗的骨架撐起，身上沒有一絲贅肉，儘管滿頭白髮如冬日的塔塔加，臉龐也被歲月刻畫出皺紋，卻顯現出一種古老神木的挺拔氣勢。聽說安大哥是工作站內最年長的同仁，後年就要退休了。
我最不想面對的同仁，是背地裡揶揄我的老菸嗓。大家都稱呼他為「老劉」，是個其貌不揚的歐吉桑，皮膚粗糙，年齡介於安大哥和莊哥之間，牙齒都給尼古丁燻黃了。他好像對於招募女性巡山員一事頗有微詞，當陸姊把我帶到他面前，他竟然對我說：「妹妹啊，妳考慮清楚了嗎？巡山員很辛苦喔！」
我只能乾笑兩聲，暗暗提醒自己以後少跟他接觸。
在熟悉打卡機、茶水間和其他事務機器的位置以後，陸姊告訴我每個人都在大辦公室上班，使用自己專屬的桌椅和電腦，但莊哥擁有獨立的主任辦公室。我的座位背靠著一堵牆，左邊是宋子平，右邊是楊向陽，對面則是安大哥，和那個充滿敵意又沙文主義的老劉離得很遠，真是謝天謝地。
安頓完以後，莊哥把我叫到他的辦公室：「準備好了嗎？這幾件案子妳先看看。」
「沒問題。」我瞪大眼睛，忍住睡眠不足的呵欠。
其實我累死了，沒睡飽加上一下子要記住整間辦公室的人名，才一個上午就覺得筋疲力盡。但是我卯足了全力表現出「放馬過來吧」的模樣，打定主意絕對不讓別人看輕。
「我覺得妳可以優先處理育苗的案子，去苗圃熟悉一下環境。」莊哥挑出其中一本公文夾，從辦公椅上起身，來到門邊喊道：「老劉，你今天有空帶小儀跑一趟苗圃，把案子交接清楚嗎？」

老劉一聽，立刻扁嘴擺出一張苦瓜臉，不悅地說：「不行，我安排了別的事。」

「沒關係啦，我自己去就可以了，反正有地址可以導航嘛。」我完全、絲毫、一點兒都不想欠老劉人情。

「好吧，路上小心，好好照料苗圃，那些樹苗可都是老劉的寶貝。」莊哥交代。

「知道了。」我抓起檔案夾，迫不及待想要逃離尷尬現場。

林務局人倫苗圃位在信義鄉的山裡，距離工作站一小時車程，我騎著野狼一二五，馳騁於群峰綿延的逶迤山徑上，穿梭在起伏有致的樹叢陰影間，感覺陽光的熱度和樹影的涼意競相追逐。出門後果真輕鬆多了，不再有幾十雙好奇的眼睛盯著我。

再次回想方才的狀況，竟隱隱覺得有些動怒，莊哥要老劉與我同行是什麼意思？老劉那排斥的態度又是什麼意思？即便我是菜鳥，但我都成年了也大學畢業了，又不是還在包尿布的嬰兒，我不需要保姆。

所以我油門愈催愈緊，任由輪胎皮恣意摩擦產業道路，白色野狼的震動節奏呼應著我的心跳，我們成為蔥蘢蓊鬱之間的一道白色閃電，速度快得彷如著了火。

熄火下車時我仍餘怒未消，和我接頭的苗圃承包商陳老闆人很客氣，講話時微微欠身，雖身穿沾有泥巴的外套和雨鞋，但他不像農夫，比較像錙銖必較的商人。

陳老闆向我展示眼前的縱橫阡陌，一畦畦翠綠植株，遠看好似井然有序的菜園子。

「這邊海拔一千五百公尺，面積將近四公頃，之前主要培育的是紅檜和扁柏，最近一批是五萬棵台灣雲杉，都是高海拔造林苗木。葉小姐您看，樹苗長得多好，已經有十公分高了。」陳老闆瞇眼笑道。

「確實長得不錯。」我點點頭。

我們的苗圃位在一處面陽的坡地上，整地後以森林表層土與有機質混成培養土，土壤鬆軟且地勢平坦，上方還覆蓋了黑色網狀的遮陰棚，狹長範圍的苗床內，幼苗得到相當仔細的保護。

台灣雲杉是多年生常綠喬木，適合中性至酸性土壤、排水良好的濕潤環境，以及充足的日照。因其木材通直且肌理細緻，乾燥狀況良好少反翹，刨削、加工容易，所以經濟價值良好，常被製作成家具、樂器、樽桶、合板和木筷，應用範圍極廣。

「台灣雲杉天然林主要分布在台灣中部地區，海拔上達兩千八百公尺。我們人倫苗圃這邊是一千五百公尺，只要陽光充足，就很適合育苗。」陳老闆命令員工打開灑水開關。

我讀過公文中的契約書副本，施工規範要求廠商每週上山一趟，替小苗澆水或施肥，一切按照規定走，看起來沒什麼大問題。

「葉小姐看起來好年輕，以前有育苗經驗嗎？」

「算是……」

大學時期經常在苗圃消磨時光，但培育樹苗直到出栽，我還不曾從頭到尾完整經歷一次。

陳老闆見我不怎麼吭氣，以為我是外行人，斂起下巴抿去一抹輕蔑的笑。畢竟，除了森林、植物、園藝等農業相關科系，測量、地政、資訊系所畢業者也符合森林護管員的報考資格。

於是，他開始滔滔不絕地炫技：「台灣雲杉幾乎不需要遮蔭，不像扁柏幼年期只適合百分之五十到六十的透光度，紅檜是百分之六十到七十。像這塊苗圃，我們前年三月將浸水十二小時的種子播下……泡水可以促進發芽，這個您曉得吧？」

我心不在焉地點點頭，他說的那些，我早就知道了。

「每平方公尺，播種量是〇．〇五公升，大約可以生產一千株幼苗。」他手指著翠綠的小苗，一邊打量我的反應：「經過疏拔，正常情況下一年可以成長三到五公分，兩年是八到十四公分，三年大概三十公分左右。」

「嗯。」

「三年以內需要移植兩次以上，育苗三到四年可以出栽。」

「辛苦了。」

我在坡地上緩緩踱步，偶爾彎下腰，低頭檢視腳邊一株株枝葉繁盛的小樹苗。同時，思緒也像新木抽芽般伸展而開。

我對雲杉的好感來自於聖誕樹，台灣雲杉的葉片為針形，每年二三月開花結果，毬果呈長橢圓形，造型格外含蓄優雅，不似五葉松的菱形毬果那樣奔放，或鐵杉的迷你毬果那般小家子氣。乾燥以後，是裝飾聖誕花圈的好東西。

在時興慶祝聖誕佳節的歐美地區，聖誕樹常選用三角形狀的常綠樹木，常綠象徵永生，三角形則代表基督教中的三位一體。傳統中最常被選用的是歐洲冷杉，另外，價格實惠的挪威雲杉也很受歡迎。

台灣雲杉一樣具有常綠和三角的特質，猶記得童年時期，每到結實的季節，父親就會從樹下撿拾幾枚掉落的毬果，而且一定要外觀完美無瑕，沒有被野生動物啃食過的痕跡，再帶回家偷偷放在我的床頭，那可比得到聖誕禮物還要驚喜。

「葉小姐放心，我們和林務局合作很有經驗啦。」陳老闆靠近我。

「我想也是。」我起身。

「其實這個照料幼苗，就好比照顧新人一樣。」他意有所指地嘿嘿笑了兩聲，又道：「山上的工作不簡單，很少看到有年輕女孩子願意做巡山員耶，可見妳一定很喜歡大自然。關於這個育苗嘛，我從出社會就開始做了，有問題都可以問我。」

我注意到陳老闆在言談中悄悄將「您」置換為「妳」。簡單的一個字，隱含複雜的意義，像一顆粗糙砂礫刺痛了我的耳朵。

這是否意味著在陳老闆眼中，我的地位從高高在上的客戶跌為平起平坐的小妹？他自以為猜出我的底牌了嗎？

「總之，苗圃包在我身上，安啦！」陳老闆的手機傳來訊息提示，便滑開手機查看。

「那我先走了。」我繃著臉，轉身離開。

離開苗圃返回工作站的路上，我反覆琢磨每個人對待我的方式……。莊哥一見面就提及和父親的交情，還指派培育樹種這種最最簡單的工作給我，這到底是偏袒，還是看輕？

老劉背地裡嫌棄我是太年輕、沒經驗，還是個女生，當我的面也故意喊我「妹妹」，完全不尊重人。

而陳老闆，擺出一副倚老賣老的姿態，言語間暗諷我太過生嫩。

大家要嘛就是對我的能力存疑，要嘛就是故意讓著我，我不喜歡這樣……。

父親曾對我說：「巡山員？妳不行。」

「憑什麼你可以，我就不行？我考試都考一百，你教給我的，我也都學會了。」當時身為小學生的我，一心想要和父親同樣厲害。

「乖女兒，我相信妳很優秀，但巡山……真的不適合妳。」父親搖搖頭。

「為什麼？」我問。

「這很難解釋清楚，等妳長大以後，或許就明白了。」他說。

父親的否定在我心中打了個死結，多年來我所付出的努力，全都是為了證明我真的可以。我要他知道他錯了，我才是對的，我不僅能通過測試，順利取得資格，還會使他驕傲，一如我的童年時期。

對，我要當個真正夠格的巡山員。

強烈的信念如同一把野火，瞬間燒盡我所有顧慮，一回到工作站，我立刻衝進主任辦公室，找莊哥攤牌。

「請給我難一點的任務。」我說。

我打定主意，不達目的絕不善罷甘休，我大老遠從桃園跑到南投，可不是為了蹲在苗圃裡蒔花弄草。

「育苗很難。」

「那莊哥就太小看我了。」

「我懂了，妳覺得撫育樹苗，是大材小用？」莊哥整個人向後靠著椅背，雙手十指交扣，目光中透出精明的審視。

「我只是……」我咬牙，索性將滿腹疑慮全盤托出：「只是以為巡山員的工作會更困難些，希望莊哥沒有顧慮我是女生，所以特別安排簡單的任務給我做，我想面對真正的山。」

莊哥挑起單側眉毛，告訴我：「我當然顧慮妳是女生啦，宋子平一個人可以揹五十公斤來去自如；楊向陽就算被丟到荒郊野外，至少能撐三個禮拜；安大哥從小在山裡長大，玉山頂峰好比他家的灶腳；老劉更不用說了，一輩子都奉獻給林務局。工作除了盡心盡力以外，更重要的是自我認知，凡事不要逞強，逞強有可能害死隊友。」

我的呼吸變得濃重，彷彿有口悶氣堵在胸口。

「但，我也沒有小看妳的意思。」莊哥淡淡地說：「讓妳接手育苗的案子，是因為妳是園藝系畢業的，信任妳的專業。」
「啊？」
「巡山員的職務包山包海，日後，妳還會接觸到租地管理、步道維護和其他不同種類的林政業務。搞不好下禮拜就要上山救難，或是搶救森林火災呢，每一項工作遲早都會輪到，怎麼？妳很急著想馬上巡視林班地嗎？」
「也不是急，」我低聲咕噥：「就覺得巡山員，理所當然該巡山嘛。」
莊哥凝視我片刻，道：「本來我的領導方式，是傾向於老鳥帶菜鳥，工作一件一件按部就班交接，慢慢把新人培養起來。不過，既然妳迫不及待想要融入環境，那就從明天開始，和組員一起出門吧。」
我抬起眼，雙眸迸發驚喜的亮光，「謝謝莊哥。」

04.

我的父親是個相貌平凡的人，他身材乾瘦，個子也不高，卻有一雙充滿魅力的大眼睛。也許是大量運動的關係，新陳代謝佳，連帶皮膚也保持得很好，到了四、五十歲，臉上仍沒有一絲皺紋。

我剛出生時，大家都說我雙眼皮的褶子跟父親一模一樣，絕對是同個模子刻出來的，基因騙不了人。後來父親鮮少在家，都由母親出席學校的班親會、畢業典禮，老師和同學都以為我長得像母親，殊不知，我其實像父親更多一些。

小時候並沒有意識到，父親只是個身形單薄的普通人，只覺得他力氣很大。父親能扛著我連推都推不動的大背包四處跑，甚至能將我高舉至頭頂，拋起再接住連續數次，逗得我呵呵大笑，是我心中好比「無敵浩克」的超級英雄。

父親也像是「森林泰山」，回顧我的童年記憶，每次盼到父親放假，我們父女倆的話題總是繞著他的工作打轉。

父親會拿出一張飽經摧殘的破爛地圖，攤開來鋪在茶几上，告訴我藍色的粗線是河道，黑色的虛線是縣市區界，還有棕褐色的等高線和紅色的道路，這些線條像血管一樣，標示出地勢的高低起伏，讓地圖變成有血有肉有心跳的活物。

父親的指頭劃過圖面，對我解釋什麼是「比例尺」，紙面上一道短短五公分的曲線，實際來回一趟得走上七天六夜。

「走直的不是比較快？」年幼的我問。

「傻女兒，真正的深山裡是沒有路的，巡山員白天要從森林裡找出比較好走的地形，然後開闢出一條小徑通過。晚上則必須找個靠近水源的地點紮營，隔天才有水喝。在山裡，一切都得靠自己。」父親回答。

我聽得興味盎然，在我小小的腦袋裡，山上有森林、有溪谷、有稜線，世界是如此遼闊，圖形和線條組合成錯綜複雜的迷宮。

然而，日子一天天過去，隨著年歲漸長，雙親衝突愈演愈烈，父親偉大的形象在我心目中漸漸淡化，我赫然發現，台灣也沒有我原以為的那麼大。

三萬六千平方公里的面積，騎車環島只需要一週，哪裡有很大？把台灣放在地球儀上，根本小得像顆芝麻。

我不禁懷疑，父親為什麼花上了一輩子的時間，都還無法收工回家？

「小儀？」陸姊溫柔的嗓音猶如捕蟲網，將我紛飛的思緒抓回現實，「這樣解釋，妳聽得懂嗎？」

「對不起，我恍神了。」

「在想什麼？」

「我突然想到，我爸那個年代好像沒有電腦化，都是看紙本地圖。」

「是啊。」陸姊點點頭，「在林務局導入電腦化之前，都要拿紙本地圖出來畫巡視路線，改用電腦系統以後方便多了，過去要花兩三天準備的工作，現在只要兩三個小時就好。」

她親自教我使用「森林護管系統」，電腦螢幕上顯示出一區區林班地，它們有的是歪七扭八的四邊形，有的長得像蕃薯，而我負責的第８０８號林班，近似心臟的形狀，我的心揪了一下。

第８０８林班，鄰近塔塔加，面積一百公頃，地形涵蓋高山深谷與一條溪流，最低點海拔五百公尺，至高點三千五百公尺，部分地勢堪稱陡峭。

「知道林班地劃分的方式嗎？」陸姊問我。

我不假思索地回答：「林班劃分有人工區劃、自然區劃和綜合區劃三種。人工區劃是以方形或矩形等工整的圖形來區分，好處是林班面積大小一致，適合地形單純的丘陵地帶或人工林區。」

「嗯。」

「自然區劃則依照林場內的自然界線或永久性標誌來劃分，例如河流、溝谷、分水嶺或道路，面積大小和形狀比較不一定，但對於自然保護區有特殊意義。第三種是綜合區劃法，也就是在自然區劃的基礎上，加入人工區劃，也是目前我國採用的方法。」

「很好，新訓期間有認真上課喔。」陸姊臉上浮現一抹讚許的微笑。

「不要只會用嘴巴說，這些大學生在外面個個都是智多星，一進來林務局就變成派大星。」老劉冷笑。

儘管相隔兩個座位，不堪的奚落還是傳入我耳裡。

此刻陸姊的全副心思集中於螢幕上，專注在圖層的標記和拉線，完全沒聽見老劉說話。

我把委屈往肚裡吞，心想假以時日，等我證明了自己的能力，老劉將被迫接受我的存在，到時看他還笑不笑得出來。

「好囉，莊哥建議妳這樣安排路線。」陸姊從電腦前退開。

系統圖面上，一條蜿蜒的路徑好似銀河，在我眼前閃閃發亮。

「一般最低海拔的甲級轄區每週巡兩次，巡邏箱設在出租地或盜伐熱點；乙級每週一次，巡邏箱放在有貴重木的地方；至於位在深山、交通不便的丙級轄區，則把巡邏箱設置於路徑的出入口。上山呢，就把巡邏卡簽一簽，該記錄的拍照寫起來，不用太過擔心，反正身上帶著無線電和GPS，人不會搞丟的。」陸姊笑稱。

「我不擔心。」我說。

「那好，妳先跟隔壁林班的同事一起行動，相互有個照應。」陸姊起身環顧四周。

「選我！選我！」宋子平揮舞雙手。

「千萬不要選我。」老劉呢喃。

「那個……」陸姊的目光最後落在事務機器那邊，她對正在影印的背影喊：「向陽，接下來小儀就麻煩你囉。」

楊向陽轉過身，面無表情地點點頭。我彷彿同時聽見宋子平的嘆氣，老劉的慶幸，以及楊向陽的沉默以對。

幾分鐘後，楊向陽回到座位，收拾好桌子問我：「可以出發了嗎？」

「可以。」

此際，我身穿森林護管員制服、GORE－TEX機能褲，足套登山靴、頭戴健行遮陽帽，登山背包裡裝著早上買的飯糰和礦泉水，準備迎接我的第一次林班巡視。

「以前有爬過山嗎？」他又問。

「呃，我爬過虎頭山公園。」我說。

「公園？」老劉哼了一聲。

「其實不是公園啦，算是一種比較簡單的登山步道。」我紅著臉解釋。

「知道了。」楊向陽微微頷首。

隨後，他把背包裡的物品倒出來，再重新放回原位，簡單介紹巡山員隨身攜帶的基本配備。

砍刀是一定要的，用來開路、砍柴、防身。無線電對講機可以和工作站保持聯繫，碰到狀況需要通訊回報。GPS定位導航儀是巡山員的保命符，所到之處皆會記錄下來，方便森林護管系統追蹤。

我在腦海裡製作了一個清單的復刻，接著，揹起裝有水壺、食物和外套的背包，走入夏季溫暖耀眼的金色陽光中。

「會騎車吧？」

「當然。」

「ＯＫ！」

我們往群山的方向前進，他騎著林務局的黑色野狼，我的白色野狼緊跟在後，維持兩個車身的距離，偶爾與其他車輛錯身而過。

進入一條上山的岔路以後，兩旁的水泥房屋趨於稀疏，最終消失不見，水里市區早已不知去向，轉眼間，四周都是綠樹，我們被深淺不一的濃青黝碧包圍。

我注意到楊向陽騎車的姿態小心翼翼，不莽撞、不搶快，在遇到交通號誌前十公尺就先放慢速度提醒我，從後照鏡注意我的一舉一動，過彎時則以優美的傾斜角度滑過車道，這是對每一吋土地瞭如指掌，以及精密計算後的結果。

他打了方向燈，轉入一條遍佈石礫的產業道路。

難以會車的狹窄石子路才是挑戰的開始，這一刻我恍然大悟，楊向陽出發前問我會不會騎打檔車，意思是問我有沒有能力應付各種崎嶇又顛簸的路面。老實說，我只會騎平坦的公路。

連續的髮夾彎、盤據路肩的倒木和大石頭讓山路好比越野賽道，不僅消磨專注力，更考驗一個人的耐心和細心，我覺得自己像是極限運動選手。還好有識途老馬領路，否則我可能面臨上班第一天就摔車的窘境。

終於抵達登山口了，我們把車停在步道這端，才跨下座墊，酸麻感頓如上萬隻螞蟻囓咬皮膚。楊向陽轉身在巡邏卡上簽字，我猛搥臀部，又做了幾個伸展操，舒緩我僵硬的四肢肌肉。

「走！」他努努下巴。我發現他真的很節省口水。

「好。」我停止動作，若無其事地跟上。

我本來以為，我們會持續沿著登山步道行進，沒想到才走了兩百公尺，楊向陽忽然轉彎，一腳踏入草叢，猶如百年前的墾荒先驅，我也只能硬著頭皮尾隨。

楊向陽踩著倒下的草莖前進，每一步都用力把半垮的草稈壓得更密實，給隊伍後面的人一個方便，下次再來也比較容易辨識路徑。

「我們今天是要繞一圈嗎？」我問。

「這條是繞圈沒錯。」他回答：「當然也有些巡視路線是折返，就看實際地形，或是以走過的路徑為優先選擇。」

「那遇到懸崖呢？」

「高繞或者下切。」

「喔，我以為有垂降的機會。」

兩道古怪眼神瞥向我，他說：「又不是在拍電影。」

我聳聳肩，繼續跨出步伐，循著楊向陽踩出的踏點。

一個小時過去了，蔓蔓荒草彷彿無限延伸，放眼望去全都是樹，綠色糊成一片，我看不出有何差別。

楊向陽就不同了，他沿途左顧右盼，看起來像在認路，真是不可思議。偶爾，他會以砍刀劈砍擋路的灌木，或撥開芒草探頭張望，我羨慕他從容不迫的步履充滿自信，沒有一絲不確定。

愈往深處走，高聳的草枝愈是阻礙視線，我發現要一面注意腳踩位置，同時眼觀四面耳聽八方，幾乎是不可能的任務。

各式各樣帶刺的懸鉤子植物纏在腳畔，一不小心就會讓你失去平衡。在山裡走路，不要跌倒已是萬幸，哪還有餘力視察林班地？

「如果一邊聊天，可能會覺得比較輕鬆。」我嘀咕。

「妳說什麼？」他困惑地問。

「我說，我還以為巡山員會彼此聊天解悶呢。」我回答。

「山裡充滿危險，必須全神貫注。」楊向陽正色道：「況且，我們布農族人在山上必須遵守禁忌，一是不能嬉鬧喧嘩，二是不講黃色笑話，三是不可以放屁和打噴嚏，所以態度要正經一些。」

我無言以對。這位先生的言下之意，是說我不正經，會嬉鬧喧嘩、講黃色笑話，還會放屁囉？

「算了算了，當我沒說，真難聊。」這時，我萌生了一個念頭。

靈感來得恰是時候，我想，既然都出門了，與其悶著頭跟在他後面，他也不和我搭話，不如在嘗試中同步學習，好好把負責的區域看清楚、看仔細，搞不好會進步神速。

於是，我相中一叢莎草，打算近距離欣賞它閉合的葉鞘，然後，一腳踩上看似安全的乾草堆——

「啊！」我滑了一跤，一屁股跌坐在地。

楊向陽猛地轉身，臉上寫滿錯愕，「有沒有受傷？」

「沒事……」

「自己起得來嗎？握住我的手。」

他筋肉結實的臂膀猶如粗壯的樹藤，輕輕一扯，便將我從恐怖的吃人芒草堆中解救出來。

「謝了。」我拍去身上的草屑。

「以後記得，不要貿然踩上乾掉的芒草堆，因為我們不曉得草堆底下有什麼，也搞不清楚乾掉的芒草是單一層還是複數層。」

「我很小心，有模仿你的步法欸。」

「像這種草本與藤本植物過多的地方，其實並沒有最佳的踩踏點或步法，原則上只要可以站立、不會失去平衡、不會受傷就是可以用的踩踏點。話說回來，妳剛剛想去哪裡？」

一陣灼熱爬上我的臉頰，我實在不好意思告訴他，我想在他面前露一手，讓他明白我是最有潛力新人，太丟臉了。

不等我回答，楊向陽逕自掏出無線電對講機，「水里工作站、水里工作站，５４１２呼叫，聽到請回答。」

「你幹嘛？」我愕然。

他低頭端詳ＧＰＳ，沒有搭理我。

對講機傳出雜訊，「５４１２，水里工作站收到。」

「５４１２目前位於８０８林班地，17Ｋ入口處。」楊向陽將我從頭到腳打量一番，「同行葉綠儀滑倒，目測沒有受傷，將繼續勤務。」

我瞠目結舌，尤其在聽見「葉綠儀滑倒」這幾個字時，恨不得找個地洞鑽。

「5412回報，葉綠儀滑倒、沒有受傷。請多加注意安全。」語畢，對講機斷訊。

「噢。」我捂住臉：「這點小事不需要報告吧？」

「遇到任何突發狀況都要立即回報，規定就是如此。」他振振有詞地說。

乍聽之下不無道理，但我總覺得，好像哪裡怪怪的。

「請問，工作站的無線電對講機放在哪裡？」我問。

「大廳啊。」他說。

「了解。」我絕望地點點頭。

太好了，這下子全世界都聽說我的糗事了。

再度揮汗步行了好一段路，途中完全沒有休息，喝水也是邊走邊喝。

此際，眼前出現了一道高達一層樓的屏障，那是一座角度逼近九十度的光裸山壁，偶有突起的樹根和大石頭點綴其上。

不用垂降，但是需要攀岩哪。我的脖子呈現不自然的扭曲，引頸仰望那條不知來自何方的粗麻繩，腳底陡然升起一股冰冷的涼意。

「要爬這個上去？」我怔怔地問。

「對，上去以後就可以吃午餐了。」他一臉若無其事，講得跟坐電梯上樓一樣輕鬆，「我先示範一遍，記得要『三點不動、一點動』，反覆試探下一個落腳點。」

楊向陽簡直是山羊投胎轉世，他的十指牢牢箍住麻繩，一次攀附一段，雙腳則以相同的速率往上蹬，前後只花了一分鐘便足踏峭壁之巔，回眸時臉上帶有傲視群山的睥睨。

見他面不改色輕鬆攻頂，我還以為多簡單，當真輪到我時，才明白對抗地心引力有多困難。我手拽麻繩、腳踮石塊，咬牙切齒手腳並用使盡吃奶的力氣，掌心都磨破了兩小塊皮。

最後一步還是得靠楊向陽拉上去，等到終於攀上絕壁，我已經渾身發熱氣喘吁吁，活像剛從汗蒸幕裡逃出來，尤其衣服的腋下和背後都濕透了。

「還好嗎？」他問。

「好得不得了。」我上氣不接下氣地說。

「吃午餐吧。」楊向陽卸下背包，取出一整盒台式自助餐便當。

他怎麼有便當？我們大清早就出門了，他上哪裡去弄來便當的？

我目瞪口呆地望著他拆開橡皮筋、掀開盒蓋，秀出包含了滷蛋、炒青菜和三色豆等配菜的烤雞腿飯。烤雞腿溢出照燒醬料的香氣，滷蛋則泛著令人垂涎的油光。

反觀我的午餐，只有一顆乾巴巴又死鹹的便利商店御飯糰，搭配水壺裡的冷開水。在我狹隘的世界觀裡，上山吃飯就等於野餐，野餐的菜色就是三明治或飯糰。

「你怎麼有便當吃？」我的肚子不爭氣地叫了起來。

「可以請自助餐店老闆娘提早準備啊。」楊向陽大口咬下雞腿，含糊地問：「妳只吃一個飯糰？」

「我食量小嘛。」我乾笑著撕開包裝。

「確定？要不我分妳一點菜？」他挑眉。

「不用。」我擺擺手。

我轉過身背對他，可憐兮兮地啃起海苔包飯，盡力維持最後的尊嚴，用淡而無味的水將乾飯沖進肚子裡，不讓自己被飢餓打敗。

可是他的雞腿實在好香。我安慰自己，從明天開始，我也要去買便當，還要從星期一到星期五，把排骨、焢肉、炸魚、雞排和炒肉絲全都輪過一回。

大概下午四點左右，我們繞了一圈重返原點，騎車賦歸。

午後四點半，野狼駛入水里工作站，我倆一前一後步入辦公室。

大部分同仁都坐在位子上辦公了，宋子平瞄到我的身影，立刻送上親切的問候：「第一天還習慣嗎？」

「今天比較晚哪。」老劉意有所指地瞥了時鐘一眼。

儘管怒火中燒，無奈巡山耗盡我最後一絲精力，哪還有心情對他生氣？

我砰地放下背包，整個人癱坐在椅子上，以軟弱無力的雙手敲打鍵盤，貼上照片、輸入摘要，完成我的巡山日誌等文書作業。

傍晚五點，我準時打卡下班。

仰賴腎上腺素和焦慮感熬過一整天，疲憊終於形成撲天蓋地的倦意，將我吞噬滅頂。我隨便在附近的小攤子點了炒麵，等上菜的期間甚至打起瞌睡。

我完全不曉得自己是怎麼吃完炒麵、走回宿舍、洗澡刷牙的，只知道當分崩離析的理智拖著支離破碎的軀體上床後，三秒內便倒頭沉睡。

05.

報應來了，隔天，我全身上下都在酸痛，這種感覺很差，像是明知不可而為之的悲劇大結局，跨量級參賽的後果。

這輩子只爬過海拔五百公尺以下的淺山，不曾結交任何山友，只和晨起健行的老人打過招呼的我，憑藉「人定勝天」的信念考上巡山員。體力、肌耐力、靈活度什麼都沒有，徒有一身骨氣，卻突然挑戰起專業登山客的路徑，就算我有家學淵源，有當了一輩子巡山員的父親的基因，也無法心存僥倖哪。

乳酸堆積，讓我的肌肉從前一天的麻木躍進為鮮明的痛苦，我躺在床上，每一次翻身、翹腳的動作都拉扯著我的痛覺神經，我的靈魂被灌進了一具不願配合的陌生肉體，就連伸長手臂關掉鬧鐘，都費了好大的勁。

「好痛……」我把臉埋進枕頭慘叫。

最終，喊我起床的不是鬧鐘，而是我不服輸的意志力。

這天依舊和楊向陽搭配，計畫路線是從我的林班地進，再從他的林班地出，一次巡完緊鄰的兩個區域。

我們相處的時光比昨日更為沉默，他不擅於主動攀談，自然無話可說，而我不吭氣，是因為懶得蠕動嘴唇。我還以為原住民是大口喝酒、大口吃肉、大聲唱歌的熱情民族呢，楊向陽這個人好難懂。

他帶我通過一段非常難走的山徑，直線距離不過兩百公尺，下切高度卻超過三百公尺，還長滿了亂七八糟的藤本植物，使我的雙臂新添了無數鞭痕。

接下來的區域杳無人煙，路徑也被森林隱沒。我們在濃密的樹蔭下行進，由於難以接觸陽光，低矮的灌木和草本植物長不起來，路也變得比較好走。

盛夏的光線勉強穿透樹梢，在閃動的微風中變化莫測，我盡可能分散注意力，忽略沒有一吋不喊疼的肌肉，並想像自己的肺部變成一具泵浦，不停將氧氣注入血管之中，轉換為源源不絕的力量。

讀大學的時候，我曾獲邀參加系學會，為此，著實認真考慮了一個禮拜。要是我真的加入，也許早練就一雙強健的腿，現在也不會走得那麼吃力。可惜事實卻是我賭氣拒絕了會長的好意，提起那件事，自然又和父親有關。

問我後悔嗎？其實不會，至少在當下感到理直氣壯，事後也沒有覺得自己判斷力失常。

時至今日雖然有些懊惱，但我深諳覆水難收的道理，否則也不會活在父親的陰影中了。

超然的心態讓我暫時忘卻肉體帶來的苦痛，我們一路上與緘默相伴，只聞彼此的腳步聲。我跟著他，一步接著一步，如黃牛聆聽牧童吹笛，像訓練有素的警犬聽從犬哨的指示。

隨後，我倆來到一片稀疏的闊葉混合林地。

楊向陽規律的腳步聲驀然停頓。

前方有一棵胡桃樹，正確地說，是一棵被外力破壞得相當淒慘的胡桃樹。樹幹上劃過幾條咖啡色印記，每一道都深刻入骨，彷彿有人想撕開樹皮的面具，瞧瞧下面藏了什麼。

視線再往下，接近樹根的位置有個被扒開的樹洞，洞口附近更是滿目瘡痍，樹皮被狠狠掀起，露出韌皮部以下的木質部，樹根旁也木屑四散，好似打翻了巨人的削鉛筆機。

這肯定不是颱風肆虐的傑作，狂風暴雨會打落枝葉，卻不會剝了樹幹的皮，再者，這陣子也沒有颱風。

也不會是山老鼠，盜採盜伐講究賣相，眼前這種恣意破壞的手法太不專業了。

「我猜兇手是野生動物。」我再湊近一些。

「是台灣黑熊扒蜂窩，那個洞就是被黑熊挖走的蜜蜂巢。」楊向陽拿出相機，對應GPS座標，拍下幾張照片。

「喔。」

漆黑的毛色，潔白的V字，位居食物鏈頂層的勝利者。

台灣黑熊以水果、漿果或堅果為食，也會搗毀樹幹、挖掘泥土，取食蜂蜜或蟻窩，身為不挑食的大胃王，山羌、山羊更是黑熊飽餐一頓的獵物。黑熊通常居住在人跡罕至的深山地區，許多人一輩子只在動物園看過台灣黑熊。

這時我想想不對，突然某個回憶片段襲擊了我，讓我感到一陣驚恐。

「你是說，我們差一點就要和野生黑熊狹路相逢了？」

「還好沒有真的碰上，熊是很危險的。」

「那還用說。」

多虧我身為獸醫的前男友何宇倫，氣沖沖地質問我好好的上班族不做，為什麼要跑到深山裡當野人？還給我考了一課隨堂考，問我遇到黑熊要怎麼辦？

怎麼辦？溜之大吉啊，不然難道要和童話故事裡的小女孩一樣，去三隻熊的家中作客，坐熊的椅子、吃熊的粥、睡熊的床嗎？

何宇倫生氣極了，覺得我拿生死攸關的大事和他開玩笑。

他說，碰到黑熊要往斜坡下跑，因為黑熊前腳短，下坡沒那麼靈活。千萬不能往上坡跑或是上樹，更不能跳進水中，黑熊比人類更會爬樹也更會游泳。還罵我搞不清楚狀況，萬一真撞見黑熊就死定了，所以我至今牢記在心。

「記得南安小熊的新聞嗎？」他問。

「有啊，那隻和母熊走失的小熊嘛，後來野放回森林了。」我說。

「很多人看到小熊的照片，只覺得好可愛，壓根忘了牠們具有原始的野性，不適合被豢養。」楊向陽語重心長地說。

「我覺得哺乳類小時候都很討喜，但也明白野生動物的本性難以馴化。」

「所以妳不是那種在動物園裡到處尖叫『好可愛唷』的女生？」

「當然不是。」我瞪他一眼，對他的說法嗤之以鼻。

「那就好，不用我來提醒妳，我們是在工作，不是在郊遊。入山必須隨時隨地保持警覺。」他說。

我忍著翻白眼的衝動，拜託，我何嘗不清楚大自然的危險性？聽說我考上了巡山員，每個認識的人都面露不可置信，每個人也都對我耳提面命，若是無法勸阻我打消念頭，起碼交代我務必保護自己。

所有人彷彿看著同一具提詞機，複誦出千篇一律的台詞。我很想對他們大吼，說我已經準備好了，這份堅決可是拿愛情和親情換的。

「你不用煩惱我，在山上我自己會注意，男人辦得到，女人也可以。」我補了一句。

楊向陽滿臉莫名其妙，「嗯？」

「沒事，我說我要上廁所。」我嘆氣。

每次開口請楊向陽稍等我五分鐘，我都覺得很不好意思，長那麼大了，上廁所居然還得向人報備。

在荒郊野外脫褲子這件事也讓我糾結好久，不只對蟲咬屁股心懷恐懼，而是如此原始、野性又回歸自然的作法，讓我感覺自己與文明世界好遙遠，彷彿在演化史的進程上，自己與猩猩猴子更接近一些。

膀胱快要潰堤了，我勉為其難踱至幾公尺遠，給自己找了一處草少的空地，就地屈膝蹲倨。

因為不想製造出水流聲，我稍微施加力道，慢吞吞地解放，尿完後擦拭乾淨，把用過的衛生紙摺好，放進深色塑膠袋裡。

接下來的行程和前一日差不多，我們穿梭在針闊葉混合林之間，樟科與殼斗科的樹木錯落，赤楊與山麻黃散生，碧綠如茵的峻嶺坡地上，偶爾鑲嵌著一片片桂竹和孟宗竹，綠色漸次增減，像是不規則切面的綠寶石，閃爍著不同的深淺色調。

說來奇怪，當肌肉酸痛到達一定程度，不知不覺中好像又慢慢恢復正常，彷如疼痛指數觸底回彈。莫非持續勞動是一種復健？好比宿醉的隔天，要再喝兩杯來解酒，一個以毒攻毒的概念。

況且累歸累，心情總是踏實的，我逐漸擺脫初來乍到的生澀，一點一滴累積巡山知識，也算是得償所願。

「下雨了！」我攤開手心，迎接沁涼雨絲。

「無所謂，毛毛雨而已。」他頭也不抬地說。

「喔。」我聳聳肩。

似乎我也日漸習慣了楊向陽的淡漠，說他隨遇而安也好，無動於衷也罷，於我來說，只要是能對我一視同仁的夥伴就好了，絕對比費洛蒙大爆發的衝動男人，或更年期作祟的愛生氣阿伯來得強。

幾分鐘後雨勢轉大，水幕從天而降，我倆迅速穿上雨衣。

「不先找地方躲雨嗎？」我問。

「這是典型的夏季雷陣雨，一會兒就停了。」他束緊帽兜，不打算耽擱片刻。

大雨炸下，自龐大的樹冠和枝葉層層篩落下來，變成一串串剔透珠簾。每一次天際閃爍，震耳欲聾的響雷便緊跟在後，一明一滅，一明一滅，雨珠綻放銀光。

「如果雨勢太大，我們需不需要折返？」

「那今天不就做白工了？同一條路線，還得找時間再走一次。」

我仰望天際，還是有點擔心，「可是我們不會被雷打到嗎？」

「又沒有人叫妳爬樹。」他瞪大眼睛。

「噢。」

我瞄了GPS一眼，我們位於海拔九百九十六公尺的高度，方向往北。

這場雷陣雨模糊了前方的視線，我們放慢速度，走在泥土、落葉和雨水交織而成的濕滑地毯上，格外小心腳下的泥濘和水窪。我看看自己的登山靴，又望向楊向陽的高筒釘雨鞋，默默在心中的購買清單上多添一筆。

身上密不透風的防水布將裡外分隔成兩個世界，雨衣外層是潮溼的水漬，內層卻是沒有出口的襖熱體溫，讓雨衣帶有黏膩的觸感，貼在皮膚上極不舒服。

可是巡山是我自己選的，我自做自受，所以也沒什麼好抱怨。再說，冒雨工作雖麻煩，在內心深處，我其實有些感激楊向陽不把我當作柔弱的女孩看待。

撥開樹枝，跨過水潭，繞過糾結的林木。

滴滴答答的雨聲淹沒了聽覺，讓生命力旺盛的森林陷入沉寂，呈現一種既嘈雜又安靜的和諧。

半小時後天氣果然放晴了，我們脫下雨衣，以比較輕鬆的方式徒步。陽光在水氣折射下顯得異常刺眼，半空中浮現光粒，讓整座森林閃閃發亮。

忽然，一個不速之客打破了恆定的規律。

「嗡……」

還來不及反應，一隻虎頭蜂猛然便撞向我，猶如黃黑相間的轟炸機，直接螫上我的左手背。

我先是一愣，前五秒驚訝到腦袋一片空白，五秒後則痛到臉色慘白。

「啊？」我發出淒厲哀號。

「葉綠儀？」楊向陽像一陣旋風衝到我身邊。

我茫然地想著，即使我沒有生過小孩，但我很確定被虎頭蜂螫到的痛楚，絕對堪比撕開會陰扯出孩子。

真不明白自己是怎麼惹上牠的，我已經穿了淺色衣服，身上也沒有塗抹任何氣味明顯的東西，更沒有聽見蜂類特有的振翅鳴響。

啊，可惡，一定是大雨掩蔽了虎頭蜂巢的蹤影，讓我們不知不覺侵入牠們的領域。

「小儀？」

我整個人搖搖欲墜，腦袋猶如灌了水泥。楊向陽讓我靠在他身上。

「現在怎麼辦？你要尿在我的傷口上嗎？」我眨眨模糊的眼睛。

「對不起，我沒注意到蜂窩。」他的聲音滿是自責，「走吧，我帶妳去醫院。」

楊向陽攙扶著東倒西歪的我，好不容易回到馬路上，此時，我已經頭暈目眩到了宿醉的程度，對於方向和光陰的流逝渾然不覺。

他當機立斷，把我的白色野狼留在山上，騎他的車載我下山送醫院急診。

好想吐，可又吐不出來，我連感激的話都說不出口，只覺得呼吸困難，全身喪失力氣，雙眼難以聚焦，看東西都是花的，彷彿面前有個五彩繽紛的巨型萬花筒轉啊轉。

我在醫院躺了半天。

透過照料我的護理師以及前來探望的同事之口，我才拼湊出後續的事情發展：抵達醫院後我吊了點滴，楊向陽始終隨侍在側，為了接我出院，他特地回到工作站換開公務車。等我被楊向陽和宋子平兩人扛回宿舍房間，接下來睡了一個漫長的美容覺，半夢半醒之間，曾經勉強睜眼對莊哥和陸姊傻笑。

隔天我的左手掌腫得像麵龜，手指也無法彎曲，呼吸仍舊不太順暢，喉頭好似噎著一口痰。

我掙扎著想要走出宿舍房間，卻被陸姊按回床鋪上，楊向陽替我請病假，宋子平則幫我把水壺灌滿水，為了避免我餓死，還專程買來兩個三明治。

完全康復以後，我把《野外求生守則》重新複習了一遍，透過這次教訓，我學到「不去招惹蜂類，牠就不會主動攻擊你」完全是錯誤的觀念。蜂類拒絕人類進入牠們的認知領域，尤以虎頭蜂的敏感度和攻擊性為最，遠超過台灣所有蜂種。

倘若虎頭蜂朝你飛來，就要立刻後退或避開，同時撥弄草枝回彈，擾亂牠對氣流的判斷。

絕對絕對不要讓虎頭蜂有機可乘，假使牠發動攻擊，便會引來大軍出動，留在皮膚內的警戒費洛蒙可好比插上旗幟般招搖。

只要發現自己被盯上了，別懷疑，三十六計走為上策。

《葉綠儀的巡山日誌》：第一天滑倒。第二天被蜂螫。第三天告假。

何其有幸，我破了水里工作站有史以來的記錄。

06.

「知道子平為什麼最近心情很好嗎？」老劉幸災樂禍地說：「因為他不是最菜的了。」

「知道為什麼你老婆最近比較少打電話找你嗎？」宋子平反問。

「啊知？」

「因為我讓她太累了。」

「混帳東西！」老劉氣得面紅耳赤。

宋子平不理他，紅著臉遞給我一個鮮豔的包裝袋，「小儀，這個送妳。」

「是什麼？」

「便利商店新出的巧克力，日本進口的喔，讓妳在山上肚子餓的時候補充熱量。」

「不用破費啦，我自己有準備餅乾。」我把巧克力推回去。

「沒關係，一點小錢而已，莊哥交代我們要有同事愛嘛。哪像某人。」他又把巧克力推過來。

「好吧……謝謝。」

自從我銷假上班以後，辦公室內每天都上演相同的戲碼。宋了平獻殷勤，老劉調侃他順便奚落我，讓我很難為情。

被蜂螫的手指消腫很快，但要讓同事們的閒言閒語完全消失，可能還得花上很長一段時間。所以我盡量待在外面。

午後雷陣雨像是打定主意賴在水里不走，所以，大雨過後的登山步道維護，就成為這陣子巡山的重點任務之一。移除倒木、清理路面的殘花落葉和枯枝、確認沿線設施有否損壞，我和楊向陽日復一日做著宛如清道夫的工作，希望登山客享受美景的同時也能安全無虞。

這天，他帶我走訪一條未曾謀面的路徑，我們小心翼翼跨過因雨水沖刷而土石鬆軟的坡道後，進入一片茂密的灌木林。

植物會告訴我們很多事，像是自然界的老師，藉由一株植物的品種和特殊習性，能判斷出該地的溫度、濕度、高度、緯度等地理環境。

例如擁有鐵灰色樹幹的鐵杉，生長高度介於雲霧帶和雪線之間，且位處於潮溼的北向坡，而非面南的乾燥坡段。一般而言，南向坡比較常見到二葉松、赤楊和栓皮櫟。

蜂螫卻大難不死以後，出門我必定全副武裝，腳上也換成了嶄新的釘雨鞋，雙手則無時無刻戴著手套，儘管又悶又熱，我還是不敢脫下，就怕碰上令人聞風喪膽的「咬人貓」。

咬人貓別稱蕁麻，多年生草本植物，莖葉上長滿了尖銳刺毛，植株高度大約是七十到一百二十公分，經常分布於陰暗潮溼的林下。不仔細看，會以為是再平凡不過的野草，但若真的沒看仔細，被咬人貓咬一口，那可就吃大虧了。

我和咬人貓的第一次肌膚之親，是在大學時代。

其實記不清楚當下的時空背景了，但對於自己沒事找事，在不熟悉的草叢裡東摸西摸，結果好死不死去摸到咬人貓的葉片，剎那間彷如觸電的刺痛感受，至今仍難以忘懷。

咬人貓全株生有一種「焮毛」，碰觸肌膚時會伺機注入「蟻酸」，讓人疼痛難耐有如蟻囓，要等到一兩天後才會消除。

我自己是皮膚發炎長達整整四十八小時，連敲鍵盤打報告都得咬牙硬撐，中間一度心灰意冷到不想提起筷子，打算吃流質食物裹腹。兩天之後，紅腫才開始慢慢消褪。

所以當我考上巡山員，便決定無論氣溫是三十六度還是六度，我都要戴著手套。

事情還沒完，有一天，宋子平耐不住好奇，問我關於手套的偏執，聽完以後他建議汰換掉一般的棉質工作褲，改穿加上塗層的雨褲上班，原來他也有一段與咬人貓糾纏的血淚史，最後是刺穿棉布的咬人貓大獲全勝。

身上的裝備愈加愈多、愈換愈高級，每次瞄到巡山員前輩們只穿便宜的路邊攤短袖出門，我都感到不可思議，聽說他們早就對咬人貓免疫了，不管被咬幾口仍然面不改色。

我認為這是一個生物演化的過程，好比人類用雙腳站立，猩猩卻用四肢爬樹。或許有一天，我也會慢慢摘去披掛全身的一件件保護。

「停一下。」楊向陽猝然停步。

「怎麼了？」

「有人的腳印偏離步道，我們去看一下，是不是登山客迷途了。」

我們轉向往東走，經過幾叢草本植物，楊向陽宛如一隻經驗老到的獵犬，不停搜尋前人的蹤跡，十多分鐘後，我們仍舊沒看到半個人影，倒發現一棵讓人驚艷非凡的七里香。

「噢，老天！」我張大了嘴巴。

「以前都沒注意到這棵七里香，藏得真好。」楊向陽喃喃說道。

七里香是俗稱，「月橘」才是正式學名。眼前的七里香姿態旖旎，讓周遭其他棵樹全都相形失色、淪為背景。它高度大約兩公尺，枝椏彷若修長的雙臂，以四十五度角朝天空伸展。且它的樹型旋轉扭曲，樹幹上突起的節點則好似舞者以單腳站立，並屈膝拱起了另一隻腳。

「太奇特了，難得能遇見這麼特殊的七里香，就好像……」

我由衷讚嘆：「像跳芭蕾舞，好美。」

「的確。」他點頭。

我和楊向陽並肩而立，以欣賞藝術的崇敬目光凝視它，就像沈醉在舞者曼妙的舞姿中，久久無法回神。

這陣子在山上走跳，就算沒看遍上萬棵樹，起碼也目睹過上千棵吧，卻從來沒見識過如此巧奪天工的神物。光是欣賞它優美的樹型，都能讓人忘卻時光的流逝，長途跋涉的辛苦也全都值得了。

「一定要好好保護這棵樹，不能讓山老鼠染指。」楊向陽語氣堅定地說。

隨後他取出胸徑尺，幫樹量起胸圍，又拿出數位相機，在各個角度拍照存檔。

月橘是常綠灌木，樹幹介於淡黃和灰白之間，花朵散放濃郁而獨特的香氣，因而得到「七里香」的美名。它的花期是四到九月，花朵可提煉精油，曬乾後還能製成花茶。

造型獨樹一幟的七里香是園藝造景市場的搶手貨，因生長速度慢，樹幹九十年才長十公分，更凸顯它的珍貴性。有些七里香樹型非常乖張，由於奇貨可居，深受園藝家喜愛。

「胸徑多少？」我問他。

「十七公分，樹圍五十六公分。」

「那大概幾歲？」

「推估大約一百多年。」

「哇，已經活了一個世紀，我還要喊它一聲前輩哩。」

「阿里山神木有三千歲，比起來，這棵還是小朋友。」

「所以我們要好好呵護它長大。」我靈機一動，建議：「不如給它取個名字，叫『跳舞七里香』？」

「好。以後每次巡這條路線，都繞過來看一看。」他走上前去，掌心貼合樹皮，一遍又一遍地給予最輕柔的撫觸，對它許下承諾。

跳舞七里香的葉片迎風搖曳，樹冠沐浴在仲夏的日光中，彷彿戴著一頂熠熠生輝的金色冠冕，是高貴的天鵝湖公主。

楊向陽和我繼續站了好一會兒，仰望直達天際的樹梢，在靜默中感受這一刻的神聖。

07.

在我過往的生命中，也曾出現鍾情於某件事物的男人，也會將對象擬人化。只不過他執著的不是植物，而是動物。

我和何宇倫邂逅於校園中的一處花圃，當時我正拿著紙筆前往，準備替悉心照顧的植物做記錄，卻發現有個傢伙佔了我平常的位置，完全沒有讓開的意思。

對方長相斯文，身材修長瘦高，戴著一副粗框文青眼鏡，正心無旁騖地觀察著……一隻肥胖碩大的毛毛蟲。

我的白眼都快要翻到天上去了，那毛蟲一點都不可愛，通體螢光綠色好似一坨詭異噁心的史萊姆。然而，那傢伙痴迷的模樣，彷彿眼前扭腰擺臀的不是毛蟲，而是他的夢中情人。

「咳咳！」我清了清喉嚨。

他抬起頭，視線對上我的，露出一抹陷入情網的微笑，「妳也喜歡毛毛蟲？」

「稱不上喜歡，但是，如果你能把你的寵物帶走，別讓牠吃掉我的作業，我會相當感激。」我雙手抱胸。

「喔，抱歉。」他小心將毛蟲撥到手心，鏡片下的眼睛眨啊眨，「那妳喜歡狗嗎？」

雖不明白他變換話題的邏輯，但我確實喜歡狗。

「喜歡，可惜家裡不能養。」

「我有兩隻哈士奇。」

「哇，兩隻？」

於是，他幫我解決了毛毛蟲的麻煩，我則獲邀去他的租屋處看那兩隻哈士奇。然後我們相約蹓狗，約出去幾次，就開始交往了。

相戀兩個月後的某一天，我突然萌生困惑：獸醫系學生的研究對象多半是貓啊狗啊的哺乳類吧？我只聽說過看狗貓的獸醫，或嚙齒類專科的獸醫，從來沒見過幫毛毛蟲看病的寵物醫院。

抵擋不了我的連番逼問，何宇倫只得老實招來。

他承認毛毛蟲事件是籌劃了一個多月的佈局，那天之前，他在花圃碰過我幾次，心裡懷抱好感，卻苦無認識的機緣。

多麼用心的搭訕哪，說起來，還挺浪漫的。然而荒謬的是，最終我和何宇倫分手了，卻走進森林工作，每天見到的蟲子不計其數。搞不好我接觸動物的機會，比一名執業獸醫還要多，好比現在。

「如何？」我問。

「沒救了。」楊向陽跪在牠身邊，哀傷地嘆了口氣。

那隻毛茸茸的動物倒臥在地，左前腳被獸鋏困住，頭垂在胸前，明顯已經失去生命力，僵硬的模樣猶如做工精緻卻沒有靈魂的絨毛娃娃。

獸鋏是巡山員的大敵，雖說是針對野獸放置，卻很有可能傷害到人，之前曾有巡山員誤觸導致大腿被刺傷，而搜救犬的領犬員也會考量到狗狗的安危，不敢放狗搜索以致於影響山難救援。

之前的新聞也報導過，山區發現不少斷手斷腳的台灣黑熊，追根究柢，正是因為誤中陷阱。通常捕捉山豬或山羌的陷阱不夠力，夾不住成年黑熊，黑熊乾脆拖著索套一起跑，使被勒緊的趾頭或腳掌壞死。有的黑熊為了逃命，甚至會咬斷自己的手腳以求脫身。

儘管原住民獵捕有嚴格規定，獸鋏不屬於傳統打獵方式，違反野生動物保育法，不知為何，我們還是有拆不完的獸鋏。

我湊得更近些，從楊向陽背後探頭查看屍體。牠身上的毛皮主要是黑色，後頸至上背部則是鵝黃色，除了被金屬狠狠嚙住的前腳以外，沒有其他明顯外傷。

「什麼動物？」

「黃喉貂，二級保育類動物，應該是活活餓死的。」

我仔細端詳牠，發現黃喉貂的死狀非常怪異，雖然後腳被卡在定點，整個身體卻以不自然的姿勢扯得老遠，像是寧可忍受被撕裂的劇痛，也要拚了命逃離那只金屬殺人器具。

這個念頭讓我十分感傷，「你打算拿牠怎麼辦？」

「帶回去給安大哥。」楊向陽說。

「啊？」我以為自己聽錯了，「該不會到頭來，你們要吃了牠吧？」

「不然呢？」楊向陽開始動手拆除獸鋏。

「把牠埋了呀，吃掉牠……很殘忍欸！」

「怎麼會？牠都死了，我們不該浪費老天爺賜與的食物。難道妳不吃牛肉、豬肉和雞肉？」

「吃啊，可是我只吃超市賣的，那種看不出本來形狀的肉。黃喉貂有臉欸，有五官有表情，會讓人對牠的遭遇感同身受。」

「不管是動物還是植物，都是生命的一種型態。有生就有死，生死是生命的必然。」

「這我倒沒想過。」我嘟噥。

「上次安大哥帶臘肉來，妳不是也說好吃嗎？」

「臘肉不都是用豬肉做的嗎？」我呆了半晌，山豬落入陷阱的畫面緩緩於腦中成形，

「算了，還是不要告訴我好了。」

08.

「小儀，來一塊吧？從前我們山上的老人家，最喜歡吃我做的這個肉乾了。」

高瘦挺拔的安大哥是個信仰虔誠而且敦親睦鄰的好人，他捧著一碗公肉乾，沿著座位分送給每位同仁試吃，白髮下的臉龐堆疊出一條條親切笑紋，讓人難以抗拒。

可是我正在處理一件棘手的案子，沒有心情吃零食，再者，我最近很怕吃到來路不明的肉類。

「我不想吃，謝謝。」我一手抓著電話筒，朝他搖了搖頭。

「很好吃耶！」宋子平笑得傻氣，把一片肉乾塞進嘴裡，又伸長了手往碗裡偷抓。

「噴！」安大哥拍開宋子平的手，「分一點給別人。」

「就是啊，大塊呆。」老劉齜聲，露出泛黃的牙齒。

「小儀太瘦，小儀可以多吃。」安大哥再度把碗公遞到我面前。

盛情難卻之下，我面色尷尬地問：「這……該不會是上禮拜，向陽帶回來的黃喉貂吧？」

「妳說那隻在山上撿到的獵物？」安大哥問。

「獵物也可以吃啊，不然要幫牠火化買塔位喔？」老劉嗤之以鼻。

「不是啦，是山豬肉，我朋友自己養的。」安大哥說。

「好，謝謝。」我勉為其難拿起一片肉乾，等到安大哥走遠，轉身就塞給宋子平。

手裡的話筒傳來第N次嘟嘟聲，我厭煩地掛上電話，雙手捂住臉，五官痛苦地擰在一起。

已經不曉得是第幾次，蔡先生又掛我電話了……。

我從來沒有像這樣苦苦追逐一個男人，一個對我視若無睹的蠻橫男人，可是為了工作需要，我卻不得不扮演拿熱臉貼冷屁股的跟蹤狂角色。

「怎麼啦？」陸姊湊巧經過，見我臉色不對，便問：「有什麼困難？要不要跟陸姊說一說？」

我看著那雙有如母鹿般的慈悲雙眸，本來想硬著頭皮自己解決，死撐到底的，卻被她眼中的那份溫柔母愛給融化了。

「唉。」我長長地嘆了口氣，在感受到老劉投射而來的責難目光後，抓著陸姊的袖子低語：「走，我們到外面說。」

我和陸姊走出辦公室，來到門廊的柱子旁，我遙望遠方青山浮雲，見卷雲如飛絮如流瀑，恰似我千絲萬縷的煩憂，忍不住將這陣子的心事全都傾瀉而出……。

在我負責的第８０８號林班地附近，有一區原住民族聚落，其中一戶姓蔡的人家，房屋和土地等私人產業正好緊鄰國有林班。本來雙方相安無事，平常也沒有交集，然而，近來我接到指示，受命調查８０８林班的一處「變異點」。

所謂「變異點」，指的是國土測繪中心的衛星照片拍到異狀，地貌有所改變，上一季還是綠色的土地，這一季卻突然變成咖啡色，表示該地可能發生崩塌、土石流，或者盜墾、盜伐的狀況。

我按照地標親自跑了幾趟，查出有位姓蔡的居民偷偷將農地向外拓展，越過私人地界，侵佔了部分國有地。也許他自以為神不知鬼不覺，但是肉眼難察的情況，透過衛星可是看得一清二楚，於是演變為一宗侵佔國有地的案件。

我試著聯繫蔡先生，早中晚按照三餐問候，可是打他的家用室內電話沒有人接，撥他的手機號碼確實通了，蔡先生卻在我說明來意後，破口大罵我是詐騙集團，然後憤憤地掛斷電話。

後來他乾脆拒接，鈴聲剛響起就轉入語音信箱，無論是我個人的號碼還是水里工作站的代表號都一樣，他已經認定我是個騙子。

我也曾直接登門拜訪，到他家門口呼喊，揮舞手裡的公文，沒想到他竟然直接無視我，關在屋內足不出戶，也不想知道是什麼事。

「奇怪欸，我說話有大陸腔嗎？」我逮到機會向陸姊大肆抱怨，「他以為他是誰？莫名其妙的刁民，非要我到他家門口露營堵他？根本考驗我的脾氣嘛。」

「讓向陽陪妳跑一趟好了？他有滿多和承租人接觸的經驗。」陸姊提議。

我立刻聯想到老劉無情的取笑，把頭搖得像波浪鼓：「不不不，我不想麻煩別人，我份內的工作，自己可以搞定。」

從小到大我都很少開口請求幫忙，不喜歡欠人情，更討厭示弱。我可不是那種嬌滴滴的公主，需要勇士救駕或僕人伺候。

「陸姊不是質疑妳的能力喔。」她似是看穿我的心思，柔聲勸道：「妳說蔡先生是原住民對吧？有時候原住民對另一個原住民面孔，比較容易放下戒心。」

「還有這種事？」

「讓向陽幫妳起個頭，先和對方認識一下，見面三分情嘛。之後再讓妳繼續處理，搞不好事情就成了。」

「三番兩次讓向陽替我解圍，又是虎頭蜂螫，又是滑倒的，我實在沒那個臉拜託他。」
「妳臉皮薄，陸姊幫妳說呀！」
陸姊回到辦公室把楊向陽喊來，私底下說明原委，後者很爽快地答應了。
「我們明天就去他家。」楊向陽推測：「星期六，家裡應該有人。」
一切敲定以後，我突然有種心安的感覺，楊向陽是可靠的幫手和盟友，而且，以楊向陽低調的個性，我不擔心他大肆聲張。
我們在約定好的時間集合，分別騎兩輛野狼上山。
這次我可是抱持著不達目的絕不善罷甘休的心情出發，畢竟，同一條路我走了不知道多少回，每次都吃閉門羹，案子進度也一拖再拖。
山是一樣的山，樹也是一樣的樹，但隨著造訪的次數遞增，我的信心指數直直下降，看同樣的景致也愈來愈不順眼，彷彿透過一層憤怒的濾鏡看待世界。只要遠遠地瞄到蔡家的房產，即便只是籬笆，都會讓我產生沸騰的焦慮感，胃裡住著一把灼人火焰。
到了！我倆在路旁熄火停車。
蔡先生的家坐落於半山腰上，是一間木板和鐵皮結合的簡單作品，門口懸掛著陳年聖誕吊飾和金蔥條，院落則繞以竹籬笆。雖說是原住民聚落，其實和左鄰右舍都隔著一小片樹林，所以保有相當的隱私。也就是說，我連想找個鄰居打聽消息都困難重重。

他的房子極其普通，讓人望而生畏的是隔壁那棟他祖先留下來的原住民傳統石板「家屋」。布農家屋帶有一股文化遺產的氣勢，似是讓每一個踏上土地的外人，都感覺自己受到監視。

此刻房子裡外毫無動靜，我瞥向窗門緊閉的屋舍，覺得它像是一張拒絕溝通的臉，蠻橫又霸道，眼角和嘴唇拉成繃緊的直線。只能暗暗祈禱今天可別又是虛擲光陰、白忙一場。我不想再浪費時間，尤其不想連帶拖累了楊向陽。

「我懷疑蔡先生又跟我玩起躲貓貓。」我站在門口張望。

「特地挑週末突襲，一定有人在，走吧。」他輕鬆自若的態度，暫時穩定了我浮躁的心緒。

「要直接去敲門嗎？」我問。

「先打打看手機好了。」他說。

「嗯。」我快速按下撥號鍵。

一陣輕快的電話鈴聲在屋內爆開，洩漏了屋主的蹤跡，我和楊向陽對看一眼。

三秒鐘後，鈴聲猝然休止，在空氣中畫下突兀的斷句。

「明明就在家。」我索性扯開嗓門大喊：「有人在家嗎？蔡先生在嗎？」

繞著圍籬走了五分之一，我聽見窸窸窣窣的腳步聲自屋側傳來，一個原住民小男孩探頭，帶著滿臉好奇，靈動慧黠的眼眸好似閃爍的星星。

他真是個漂亮的小男孩，大概七八歲，打著赤腳，個頭不大，洗舊了的衣褲沾滿泥巴。

「嗨？」我試探地喊出聲。

小男孩眨眨眼，一溜煙竄到門前，隔著低矮的籬笆和我對望。

「你叫什麼名字？」我問。

「不告訴妳，老師說不可以跟陌生人講話。」小男孩雙手抱胸。

「人小鬼大。」我忍著笑意，正色道：「可是你已經跟我說話啦。」

「那不算，是妳說要找蔡先生的，我就是蔡先生。」小男孩揚起下巴問：「妳是誰？」

「我是葉姊姊。」我說。

「那他又是誰？」小男孩伸手指著楊向陽。

「他是我同事，楊哥哥。」我彎下腰，平視他的雙眼，道：「我們是林務局的員工。」

「領悟局是什麼？」

「林務局啦，就是一種公家單位……政府機構。」

「我爸說政府的人都是騙子。」

我不禁啞然失笑，打開背包抽出公文，問：「所以蔡約翰是你爸？」

「嗯。」

這時，一道飛快移動的影子捕捉了我們的視線。一名蓄著馬尾的中年男子拔腿衝出前門，手上還提著褲頭。

他們父子倆長得真像，同樣高聳的顴骨，同樣凹陷的眼窩。

「蔡約翰先生？」我轉過頭，站直了身子。

「怎麼趁我大便的時候跑出來？」蔡約翰一掌揮來，馬尾跟著飛揚，他用力拍向小男孩的後頸，斥責道：「不是叫你躲好，不要理他們？」

「幹嘛啦，老師說打頭會笨欸。」小男孩摀著脖子，不服氣地回嘴。

「老師也說不可以跟陌生人講話，你是都沒在聽喔？我那麼聰明，怎麼會生到你這種笨兒子？」

「他們知道你的名字，所以不算陌生人。而且媽媽比你聰明，我笨是遺傳到你的！」

「你……」蔡約翰氣得說不出話。

小男孩繼續說道：「誰叫你都不看看外面是誰，我本來還以為是郵差叔叔，所以跑出來收信。老師說，住在北極的聖誕老人會寫卡片給小朋友，所以我想，說不定住在Masihalan-tu-asang的媽媽也會寫信給我呀。」

「『馬洗哈』什麼？」我問楊向陽。

「布農族語『美麗家園』，就是『天家』的意思。」他回答。

小男孩晶亮的眸子滿是企盼光芒，然而，蔡約翰的臉色卻黯淡下來，籠罩在憂傷的陰影之中。

「噢。」

我同時為小男孩感到心疼，也替蔡約翰心碎不已。見蔡約翰垂頭喪氣，整個人像是消氣般小了一號，此情此景令我羞愧萬分，彷彿執行公權力是錯的，自己是壓榨善良百姓的壞人。

尷尬的氣氛隱隱浮動，在蔡家設下結界，形成難以突破的僵局。

片刻後楊向陽率先打破沉默，他試著以溫和誠懇的語調軟化對方：「我們談一談，好嗎？」

「哪有什麼好講的！」蔡約翰如嗅出血腥的公獅，警覺地抬起眼眉。如果他曾在我們面前洩漏緬懷亡妻的感傷，那也是一閃即逝的事。

「小朋友，你先去旁邊玩好嗎？我們跟爸爸有事要說。」我輕推小男孩的背。

「我叫菜籽！我已經二年級了。」他嘟噥著走向角落。

「蔡先生，我們是林務局派來的。」楊向陽示意我亮出手中的公文。

蔡約翰頓時變得面目猙獰，好比獅子看見皮鞭。「林務局」和「公文」這幾個字，聽在他耳裡猶如挑釁。

他向後退，拉開戰線，口氣帶著強烈的攻擊性：「我才不要看什麼公文，以前也有人請我阿公喝酒，然後叫他簽契約，結果一簽下去，半座山就變成別人的了。」

「我們是巡山員，不是缺德的詐騙集團。」我抗議。

「我才沒那麼好騙，平地人都很愛說謊。」他啐道。

語畢，蔡約翰把菜籽叫到身邊，轉過身準備進屋。

「等一等！」楊向陽喊住他，嘰哩咕嚕說了一大串布農族語。

情況似乎有了轉圜，蔡約翰遲疑地停下腳步，幾秒鐘後他緩緩旋身，五官線條和肢體語言趨於柔和。

接下來的演變猶如觀賞一齣猜不透劇情的懸疑片，我呆立原地，看著蔡約翰與楊向陽從敵人變成朋友，再從朋友變成兄弟。他們以我聽不懂的語言溝通，愈說愈起勁，最後連肢體動作都出現了。

兩個男人走向彼此，蔡約翰的馬尾和楊向陽的瀏海在空中飄逸，步伐於院落中央構成交會點。他們不約而同伸出右手交握，左手則地猛拍對方的肩，接著相互擁抱了一下，那是一種兄弟情誼的摟抱。

「到底什麼狀況？」我目瞪口呆地站在一旁，是個徹頭徹尾的局外人。

「我母親的表姊的嫂嫂是他小舅子的鄰居的妹妹。」楊向陽向我招手，「這位是葉小姐。」

我迎上前去，擠出最親切甜美的微笑，然後對楊向陽悄聲道：「厲害，改天請你喝咖啡，算是道謝。」

「不用，蔡約翰說要請我吃大餐哩。」

我和蔡約翰握手，隨後花了點時間釐清土地問題，大人談論正經事的時候，菜籽則乖乖在一旁用樹枝和磚頭堆房子。

我拿出變異點的照片指給他看，搭配我在心裡排練了無數次的台詞。雙方交談中，每當蔡約翰蹙眉，楊向陽就以更白話、更簡單的詞彙幫忙解釋。

蔡約翰的神情趨於嚴肅。

「重疊的部分非常清楚，您可以說明一下，是怎麼回事嗎？」我問。

「那塊地從我阿公的阿公就開始種了，你們說那是國有地？怎麼可能？」蔡約翰眼底浮現貨真價實的困惑。

「所以你不曉得自己種田種到地界外面去？」我大吃一驚。

「也不是沒有可能。」楊向陽告訴我：「有些農民墾荒的時代，可以回推到國民政府進來以前，甚至是日據時期。早在政府重劃地界之前，他們就在這塊土地上生活了，所以也不曉得自己的田地越界。」

「既然如此，那怎麼會拖到最近才被發現？」我問。

「可能以前種的是有經濟價值的木頭或是果樹，現在砍掉樹木改成種菜，從高空看下來，茂密的樹林變成菜園，拍得一清二楚。」楊向陽說。

「怎麼辦？我會不會被告？」蔡約翰眉頭糾結，緊張地搔抓長髮。

我發現他其實沒有想像中難搞，隱藏在拒絕溝通背後的，單純是害怕受騙的純樸性情。

「我相信我們可以討論出解決的辦法。」我對蔡約翰說。

「根據往例，有兩條路可以選擇，一是申請租用，把農地租賃合法化，但可能必須種植有助於水土保持的植物。第二，如果不想承租，林務局會把土地收回，也許我們可以協助請領一點補助款，用來貼補損失，但要花時間跑流程就是。」楊向陽說。

「我願意把土地還回去。」蔡約翰鬆了一大口氣。

「文書作業包在我身上，沒問題。」我比了個ＯＫ的手勢。

「真的很謝謝你們。」蔡約翰感激地說。

「不過，少了那塊地，對收入會不會有影響啊？」我想起菜籽是個沒媽的孩子。

「不會不會，我還有其他塊地。」說著，蔡約翰打包了兩大袋的蔬菜水果給我們，還幫我們牢牢捆上車。

臨別前我陪菜籽玩了一下，真是出乎我的意料，之前屢屢被擋在門外，仰賴楊向陽的基因密碼，竟搭出了友誼的橋樑，讓我和當地原住民交上朋友。

09.

「小儀，下班以後要不要一起去吃晚餐？我請客，聽說有一家牛肉麵還不錯唷。」宋子平高大的身軀瑟縮著靠向我，悄聲問道。

「抱歉，我不喜歡吃牛肉麵。」我壓低音量回答。

「不然小火鍋怎麼樣？」宋子平又問。

我面露難色，以求救的眼神打量四周，楊向陽正握著話筒和廠商聯絡事情，陸姊埋首工作渾然不覺，安大哥不在位置上，只有老劉瞥來不以為然的目光。

「妳想吃什麼？我都可以配合喔。」宋子平就是不肯死心。

「我也想吃小火鍋和牛肉麵啊，怎麼不問我咧？」老劉終於發難。

「哼，誰想跟你一起吃飯。」宋子平撇撇嘴。

「肖年欸，我跟你說，少吃一點肉啦！你要多吃青菜，就算不喜歡，你身上的菜蟲也要吃啊！」老劉又在調侃他資淺。

莊哥朝我們走來，手裡握著一疊卷宗，宋子平和老劉訕訕地閉上了嘴，後者抓起菸盒和打火機離開座位。

剛好楊向陽掛上電話，莊哥便從文件堆中抽出一份公文，道：「向陽，哪，你趕急件的申請核准了。」

「謝謝莊哥。」楊向陽的嘴角浮現笑意，接過公文轉身便遞給我。

「什麼？」我暫停打字，一頭霧水地問。

「打開看看。」他故作神祕。

「什麼什麼？」我像拆禮物的孩子一樣心急，翻開文件快速瀏覽過後，卻覺得更迷糊了：「『樹木防盜RFID系統發報器晶片』？這是什麼？」

「是一種無線射頻身分識別系統。」

「類似動物植入晶片？」

「其實更像是汽車防盜的烙碼做法。」楊向陽比手畫腳地解釋起來：「晶片內建『發報器』，可以提供樹木身分辨識，而且當樹木被人移動，經過預先設置的閘點時，還會透過閘點的『感應器』回報，以無線訊號傳輸至系統。」

「我懂了，大賣場和圖書館也是運用相同的道理，來避免有人偷竊。」我說。

「沒錯，閘點功能好比賣場出入口感應門，以讀取器對標籤進行資料讀寫。」他說。

「向陽怕那棵會跳舞的七里香被山老鼠盯上，所以替它做了申請。」莊哥笑盈盈地說。

「『跳舞七里香』？」我瞪大眼睛。

「對。」楊向陽微微頷首，補充道：「不過還是有必須克服的困難點啦，樹木必須位在只有單一林道入口的區域，才能方便控管。再來就是發報器如果回報了，就表示樹木已經被盜伐了，最理想的狀況，是搶在山老鼠行動之前先把他們一網打盡。」

「真是設想周到。」一股暖意自我心底緩緩流過，我轉念又問：「之前怎麼都沒聽你說？」

「我知道妳很愛那棵『跳舞七里香』，每次巡視都繞過去看看，之前沒跟妳提，是怕申請不被核准，會讓妳期待落空。」楊向陽的五官線條變得柔和，語氣靦腆地說。

我又驚又喜，對他貼心的舉止大為感動。

他可以選擇事先告訴我，但卻絕口不提，優先考慮我的心情；他也可以從頭到尾不知會我，畢竟跳舞七里香所屬的區域是他的林班地。然而，他守口如瓶直到開獎，親自把好消息包裝成一份別緻的禮物送給我。

「明天植入晶片，要去嗎？」楊向陽問。

「當然要去。」我滿口答應下來。

這一晚，我興奮得幾乎睡不著覺，彷彿回到童年，變成期待校外教學的小朋友。這一晚，九月中旬的第一道鋒面通過，宣告秋天來臨。

我在鬧鐘響起之前醒來，打開窗戶，歡喜迎接秋季的涼意。據說「一場秋雨一場寒」，由於輻射冷卻和強風效應，夜晚和清晨的地表沾染露水，在草葉上凝結成一顆顆晶瑩珍珠，濡濕了我的鞋底。

就是在這樣一個難以忘懷的日子，前去探訪跳舞七里香的路上，「頭目」闖進了我的生命裡。

楊向陽和我在上午九點一塊兒出門，按照慣例，我倆以野狼一二五為交通工具，馳騁在秋涼如水的宜人氣溫中。

大地褪去碧綠衣衫改披金黃，原本欣欣向榮的山林轉為蕭瑟。秋日裡來自溪谷的豐沛水霧自然凝結於山區，聚集為奔浪般的雲霧，一波波衝擊山崖，看起來如夢似幻，營造出恍如仙境的氛圍。

才剛轉進７Ｋ的分岔路段，突如其來的意外事件差點害我心臟停擺直接歸西。

一團嬌小的黑色生物以自殺的姿態撒腿衝過路面，活像一台不顧一切橫衝直撞的戰車，我憑藉本能扭轉車頭即時閃過，連喊都來不及喊，真的是差一點點，幸好老天爺還想讓我活久一些。

唧——輪胎急煞的刺耳聲響於山谷迴盪，我在慌亂中穩住車身。

「怎麼了？」楊向陽也跟著煞車，回頭往後方大喊。

幸好牠沒有被碾傷，我也沒有摔車。我吐出一口寒氣：「沒……沒事，等我一下。」

把車熄火靠邊停好以後，我摘下安全帽，走向那隻不明物體。起先我猛一瞧還以為是隻小熊，後來發現形狀還是體型都不太對，那是一隻小狗。

黑色的小狗，不過兩三個月大，身長大概四十公分，毛皮閃閃發亮，瘦削的臉上立著一對細長的尖耳，樣貌頗為機伶，無辜的雙眸卻又不失小狗狗的天真。

牠搖搖鐮刀狀的尾巴，歪頭咧嘴衝著我笑。

「小傢伙，你在這裡幹嘛？」我彎下腰，和小黑狗四目相望。

楊向陽騎著車繞回來，「怎麼停下來了？咦，哪來的狗！」

「好可愛的小狗，長得好俊俏。」我摸摸牠的頭。

四周不見母狗的蹤影，小黑狗獨自在山路上徘徊，讓我聯想到我自己。

「我想養牠。」我說。

「不要衝動。」楊向陽嚴肅地告誡我：「也許是誰家的狗走失了。」

「可是牠沒有項圈，是流浪狗。」

「就算沒有主人好了，牠還是幼犬，母狗會找牠。」

「也說不定不會呀。」我搔搔小黑狗的耳後，順勢把牠抱起來，「牠是男生耶。」

「這種土狗以後會長很大喔，小心牠吃垮妳。而且養狗很麻煩的，你要餵飯、幫牠洗澡，還要帶牠去散步，跟在牠後面撿排泄物。」楊向陽板著臉孔說：「萬一哪天妳不想養了，牠會更可憐。」

「我絕對不會棄養。」我信誓旦旦地說。

小黑狗在我懷裡蠕動，兩隻前爪親熱地搭著我的肩，尾巴搖得像裝了電動馬達，濕潤的粉色小舌頭猛舔我的臉。

「哈哈哈。」我被牠逗得樂不可支，「要給牠取什麼名字好呢？」

楊向陽苦惱地揉著額頭，猶如忍受著難熬的頭痛。

小黑狗有一雙晶亮如黑曜岩的眼珠，讓我聯想到蔡約翰的兒子菜籽，「就叫『頭目』好了。」

我一直很想養狗，央求母親，母親卻說狗很麻煩，吃多喝多拉多。於是我退而求其次，拜託她讓我養兔子，這回她推托說養小孩就快養不活了，哪有空閒和餘錢養寵物？

可是我真的很想要一隻兔子，一隻毛茸茸的、蹦蹦跳跳的兔子，比狗小很多，又同樣靈巧可愛。最好全身都是白色，跟故事書上的小白兔同款同樣，我要餵小白兔吃胡蘿蔔，給牠取名字，還要牽牠出去散步。

然而無論我怎麼拜託、撒嬌、耍賴，母親始終不肯答應，耳朵硬的像石頭，於是我心生一計，趁著父親休假回來，轉而乞求父親。

那次期末考我考得不錯，排名全班第三，父親看到考卷上的分數很高興，決定完成我的心願。我們去寵物店，玻璃櫃裡只有灰的、花的和黑白相間幾種，我挑來挑去，最後相中一隻穿燕尾服的黑白兔。

直到真正養了兔子，我才曉得兔子並沒有對胡蘿蔔情有獨鍾，反而比較喜歡飼料和乾草，都是卡通太洗腦了，才會讓我產生錯誤的認知。

另外一個害人的偏頗觀念是兔子都性情溫順。

我發現每隻兔子都有牠自己的個性，好比我的黑白兔，就是一隻容易緊張而且不好親近的兔子，每次我打開籠門朝牠伸手，牠就害怕地全身顫抖，彷彿下一秒就會驚嚇過度倒地不起，根本不可能陪我玩耍散步。

慢慢地我也接受了事實，雖然只能隔著籠子大眼瞪小眼，牠依然是我心愛的寵物，我也依舊每天趴在地板上凝望牠，日復一日樂此不疲。

某天，我放學回家，兔籠居然空蕩蕩的，只剩下半滿的飼料盆和水瓶。母親輕描淡寫地說兔子病死了，細節完全沒有交代，害我哭了一整晚。

就在黑白兔淡出我的生命後大概隔了兩個月，有一天我和母親出門，碰到母親的學生和對方家長，他們喜孜孜地告訴母親，兔子配對以後生兔寶寶啦。

母親的臉色很難看，我則有如晴天霹靂，原來我的黑白兔不是死了，而是被母親偷偷送給別人。我的心都碎了，卻又莫可奈何。

小黑狗必然是老天爺給我的第二次機會，現在我自立門戶，再也沒有人能駁回我的決定，故意和我唱反調。我要好好疼愛牠，不讓人把牠送走，不再犯下相同的錯誤。

再說，看小黑狗楚楚可憐的眼神，我怎麼狠得下心，把牠丟在路邊自生自滅呢？

「頭目，從現在起，你不會無家可歸了。」

我把頭目塞進後背包內，狗頭露出來，身體用綁粽子的方法以麻繩和我捆在一起。

「妳打算帶牠去巡山？」楊向陽啼笑皆非地問。

「對，不要笑。」我瞪他一眼，「我會加裝寵物籃。」

頭目是隻活潑的小狗狗，牠對一切事物都展現了熱切的好奇心，抵達林班步道入口以後，牠嘗試在每棵樹下尿尿，野心很大個子卻很小。最好笑的是，儘管牠是個小男生，卻還沒學會抬腳上廁所。所以，牠像母狗一樣蹲下來，兩條短腿岔開，任尿液四處流淌，當牠踩到自己的小便時，還露出一臉莫名其妙的表情。

「小髒鬼，你要擦腳才能進我背包。」我數落道。

頭目以為我在誇讚牠，興高采烈地朝我猛搖尾巴。

「走吧！」我拍拍手，製造出聲響，牠回頭看我，「跟你說喔，我們要去看一棵像在跳芭蕾舞的七里香，還要幫它植入晶片，跟打預防針一樣，免得被山老鼠偷走。」

再熟悉不過的灌木林內，彎向「跳舞七里香」的岔路已經被我們踩出一條淡淡的路跡，猶如白紙上的虛線，延伸為指引路線的箭頭，外行人難以察覺，但明眼人一定看得出來。

我倆循著傾塌的草桿前進，踏過偶爾凸起的石塊和附贈的青苔，頭目在腳邊打轉，忽前忽後地跑，兩隻前腳扒開鬆軟細密的落葉堆，鼻頭貼向綠意映然的地衣和點綴其中的真菌。

我的腳步輕快雀躍，迫不及待想要見到跳舞七里香。

「妳打算把牠養在哪裡？」楊向陽隨口問道。

「宿舍……」我偷瞄他一眼，「宿舍門口？應該沒關係吧？」

「以前分站那邊也有養過一隻狗。」他告訴我。

「所以有前例可循，那我就不擔心了。」我笑嘻嘻地掰起手指頭，說：「養狗好處多多，可以看門、陪主人運動，還會救難、打獵、拉雪橇、查緝毒品……說不定我們可以訓練頭目當搜索犬，專門找被藏起來的牛樟啦扁柏之類的贓物。」

「妳愈說愈離譜了。」楊向陽驀然止步，臉色一僵猶如瞬間凍結。

「怎麼了？」

「糟了！」

順著楊向陽的視線望去，我倒吸了一口氣，全身上下的血液急速冷卻……一截折斷的樹枝！

有人刻意掰斷樹枝，有目的性的指出方向，那是山老鼠慣常使用的記號。

楊向陽二話不說拔腿就跑。

我跟在後面狂奔，頭目邊跑邊興奮地汪汪叫，細枝劃破我的皮膚，我卻絲毫沒有感覺，只是一心一意地奔向跳舞七里香。

幾分鐘後，我們氣喘吁吁地瞪著原本跳舞七里香應該在的位置，眼前卻只剩下一個醜陋的大土坑，活像少了棺木的墳塚。

跳舞七里香消失了，被人連根拔起，整株從原地移走，剩下一個大洞。

我揉揉眼睛，然後再揉一次，大腦呈現空白狀態，一時之間無法接受現實的打擊。

「我們慢了一步。」楊向陽蹲了下來，落寞地說。

殘破落葉四散於地，混雜新鮮的斷枝，難怪味道飄得那麼遠，我早該想到的！我攫起一把針葉，緊緊握在手心，突然有種女兒被人綁架，手指頭還被割下來向我示威的心痛感覺。

「如果我從來沒有發現跳舞七里香，沒有一天到晚來看它，也許它就不會被壞人挖走了。」我的情緒跌落谷底。

頭目的尾巴夾到兩腿之間，喉嚨發出嗚咽低鳴。

「別自責，這不是妳我的錯，它不是第一棵被盜伐的樹，也不會是最後一棵，對抗山老鼠本來就是巡山員的日常。」他的嗓音微微顫抖。

我哽咽著別過臉，嘴裡盡是苦澀，時隔多年，再次嘗到珍愛之物被人強奪的心碎滋味。

10.

整個禮拜剩下的日子，我都沉浸在低迷的情緒中。為了振作起來，也為了不讓頭目繼續拿免洗碗當食盆，吃白飯攪菜湯，我決定趁著週末空閒，帶頭目走一趟前男友何宇倫的獸醫院。

「走吧，頭目，我們去買罐罐。」

「汪！」

我們一人一狗再度擠上白色野狼一二五，經省道往台中奔馳而去。

何宇倫回到家鄉開業後，我還不曾前去拜訪祝賀，只有在母親的堅持下，託花店送了一盆慶賀開幕的蘭花。我連蘭花長什麼模樣都沒看到，很敷衍地利用線上刷卡，輕鬆打發了母親的再三詢問。

「妳為什麼要把願意照顧你一輩子的男人推出去？當獸醫娘有什麼不好？總比當巡山員強多了！」母親曾氣急敗壞地質問。

母親一直以為何宇倫就是他的乘龍快婿了，高䠷、體面，說起話來溫文有禮，還有一雙渾然天成、專屬於獸醫師的厚實大手。對母親來說，前後交往三年，相處期間也鮮少有爭執，我卻為了莫名其妙的理由和何宇倫提分手，她始終不能諒解。於是我索性連母親也躲著，逃避並非上策，卻很省事。

她可以說出一百種獸醫的優點，以及一百個巡山員的短處，這種沒營養的對話，根本沒有進行的必要。

撇除長輩的想法不談，我和何宇倫協議分手的過程仍堪稱平和，也都同意分手以後還是朋友，因此，當我需要一位值得信賴的獸醫師，自然而然浮現腦海的就是何宇倫。

中午休息時間剛過，獸醫助理才把「營業中」的牌子翻面，我就抱著頭目站在獸醫院門前。

何宇倫的獸醫院位在車水馬龍的大街上，地段極佳，左鄰右舍是便利商店和咖啡廳。獸醫院裝潢新穎，有大片落地玻璃，螢光黃搭配芥末綠的招牌在整條路上的店面顯得特別突出，建立起青春活潑的品牌形象。

我推開玻璃門，寵物洗毛劑的清爽氣息立刻撲鼻而來，頭目在我懷裡好奇地扭動。

「請問有預約嗎？」櫃檯後方的獸醫助理抬眼。

「啊？我不知道要預約才能看診。」我說。

「很抱歉，今天只有院長看診，他的預約都排滿了。」獸醫助理再度低下頭去。

一絲氣餒拂過我的心頭，無奈之餘，我摟緊胸前的頭目，轉身準備離去。

「小儀？」

我停下腳步，驀然回首時，我的舊情人身披醫師白袍，全身上下散發救世主的神聖光輝。我實在不願承認，但相形之下，讓身穿防風外套和雨褲的我有種自慚形穢的感覺。

「嗨。」我擠出不自然的笑容。

懷裡的頭目汪了一聲，何宇倫的目光落在牠身上，頓時明白我倆登門造訪的用意。

「幫我延後其他預約。」何宇倫對獸醫助理簡單交代，隨即親切地把我們拉進診間，「快進來。」

獸醫助理冷冷地看著我們，剎那間，我的自尊心備受禮遇。

診療室的門關上，何宇倫先詢問我和頭目如何相遇，接著把頭目抱上診療台，不停撫摸牠的頭頂和下巴，還餵牠吃狗餅乾，讓頭目完全放下戒心，才開始進行基本的健康檢查，同時和我一邊閒聊。

「工作很忙吧？有時間照顧狗嗎？」

「其實巡山員的工作時間很固定，五點下班以後到睡前，可以利用的暇餘時光還不少。」

「南投和北部比起來，算是很鄉下吧，還適應嗎？」

「是水里啦，其實也沒有想像中的鄉下，什麼都買得到。」

「有Apple Store？」他問。

我噗哧而笑，「你很煩欸！」

何宇倫也跟著笑了，「當巡山員很辛苦吧？女生多嗎？」

「正式名稱是『森林護管員』……算了，現在全台灣的巡山員人數只有一千初頭，女生佔不到一百個，差不多十分之一。至於辛不辛苦啊，這樣講好了，全台灣有六成國土是森林，換算下來，每個人要負責的區域有一千四百多公頃，相當於五十幾座大安森林公園。」我說。

「妳一個人，要管理五十幾個大安森林公園？」他一呆。

「對啊，所以我們通常都巡視固定路線，要是把林地內的懸崖峭壁，各種嚴苛地形都踏遍，可能一輩子也走不完。」我說。

「那還真是辛苦。」

「不會啦，習慣就好，而且當巡山員很有成就感。上個月我拆了一個獸鋏、兩個俗稱

『吊子』的陷阱和一張鳥網，每一次解開陷阱，我都幻想自己拯救了一條生命。」

「厲害。」

「當然辛苦的時候也是有，就拿前幾天來說，我最喜歡的一棵樹被山老鼠偷走了，讓我難過到現在。」

何宇倫眼底浮現同情，「搞不好妳和頭目的相遇是命中註定喔，高砂犬非常忠心，絕對會在壞人面前保護妳。」

「我才不需要保護。」我翻了個白眼。

「我知道、我知道。」何宇倫舉起雙手作投降狀，好脾氣地說：「總之荒山野嶺裡有牠陪著，我也比較放心。」

他的退讓反倒讓我困惑，「我以為你誓死反對我當巡山員？」

「木已成舟，況且妳似乎真的很喜歡這份工作，我也只能祝福妳囉。再說，我有什麼立場反對？只可惜我沒有治療心碎的藥，能讓妳好過一點。」他衝著我淺淺一笑。

某種熟悉的感覺猝然襲上胸口，我來不及防備，心跳亂了節奏。

我盯著他的臉，幾個月不見，他幾乎沒變，同樣的俊朗笑容和關切眼神，總能讓女生覺得自己很特別。心神恍惚的一瞬間，我彷彿有種我們還在一起的錯覺。

「對了，阿姨還生我的氣嗎？」用聽診器監聽頭目心跳的同時，何宇倫問道。

他口中的阿姨就是我母親。母親和我的關係一直很緊張，這真是個好問題，我必須仔細想想怎麼回答。

這時口袋裡傳來震動，手機響了，有人打電話給我，我快速瞄了一眼，不是什麼重要的人，我暫時不想理會，於是把手機扔進背包裡。

「該怎麼說呢？欸，你知道我媽很喜歡你啊，所以嚴格說起來，她應該是生我的氣才對。」我聳肩。

「可惜只有妳媽喜歡我。」透過粗框眼鏡的鏡片，他抬眼凝視我。

「呃……」我別開臉，摸摸頭目的毛，裝作聽不懂他的話中有話。

「妳氣色很好，看來多親近大自然對妳有好處。」

「別開玩笑了，我現在都不化妝了呢。」

「我不是常告訴妳，妳沒化妝也一樣漂亮嗎？既然我們都在中部，有空可以一起吃飯喝咖啡。」

「這樣好嗎？」我微微蹙眉。

「別忘了我們當初說好，就算分手了也可以當朋友。」他提醒我。

「也是。」我點點頭。

「好啦，預防針打好了，晶片也植入了，接下來只要按照這張表格上記錄的日期，定期帶頭目回來做檢查就可以了。」何宇倫把一張寫有寵物和飼主資料，類似證件的紙張交給我。

「謝謝。」

「小事而已，別跟我客氣。」

他領著我回到櫃檯前，吩咐獸醫助理準備幼犬飼料、飼料盆、項圈牽繩、洗毛精和狗窩。

「多少錢，我付給你。」我搶著想掏錢包。

「不用啦，我送妳。」他笑道。

「不要，我又不是沒薪水。」我說。

「我知道妳賺多少，網路都查得到。」他眨眨眼睛，「拜託不要和我爭了，就當作獸醫院贊助妳領養頭目的一片好心。」

隨後，他溫暖的大手覆上我的，把懸在空中的錢包推回背包裡，「我們再約，有空打給我。」

「謝謝你讓我插隊看診。」我關上背包，咕噥著拍拍頭目的狗頭。

甫步出獸醫院大門，塞在背包內層的手機再次不安分地震動起來，如果手機有ＡＩ人工智慧，此刻肯定是放聲尖叫。

「汪！汪！」頭目跟著吠了兩聲。

「感謝你的提醒，現在拜託安靜一下，讓我接這通電話。」我好氣又好笑地說。

像大海撈針一樣拉開拉鍊掏出手機時，電話已經斷線了，唉，又是苗圃廠商陳老闆，週末放假的日子，他到底想幹嘛？

我嘀咕著滑開螢幕，赫然瞥見閃爍的未接來電提示竟累積了二十多通，其中十通是陳老闆打的，另外還有工作站、莊哥和楊向陽的手機號碼，一定是調成靜音後沒有注意到，不小心就錯過了一堆來電。

這樣驚人的數字嚇了我一大跳，不祥的預感油然而生，我的心臟狂跳，以汗濕的手指按下回撥鍵。

「妳還在台中嗎？」楊向陽劈頭就問。

「要回去了，怎麼了嗎？」我膽怯地問。

「妳先回來再說，我在辦公室等妳。」楊向陽沒有正面回答問題，只是交代：「騎車小心安全。」

「喔。」

懷抱滿腹猜疑，我踏上歸途，始終無法擺脫大難臨頭的心情。我不停回想自己做錯了什麼，然而左思右想，大腦迴路卻猶如返鄉季節的高速公路般堵塞且遲滯。

我猜，無論是什麼事，八成和陳老闆脫不了干係。那就奇怪了呀，前段時日我才去苗圃晃過一次，所有台灣雲杉苗都健健康康，和廠商拍胸脯保證的一樣。會是什麼事呢？

我以最快的速度衝回水里、停好野狼、把大包小包放下，然後把頭目關進房間裡面，隨即快步走向燈火通明的辦公室。

當我推開大門，心臟也幾乎跳出喉頭，我們這組幾乎全員到齊，楊向陽、宋子平、安大哥和老劉圍坐成一圈，似是在開什麼小組祕密會議。

「妹妹呀，妳到底有沒有在認真上班？」老劉拖長的尾音，像鞭子一樣甩了過來。

我在眾人的目光下侷促不安，他們顯然輕易地看透了我，知道一些我被蒙在鼓裡的狀況。我彷彿赤身裸體，忘了穿上衣服。

「幹嘛那麼兇？在問題釐清以前，不能確定是小儀的錯。」宋子平出聲維護我。

「發生什麼事？」我的意志力推著我往前走。

啪！老劉用力往桌上一拍，「樹苗都死光啦！」

「樹苗死光了……怎麼可能？」我踉蹌一步，全身上下血液倒流，一股寒意瞬間直衝腦門。

老劉破口大罵：「當初我把好好的三萬棵苗種交接出去，結果咧？陳老闆打電話也不接，不曉得在忙什麼，還有心情跑去台中？」

「小儀不是不接電話，是在騎車。」楊向陽解釋。

「新人本來就需要時間學習。」宋子平又道。

「對，菜鳥什麼都不會，但不會要開口問嘛，不要假會啊！來了都三個月了，還那麼混？」老劉悶哼，語氣難掩嫌惡。

我強忍眼淚，思緒快速運轉，慘了，這下子真的慘了，我一心顧著跳舞七里香和蔡約翰的事情，確實忽略了苗圃，上次和陳老闆見面的確切日期……我真的想不起來！

楊向陽自椅子上起身，輕拍我的手臂，道：「莊哥在等妳。」

「知道了。」我抬起沉重的腳跟，舉步維艱地走向主任辦公室。背後，同事們的竊竊私語持續在辦公室內縈繞。

「哼，不要小看育苗了，每顆種子都是用生命換來的！」老劉說。

「大家都是同事，有話好好說啊。」宋子平說。

「老劉生氣也是理所當然，是小儀太大意了。」安大哥嘆息。

我來到門前，指節輕叩兩下，「莊哥？」

「進來，把門帶上。」莊哥嚴峻厚實的聲音穿透門扉。

我聽從他的指示，強迫自己往前走，面對面容鐵青的老闆。隔著一公尺的距離，我們之間的溫度降至冰點。

莊哥眉宇緊繃，厚實的臂膀交抱於胸前，「知道為什麼找妳嗎？」

「好像是為了苗圃的事？」我的聲音卡在喉嚨裡。

「對，陳老闆今天上午去人倫苗圃澆水，發現樹苗被蟲啃得亂七八糟。」

「怎麼可能？」

「因為蟲災，這一批大概都沒救了。」

「可是我前陣子才去巡過，那時候沒有蟲災啊。」

「前陣子是指什麼時候？」莊哥挑眉。

我支吾其詞，顧左右而言他：「廠商每個禮拜都會上山澆水，之前不也好端端的？」

「連著三個禮拜下雨，所以廠商沒有上山。」莊哥說。

「啊！對。」我搥了大腿一下。

「況且，有時候事情的變化非常快。」莊哥又道。

我無言以對，整個人僵立原地，上萬棵死去的苗種讓我慌了手腳，不曉得該怎麼彌補過錯，又該如何賠償林務局的損失？工作站會開除我嗎？說到底，廠商應該也要負起責任吧？上千萬個飛掠的念頭佔領了我的腦海，致使我遲遲無法回神。

此時莊哥話鋒一轉，問我：「小儀，樹自己就會落果更新，妳知道為什麼人類還要採種育苗嗎？」

我的嘴唇緊抿成線，緩緩搖頭。

「育苗是很重要的水土保持工作，是出栽作為人造林的第一步。」

「嗯？」

「就拿台灣雲杉來說好了，這種樹每年二三月開花結果，到十月種子成熟時才能採種，問題是它要長到六十年以上才會開花，這時的母樹已經高大到三十公尺以上，想爬上去可沒那麼容易，必須要用釘子釘出踏腳處，才能一步步爬上樹去。」

我眨眨眼，三十公尺相當於十層樓高，光是想像就令我頭暈目眩。

「有些高海拔樹種生長在險峻的位置，採種人要有體力抵達目的地，再攀上樹冠，之後還得和飛鼠、猴子等野生動物搶食物，不僅需要勇氣，同時也需要運氣。」

我點點頭，約略明白莊哥這段話的用意。

「會爬樹還不夠，還得要具備分辨哪棵樹有種子、種子有否成熟的專業素養。」莊哥娓說道：「植物有豐年和欠年的週期，每種植物豐欠年的周期又不同，所以，判斷哪種樹種可以採集，必須根據多年經驗的累積。採集種子是件困難的工作，放眼全台灣，夠格的沒幾個。」

我聽了，心幾乎沉到胃底，也難怪老劉大發雷霆。

「對不起。」我低下頭。

「來吧，我們和組員一起討論。」莊哥離席，與我並肩步出主任辦公室。

隨後，我們拉了兩把椅子加入小組，我從頭到尾惴惴不安地盯著鞋尖，不確定會受到什麼責罰。

「相信你們都聽說了。」莊哥問。

「嗯。」宋子平點頭。

「廠商那邊怎麼回報？」楊向陽追問。

「陳老闆說，蟲災是上帝造成的，不是人為因素。」莊哥回答。

「所以我們也不能要求罰款囉？」宋子平問。

「罰款除了勞民傷財，並不能解決起初標案的目的。」莊哥表面上是回答宋子平的問題，實際上是說給我聽：「如果和廠商有糾紛，我們通常會透過行政裁量處理，盡量不罰款。」

「這麼重要的案子，當初就不該交給沒經驗的人來做。」老劉抱怨。

「是啊，這件事我也有錯，最近比較忙，所以盯得不夠緊。」莊哥自責地嘆了口氣。

「不，都是我太大意。」我說。

「現在只能重新來過了，而且不能再失敗。」莊哥瞥向我，道：「小儀，不好意思，我打算把案子轉手給其他同仁。」

「拜託再給我一次機會。」我雙手合十，央求道：「我自己搞砸的事情自己收拾，不能把爛攤子丟給其他同事。」

「這……」

「莊哥，小儀和我共事的時間比其他同仁長，我可以擔保她工作非常認真，再讓她試看看吧，這次我也會從旁協助。」楊向陽定定地說。

我張大了嘴，感動莫名地望著楊向陽。

「對啊，莊哥你就答應嘛。」宋子平也幫腔。

「其他人覺得呢？」莊哥環顧每個人的臉龐。

「年輕人就是要學習從失敗中站起來。」安大哥微笑。

老劉沒有吭氣，但也沒有表示異議。

莊哥靜默半晌，良久以後，說道：「好，讓我考慮看看，我會告訴你們我的決定。」

11.

日落西沉的時刻，華燈初上的時刻，夜闌人靜的時刻。

時針指向數字十，盞盞路燈與點點星子遙遙相望，我在宿舍房間內踱步、坐下、再踱步、再坐下，直到頭目把我的腳背當作枕頭，躺在我腳邊呼呼大睡，我才不敢移動。

苦苦思索了一整晚，依舊理不出頭緒，只有大略理解狗狗的睡眠習慣。原來狗睡著了以後和人一樣會沉入夢鄉，會磨牙齒，說夢話，還會翻白眼。看頭目睡得四腳朝天，嘴巴張開，懸空的腿偶爾顫動，不曉得做了什麼好夢，我想起很久以前曾經無憂無慮的童年。

我小心翼翼挪開腳丫，給自己沖了杯二合一即溶咖啡，打開筆記型電腦，重溫苗圃的案子，試圖找出我所遺漏的，並且導致樹苗遭受蟲害的可疑線索。

關於如何照料種苗，所有條件和育苗方式都詳列在合作契約書中。就著昏黃的書桌燈，我翻看檔案，耐著性子消化生澀的條約規範，以自己的語言轉換為想像中的圖形和畫面。

這批台灣雲杉幼苗種子，採自四十公尺以上的母樹，目的是用來改善劣化的回收地。

所謂「劣化的回收地」，指的是原先出租給民眾的國有地，由於高海拔土地土質偏酸，民眾為了生產高冷蔬菜，使用大量的肥料以及石灰中和土質，讓土壤適合種菜，卻改變了土地紋理，使得土壤逐漸「沙漠化」。

土地收回之後，土壤條件改變了，所以林務局必須重新造林維護。而造林的第一步，是思考哪些樹種適合，例如具備抗旱、耐貧脊等特性的樹。畢竟造林不像經營菜園會灌溉，完全是靠老天爺給水，所以需要耐旱樹種。

林務局也會著手調查附近天然林原生的優勢樹種，最好是樹幹通直、樹冠層開闊的健康母樹。樹冠大表示結實量充裕，種子飽滿，胚就會發育完全，否則發芽率會受到影響。挑選形質良好的健康母樹，將優質品種複製到造林地，能增加成林的機率與速度。

這樣看來，人倫苗圃的台灣雲杉苗可說是萬中之選、肩負重任哪，誰曉得卻讓我給養死了，難怪老劉看待我的目光充滿鄙夷，彷彿我是千古罪人。

我揉揉太陽穴，點選網頁，研究起採種的方式。倘若種子庫空了，我還得想辦法生出新的種子才行。

傳統採種師傅是使用打鐵店訂製的ㄇ形釘，一邊爬一邊釘，沿途揹著沉重的釘子爬樹幹，下樹時再一路拔除。現在的採種人通常使用引繩、主繩、安全腰帶、安全短繩、扣環、扣掛等攀爬配備，首先是拋引繩，套住堅實的枝幹，接著以垂落的引繩綁住主繩，主繩則套上樹皮保護器，降低摩擦樹皮帶來的傷害，一切就緒後才往上攀爬。

採種人還必須考量採集數量、判斷如何修枝，避免對母樹造成無法復原的傷害，「母樹經營管理」也是一門學問。

採完種之後，馬上送到種子庫一顆顆篩選，然後經歷沉積期，到隔年春天才播種種植。倘若是劣質種子，很可能長到十公分就開始分岔，主幹不明顯，那樣一來，即便移植到造林地現場，也很容易被雜草覆蓋演替，少數倖存下來的也無法成為良好的林木。

我緩緩吐出一口氣，讀到這裡，我深有感觸，發覺採種實際上比莊哥口述的情況還要艱難許多，是一門非得藝高人膽大，否則做不來的高深學問。

頭目打起呼嚕，鼾聲大如響雷。

真是好狗命哪，不用替脆弱的小樹苗操心。我伸出腳輕輕摩挲他的肚皮。

夜深人靜的時刻特別容易感到寂寞，有點想打電話回家，聽聽母親的聲音。如果沒有來到水里，我八成還舒舒服服地窩在客廳沙發上，一手冰啤酒、一手洋芋片，一邊吹冷氣一邊看電視，享受靡爛卻美好的人生。

也可能我正在衣櫃前挑衣服，打算隔天穿著美美的洋裝，或連身褲搭配靴子，和朋友去知名的網紅咖啡廳打卡，順便享受一杯芬芳濃郁的咖啡，和配一塊油脂飽滿的起司蛋糕。是真正的咖啡唷，不是我手邊這種二合一即溶廉價冒牌貨，喝起來不僅完全沒有香氣，咖啡味也少得可憐。

我暗自揣想，父親是否也曾感到辛苦？或是想念家中柔軟的床鋪？

緊束的回憶被鬆開一道口子後，往事如泡沫般浮上心頭。從小到大，母親不曉得對父親說了多少次，被熊抓走怎麼辦？被魔神仔牽走怎麼辦？還是快點遞辭呈吧，做什麼都好，都比幹巡山員來得強，起碼每天都能平安下班回家。

我報考巡山員時，母親對我說過一模一樣的話，當我下定決心就任，也是歷經了一番折騰。假使聯繫母親，她八成又會把我給唸一頓，然後逼我立刻辭職，可是我不想啊，我有非幹不可的理由，還沒到放棄的時候。

父親堅持下去了，而我，覺得自己正走上父親的老路，追尋著他的足跡。打電話回家？唉，還是放棄這個念頭吧。

「叩叩！」有人敲門。

頭目雙眼緊閉，豎起其中一隻耳朵。

自入住以來，我從來沒有訪客，會是誰呢？我懷抱滿腹疑問起身開門，房門拉開一條細縫，我沒看清楚訪客的面容，卻先聞到醇厚、誘人、芬芳的熟悉香味。
我飢渴地喊：「一杯咖啡！」
頭目半瞇著雙眼，在確認門口站的是楊向陽以後，馬上倒頭繼續睡。
「我看到妳房間燈還亮著，猜想妳還醒著。」他穿著輕鬆的T恤、短褲和拖鞋，看起來卻像騎著白馬的王子。
「對，我打算挑燈夜戰。」我伸手接過咖啡杯。
「我也是這麼猜，所以買杯咖啡給妳，拿鐵可以嗎？附近有家手沖咖啡還不賴，而且開到很晚。」
「當然可以。」我深深嗅入氤氳濃烈的氣息，忍不住讚嘆：「天哪，我真想念綿密的奶泡。謝謝，你成功了！我整個人已經煥然一新。」
「那就好。」他瞅著我桌面的一片凌亂，「苗圃的案子，有想法了嗎？」
我嘟著嘴唇，小口啜飲咖啡，「還沒。」
「加油，妳一定會想出辦法的。」
「我可不敢肯定。」我苦笑。
「以新人來說，妳的韌性相當不錯。」

「你這麼想？」

「是啊，就像那次被虎頭蜂螫，我說要載妳下山，妳還堅持要自己騎車，我也真是服了妳了。」

「有嗎？我不記得了。」我吃吃傻笑起來，「多虧有你，要是再晚一點就醫，我可能就掛了。」

「妳才不會，妳脾氣夠硬，讓我想起自己咬牙死撐的樣子。」

「你也被虎頭蜂咬過嗎？」

「當然，被蜂螫、被蛇咬、被水蛭黏上、摔車，通通都集滿了。」楊向陽的目光飄向遠方，他告訴我：「還記得有一次三天兩夜的勤務，要去做資源調查，當時是虎頭蜂最兇猛的秋天，剛好那年都沒有颱風，蜂巢大多沒有受損。不知道為什麼，虎頭蜂對我特別感興趣，一直在我旁邊繞，老劉和莊哥只好把我夾在隊伍中間，盡快離開警戒範圍。」

「老劉那麼好心？」我不以為然地說。

「別看老劉嘴巴壞，其實他是一條漢子，我很佩服他。」楊向陽眼底泛起欽佩的光芒。

「也是，當巡山員多少得有點骨氣才行。」我拿咖啡杯貼著鼻頭。

「我活下來了，妳一定也沒問題。」他衝著我咧嘴一笑，道：「時候不早了，別太晚休息。」

「嗯。」我點點頭。

目送楊向陽離開以後，我將咖啡一飲而盡，告訴自己這次一定要扛起責任，贏回莊哥的信賴，還要讓整間工作站刮目相看，尤其是老劉。

隨後，我拿出一張白紙，還有一支原子筆，在最上方寫下「檢討失敗原因」幾個大字，還在標題下方畫上兩條粗粗的橫線，隨即陷入沉思。

廠商陳老闆將這次蟲災歸因於天公不作美——不可能，哪有這種事，這是推托的藉口，我相信人定勝天。

依據我對台灣雲杉的了解，人倫苗圃無論是高度還是濕度，環境都相當適合，所以不會是環境的問題。

難道是人為因素？

不對，廠商按照合約裡的施工規範走，每週上山澆水一次，該除草的時候除草，該施肥的時候施肥，該移動切根的時候移動切根。

既然如此，為何成果不如預期？

再回頭檢視過往的成績，人倫苗圃出栽扁柏、紅檜都非常成功，存活率幾近九成，莫非台灣雲杉特別傲嬌？

指針快步躍進，一下子跳過數字十一，宿舍的鄰居們紛紛熄燈就寢，只剩下我仍在苦撐，和一道解不開的難題奮戰。

頭目的鼾聲震天價響，眼皮微微抽動，牠睡得好熟，也許夢見了一百根狗骨頭、一百根翹腳的電線杆，或是一百個可以追逐的郵差。義無反顧撿回了頭目，是因為牠讓我聯想到自己，某種程度上，我倆同病相憐，可是嚴格說起來，我並沒有被雙親拋棄，至少物質生活上沒有，然而我的心，已經流浪了好久好久。

我伸了個懶腰，想像自己也是一棵樹，雙腿向下紮根深入土壤，雙臂如同枝葉往上伸展，盡可能獲得陽光、空氣和水分。

「也許台灣雲杉就像我一樣，離開了家，總會有水土不服的問題。」我自言自語。

水土不服、水土不服……

「啊？」我突然心生一計，「有了！」

這個漫長難熬的夜晚像上了發條，突然開始快轉。我把植物生長的五大要素一項項羅列在白紙上：光線、溫度、濕度、空氣、土壤。

我認真考量每一個條件，並參照契約內容，然後使用刪去法。幾分鐘後，答案躍然紙上，或許關鍵就在於土壤。

接著我在紙上畫出一條代表時序的橫線，陸續寫下苗圃的事件經過，以及陳老闆的因應措施。

不可諱言，陳老闆付出了很大的心血照料苗圃，初期為了避免蟲害，還特別將育苗的土壤拿去高溫蒸煮殺菌。當陳老闆發現台灣雲杉苗種爛根倒伏，推測是蟲害造成的猝倒病，第一個動作是噴灑農藥。

我任憑思緒飄蕩，目光輾轉漫遊。倘若，爛根、倒伏、死亡的原因不是蟲害呢？搞不好，台灣雲杉只是「水土不服」。

不斷使用殺菌劑，好比濫用抗生素把人體的好菌殺光，將土壤所需的菌叢、微生物都消滅了。一個迥異於習慣環境的無菌狀態，樹苗如何長得好？

於是，我握住原子筆，把「土壤」二字用力圈起來，又加畫了個星號。

「啊，終於可以睡覺了！」我打了個呵欠，注意到桌面上的木雕，不禁微微一笑。

解決方案根本近在眼前嘛！父親的木雕自始至終陪伴著我，昂然挺胸屹立不搖，此刻看起來，簡直像是以魔法填充。

12.

「假使我猜得沒錯，關鍵就在於土壤中的菌種培養。」

兩週前我向莊哥報告，並提出苦思良久的「菌根菌」*辦法，成功挽回了我的案子，並且將嶄新方法應用在台灣雲杉苗上，現在看起來，成效相當不錯。

「菌根菌」簡單來說，是攫取天然或人工林中，十公分左右的表土層，加入培養土裡頭，把台灣雲杉生長所需的菌根、菌叢整個搬過來，在苗圃營造出適當的好環境，幼苗就不會「水土不服」。隨後，讓小苗圍著一棵比較大的種苗「媽媽」，讓「菌根菌」傳遞給小苗。

事實證明這一批台灣雲杉苗木相當健康，樹苗基徑又大又漂亮，再也沒有撐不住、倒伏的狀況，我也替自己的顏面扳回一城。

「小儀，在做苗圃的監工日誌啊？進行得還順利嗎？」陸姊經過我的座位。

＊「菌根菌」的方法，取材自南投林管處長李炎壽培育雲杉苗的真實案例。

「很不錯，再過一陣子就可以換床移植了，按照進度看來，應該可以順利出栽。」我指指報告中的照片。

「做得很棒喔！繼續加油。」陸姊稱讚。

「將功贖過而已，有什麼了不起？」老劉嗤之以鼻。

「本來就很了不起，小儀『菌根菌』的想法根本天才！」宋子平笑嘻嘻地說。

「笑什麼笑，牙齒白啊？莫名其妙。」老劉罵。

「你是不是生氣自己腦袋退化了？菜鳥比你還行？」宋子平反嗆。

老劉聽了怒不可遏，正要發作，辦公室電話突然響起。

安大哥抓起話筒，大喊：「老劉，又是你老婆，她問你手機為什麼打不通？」

也不知道是老劉過往有什麼不良記錄，還是太太天生缺乏安全感，總之，老劉的夫人三不五時打電話進來佔線查勤，夫妻倆隔空對峙，讓整個工作站的同事旁聽他們的家務事。

根據我的側面了解，老劉和太太膝下無子，平時跟娘家人住在一塊兒，太太是家庭主婦。不確定是不是生活缺乏重心，所以精神上非常依賴丈夫。

「啊，忘記充電……幫我轉接過來。」老劉咕噥。

「在管菜鳥之前，先顧好你自己的小命吧。」宋子平扮了個鬼臉。

「幹。」老劉忿忿地瞪了宋子平一眼，接起電話後，語氣轉為無奈：「喂，老婆？就跟妳說，山上訊號不好嘛！」

我忍著笑，對宋子平吐了吐舌頭。

加入水里工作站已經三個多月，工作慢慢步上軌道，對於每個人私底下是什麼樣子，家庭背景如何，也有了大概的了解。

楊向陽正直可靠，宋子平天兵搞笑，老劉易怒難纏，安大哥樸實可愛，陸姊和莊哥則像是工作站的大家長，分別扮演嚴父與慈母的角色。我發現自己不再像初來乍到時那樣焦慮，而能夠自由自在的呼吸，或許，我也找到了自己的一席之地。

這陣子除了巡視林地，我將全副心力投注於人倫苗圃的育苗工作。我陪著陳老闆澆水、施肥，同心協力把長得比較高的台灣雲杉樹苗放在苗圃中央，矮的則集中在兩側或是面東的方位，讓它們多曬曬太陽，整體苗木的品質和品相也會比較平均些。

透過學習，我得知採種、育苗的意義所在，雖說樹木會吸引生物或仰賴風、水幫忙傳播種子，但有些樹生長在鬱閉環境，原本就更新不易，人類採種反而能將原生種傳遞得更多、更遠些。

此外，育苗後種植保安林，對我們的土地也大有益處，保安林可以維護環境品質，預防土石崩落、水災等自然災害。當有了深一層的認知，我也更是佩服、敬重我的合作夥伴陳老闆。

我們已經商量好，我將會親自參與移動切根的程序，把每一個塑膠盆子拿起來，切除冒出盆底的部分，以避免苗木的主根太長、鬚根減少、吸水性差且不方便移植，提高出栽後的存活機率。

「向陽呢？」陸姊問。

「疏伐監工，我明天也會跟著去。」我說。

「噢，差點忘了，我是要來跟妳說，蔡約翰的補助款申請下來了。」陸姊把公文夾遞給我。

「太好了，謝謝，等我整理完報告，就去他家公布這個好消息。」我接過來，放在文件架上的第一順位。

宋子平聽見我們的對話，插嘴道：「聽說那個蔡約翰很難纏？妳們怎麼變成朋友了？」

「認識以後，發現蔡約翰其實人不錯。」我說。

「要講難搞，向陽上回那件案子才頭痛呢！」安大哥說。

「說到那件事，向陽真是有夠衰。」嘖嘖兩聲，宋子平搖搖頭。

「什麼案子？」我問。

「就有個承租人想要在農地蓋工寮，林務局沒有核准，他就私底下偷偷蓋。向陽發現以後，好說歹說對方都不聽勸，最後向陽只好約承租人到現場會勘，準備發正式公文。那個承租人啊，在現場隨便飆罵髒話，還不承認自己在場，控告向陽偽造會勘記錄。讓向陽三不五時就得跑法院，煩都煩死了。」宋子平心有餘悸地說。

「神經病。」我嘀咕。

「神經病到處都是，早期還有違規蓋宮廟的人士，當我的面拿出一隻活雞，說要對我作法、下降頭呢！」安大哥乾笑兩聲。

「幸好我碰上的承租人都還算好講話，也沒有瘋子揚言詛咒我。」我說。

「小儀，下次碰到奇怪的人就告訴我，不要約向陽了，我也可以幫妳出氣！」宋子平把指節折得喀喀作響。

「三八，人家向陽是台大森林系畢業的高材生，會對承租人說之以理、動之以情，你咧？」陸姊推了宋子平一把，「就只會動拳頭？」

「我也不差啊，人家我也大學畢業欸。」

「少放馬後炮。你不是要出門？」

「對啦對啦。」宋子平拎著背包起身。

「最近常下雨，騎車小心啊。」陸姊提醒。

「別擔心我，」宋子平拍拍胸脯，「天氣不穩定的話，我就開公務車出去。」

安大哥哼了哼，道：「不只開車騎車要小心，走路也要小心，別像前天那樣滑倒了，搞成一個泥人回來。」

我和陸姊同時迸出笑聲，一想到人高馬大的宋子平全身沾滿泥巴，姿勢僵硬地走進辦公室，活像個穿越時空的兵馬俑，就讓人忍俊不住。

話匣子打開了，安大哥聊天的興致被挑起，於是問我：「小儀，有沒有聽過『樹木賽跑』的故事？」

「沒聽過，說給我聽。」我撐著下巴。

安大哥清了清喉嚨，朗聲道：「很久很久以前，樹木們舉行了賽跑比賽，起跑前，檜木嘲笑台灣雲杉個子矮，一定跑不快，沒想到比賽開始後，台灣雲杉卻一馬當先跑在前面。

「許多樹木只跑到半山腰就停下來，二葉松說：『我跑到這裡就好，晚上沒有火光，可以把我的腳切來點火照亮。』

「漸漸地樹木愈來愈少，台灣雲杉仍然繼續跑，它笑著說：『你們還說我矮小，可是跑得最快的還不是我嗎？』所以現在台灣雲杉的枝椏是彎曲的，正是因為他一邊跑一邊得意地舉著手說：『我跑得最快！』。」

「哈哈哈，很有趣。」我笑道。

「都聽過一百遍了。」剛掛上電話的老劉低聲碎念。

「我是說給小儀聽的，又不是你。」安大哥涼涼地說。

「算了，我要去抽根菸。」老劉氣呼呼地離開辦公室。

我彎起嘴角，發覺自己愈來愈喜歡同事們了。

13.

最近，我常常把自己想像成一塊乾海綿，盡可能吸收知識，向前輩們多多請益學習。

苗圃的進度在掌握之中，巡視林地也按照固定的週期走，除了育苗造林，疏伐也是重要的林務工作項目，適逢楊向陽手上有一個正在進行的案子，所以只要擠得出時間，我就會變成楊向陽的小跟班，一起去疏伐帶監工，楊向陽也總是傾囊相授。

「林地需要被經營管理，得刈草、除蔓、修枝和疏伐。刈草、除蔓就是以積極介入的方式除去雜草，修枝則是修去樹幹上的節點，不讓樹幹分岔，長成枝椏分散了生長能量。節點也會影響美觀，就木材運用而言是缺點，為了不讓節長大，必須趁小修掉。良好的樹型應該要『通直圓滿』，樹梢和樹根的比例不會差太多，同時注重長度和寬度，砍伐後才能作為方便利用的木材。」楊向陽說。

「疏伐呢？」我問。

「疏伐是中後期的重點工作，目的在於調整森林密度。」楊向陽解釋：「妳想喔，造林初期是不是會將樹苗種得很密，讓林木彼此競爭、搶陽光，盡量向上拔高？」

「對。」

「在幼齡林邁向成熟林的階段，為了調節樹林鬱閉的情況，就會進行疏伐，決定一公頃的土地保留多少棵樹，以維持足夠的樹木間距，使樹根有擴展空間，樹葉獲得充足陽光。一般而言，疏伐後的林地植被生長良好，尚未疏伐的樹林則鬱閉率高，地被植物相較之下明顯虛弱。」

「原來如此。」

楊向陽是個好老師，對我知無不言、言無不盡，而且施工地的環境相當安全，我也就放心把頭目的牽繩放開，讓牠自由自在地亂跑，我則跟在楊向陽身邊，觀察他如何和廠商斡旋。

這次的疏伐帶位於淺山區域，是一條縱向的帶狀柳杉林，林相單一而鬱閉，上下綿延三百公尺。位居邊緣的樹幹上，被噴了三道紅漆，還綁上繩子並打上鋼印，以免伐木時不小心越界。

楊向陽教過我，疏伐的方式有許多種，例如「行列」，就是像現在這樣一條條砍。而「選木」，則是從林間選定要砍的樹，削去一層樹皮做上記號，然後在靠近樹根的地方打上鋼印。畢竟林地若自由生長，哪一天同時大量衰退，對森林來說反而是不好的。

此刻，一落落圓滾滾的木材堆放在路邊，我望著穿透森林的陽光，相信不久之後，這批柳杉會長得更高大更健壯，林地的生物多樣性也會趨於豐富。

「這批柳杉的紋路非常漂亮，拿來做家具正好，直接呈現木材紋路，就是很好的設計。」楊向陽稱讚。

他正在和廠商談話，我則站在咫尺之遙旁聽。

「其實國產材品質很不錯，不像一些國外進口的家具雖然便宜，卻不能適應台灣潮濕的氣候。希望公告上網標售以後，會有識貨的人買下這些積材。」楊向陽說。

「嘿咩，咱不是只有『Be仔』跟『Hi』而已，著無？」廠商說。

「『Be仔』是什麼*？」我問。

「Benihi，台灣紅檜。」楊向陽說。

「『Hi』呢？」我又問。

「Hinoki，台灣扁柏。」楊向陽耐著性子解釋。

廠商看看楊向陽，又看看我，笑道：「葉小姐，楊先生對妳很不錯耶，而且不抽菸不喝酒，又長得一表人才，怎麼不訂下來做老公？」

「啊？」我和楊向陽四目交接。

空氣瞬間變得稀薄，阻礙了我的呼吸，讓我臉色漲紅，覺得有些缺氧。

「頭目，對不對呀？」廠商氣定神閒地問。

「汪！」頭目搖搖尾巴。

「哈，不要亂講啦。」楊向陽拍向廠商的肩，試圖以笑聲蒙混過關。

結束本日的例行工事後，楊向陽從背包掏出一台攝影機，神祕兮兮地對我說：「走，帶妳去看我的新發現。」

我把頭目喊回身邊，牽繩繫在項圈上，好奇地問：「什麼？」

「到時候妳就知道了。」他擠擠眼睛。

「你那什麼臉？到底是什麼啦？」我倆相視大笑。

雖談不上休戚與共，但一起經歷了這麼多事，我想，我們算是朋友了吧。

接下來的計畫是徒步前進，我們走了兩個多小時，逐漸接近森林邊緣，最後於一棵高二十公尺的胡桃樹下停步。

＊台灣扁柏的台語式日文發音為hinoki（ヒノキ），紅檜則為benihi(べニヒ)。然而在口耳相傳中，漸漸有meniki一稱，所以有巡山員稱紅檜為「me啊」。文中採用與benihi更有連結的方式「be仔」書寫。

胡桃樹屹立於一片赤楊之間，翠綠的樹冠寬闊龐大，猶如一頂大帳棚。從它灰白色樹幹上的縱向淺裂紋看來，是棵年深歲久的老樹了。

「頭目，噓，保持安靜。」楊向陽拍拍頭目的背。

然後，他比了個手勢，要我仔細觀察那棵樹。

我瞇起雙眼，像電子儀器一樣由上而下一吋吋掃描胡桃樹的各個部位，當我的目光來到離五公尺的高度，突然瞥見樹幹中央鑲著一個拳頭大的樹洞。若要我猜，裡面住的不是松鼠就是喜鵲。

「看到了！是松鼠洞。」困惑在我的眼底流轉：「要我看那個幹嘛？」

「不是松鼠洞喔。」他的笑意慢慢擴散而開。

楊向陽翻出攝影機，確認電池滿格後再度塞回腰包。接著，他拿出我生平所見最矯捷的身手，三兩下就攀上了樹，靈活度足以媲美猴子。

我目瞪口呆地望著他，幾分鐘後，攝影機被架設在樹枝上，鏡頭瞄準了樹洞。

「小心哪！」我以氣音喊道。

楊向陽朝我比了個大拇指，隨後下攀至較為低矮的分岔處，雙手握緊枝椏，以漂亮的姿勢做了一個擺盪，再一躍而下。

「來。」他示意我們一起退至幾公尺外。

我把頭目摟在胸前，以輕柔的動作觸摸、安撫牠，和楊向陽埋伏在林間靜靜等待，頭目很快地安靜下來。

起先什麼都沒有，沒有風、沒有動靜、沒有聲音，胡桃樹好似尚未從冬眠中甦醒，始終維持一模一樣的靜止神態。

忽然，一隻拍打翅膀的鳥雀飛掠而過，暫停鍵解除了，停格的畫面開始運作。

我沒看清楚是什麼鳥，只隱約捕捉到牠灰色的殘影，然而，從那隻鳥開始，我的雙眼焦距被拉開，視角變得廣闊，剎那間森林活潑起來。

風吹樹梢，枝頭顫動，鋸齒狀的胡桃葉片猶如青春少女的裙擺搖曳生姿，再回望樹幹本身，樹洞像是張開嘴巴，發出無聲的嘆息，又像一隻朝外窺探的眼睛。此刻，無聲與有聲同時淹沒了森林。

有什麼東西從樹洞探頭了。

一張蘋果形狀的小臉，兩隻圓如鈕釦的雙眼，還有尖尖彎彎的鳥喙。牠的臉部周圍繞以黑色羽毛，眉間是乳白色，頭頂至後頸則為一片深黃。

「一隻貓頭鷹。」我訝然。

「是灰林鴞喔。」他微笑。

楊向陽與我肩並著肩，他開口說話時，鼻息如春風拂過我的肌膚。我沉浸在親暱的互動中，迫不及待希望他多說一些。

「我不懂灰林鴞。」

「牠是大型貓頭鷹，長度大約三十五到四十公分，胸腹有明顯的黑褐色箭矢狀橫斑，尾羽是褐色的，有白色橫紋。灰林鴞分布於針闊葉混合林，一般在樹孔中築巢，日間常坐在樹枝上休息，屬於夜行性動物，獵物包括鼠類、鳥類、蛙類、蜥蜴和昆蟲，一般而言是單獨或成對行動。」

「真聰明哪，知道要直接住在餐廳裡，多方便！不過，為什麼要架攝影機呢？」

「想記錄牠的雛鳥孵化啊，灰林鴞屬於保育類動物，每年繁殖期在一到四月，會產下三到五顆蛋，由母鳥獨自孵化三十天。」

根據楊向陽的說法，灰林鴞從一歲開始尋找伴侶，找到以後就會共渡餘生，終生守護巢穴，並且極力保護雛鳥，持續照顧長出羽毛的雛鳥二至三個月。

我向來對所有貓頭鷹類的動物心存好感，認為牠們既神祕又充滿靈性，形象總是帶有一抹奇幻色彩。直到今天我才曉得，原來灰林鴞不僅外型討喜模樣可愛，性格還相當顧家且忠貞。

多好哇，一輩子守著一個家，無怨無悔不離不棄，說不定牠們根本是與生俱來的親子專家，相信陪伴小孩成長是家長莫大的福氣。

我的父親曾經很期待休假回家，當時我還是個無憂無慮的小女孩，用撕去日曆來練習數數，會掰著手指估算父親回家的日子，還會在聽見鑰匙轉動的聲響時飛奔至門前，又是提包包又是擺拖鞋的，一心想要討好父母，搏得大人的讚美。

當時，母親也還沒有對於偽單親生活心懷怨懟。

隨著爭吵次數愈來愈多，父親也愈來愈少現身於家門前，某一個天氣陰鬱的傍晚，一枚揉合了疲勞、憤怒、委屈和虧欠的情緒炸彈終於爆發，讓殘缺不全的家更是支離破碎。

「在想什麼？」他問。

我躲開他溫柔的凝視，黯然回答：「我怎麼覺得，連灰林鴞都比我好命？」

他無言以對，抬頭瞥向天空，輕輕替我拉上帽兜，「飄雨了，我們回去吧。」

回到辦公室已是下午三點多，楊向陽把灰林鴞的鏡頭連接到電腦螢幕上，悉心調整焦距，希望得到最清晰完整的畫面。

我伏案敲打報告，安大哥也是，不過我打字有如行雲流水，他卻是用一指神功，也真是難為他了！安大哥在山上一把罩，但實在不是坐辦公室的料。

其他同仁也陸陸續續進來，像是歸巢的辛勤工蜂，在外頭忙碌了大半天，帶著各自的成果回來。祥和的氣氛中，打字聲、交談聲和輕微動作發出的聲響交織為背景音，讓我進入深度專注，像是潛水夫一般打撈著今天的記憶。

「你說什麼？」安大哥忽地大吼。

我心頭一凜，從靈魂出竅的神遊中被拽回到當下，只見安大哥握著手機，兩條糾結的眉毛幾乎聚在一起。

「怎麼了？」我對楊向陽耳語。

楊向陽臉上寫滿茫然，聳了聳肩。

「唉呀！知道了，你在原地等。」安大哥重重吐氣後掛上電話，抱怨：「宋子平那小子可真會找麻煩。」

「幹嘛？」老劉抬頭，接著馬上又說：「算了，我不想知道。」

安大哥一臉無奈，拍拍老劉的椅背，「走啦走啦，出門了，你的小老弟需要道路救援。」

「叫菜鳥自己走回來。」老劉繃著臉說。

「他在山上耶，怎麼走？」安大哥說。

「煩死了！就算人在塔塔加，也叫他自己走回來。」老劉賭氣道。

楊向陽見狀，馬上朝我使了眼色，「我們通通一起去。」

於是，安大哥和楊向陽拖著心不甘情不願的老劉，我們四人一塊兒塞進公務車內，由安大哥指路、楊向陽開車，在蜿蜒山路上循線搜索我們落單的組員。

半小時後，我們在8K左右的位置，找到連人帶車卡在半路上的宋子平。楊向陽把車靠邊停好，我們其他人瞬間簇擁而上，將那輛歪斜的廂型車團團包圍。

「嘿，大家都來啦？」宋子平從半掩的車窗探頭，咧嘴笑道。

「你還笑得出來？這什麼狀況？」老劉雙手抱胸，擺出一張厭世臉。

宋子平立刻向我們細數這天的不幸：「天氣不好嘛，我開到一半，看見前面有落石，所以趕快煞車，沒想到車子在泥濘中打滑，一邊是峭壁，我只好打方向盤往另一邊退啊，結果車輪就掉進山溝內了。」

的確，下過雨後的路況變得很差，我瞥見車子的右後車輪在排水溝上方懸空，導致整台公務車硬生生地卡在半山腰動彈不得。

「腦殘嗎？要不要幫你跟陸姊借針線，把天靈蓋上面的洞縫起來？」老劉的嘴唇抿成一條兩端下垂的線。

「現在怎麼辦？」我問。

「抬車啊。」安大哥把宋子平叫下車，「小儀妳去坐駕駛座，等一下我數到三，妳就回正方向盤，然後輕踩油門。」

「喔，好。」

接著，安大哥、老劉、楊向陽和宋子平圍聚在車子的右側，四個人排排站，以半蹲姿勢準備抬起公務車的側身。

「一……二……三！」五個大男人齜牙咧嘴，用盡力氣扛車子。

我也遵照安大哥的指令，不敢把油門踩得太猛，以免害自己衝下懸崖。

片刻後車子緩緩往前挪動，從幾公分推進為十幾公分。透過兩側的後照鏡，我瞥見我的組員們各個咬牙切齒、表情猙獰，使出了吃奶的力氣，從臉頰紅到耳根。

身為駕駛的直覺告訴我右後輪平穩著陸了，我放膽往前再開幾公尺，靠到路肩停放。

這時車外爆出喧鬧，同時混雜著熱烈的歡呼聲和累翻了的咒罵聲。

「幹得好！」我跳下車，分別和宋子平還有楊向陽擊掌。

「辛苦大家了。」安大哥發出滿足的嘆氣。

「你這小子……」老劉上氣不接下氣，指著宋子平的鼻子說：「連車都不會開，第一天上班喔？」

宋子平摸著頭傻笑，「別生氣，我請大家吃宵夜嘛。」

「等等，」老劉的鼻翼外翻，不停四處嗅聞：「什麼臭味？誰踩到狗大便？」

「不是我。」我檢查鞋底。

「喔，應該是我車上的垃圾啦。」宋子平一派輕鬆地說：「我今天開車出來，就是因為昨天發現有人在山上亂倒垃圾。」

「什麼垃圾？你在車上裝垃圾？」老劉的眼底噴出火花，脖子浮現青筋。

宋子平繞到廂型車後方，敞開車廂門，惡臭頓時撲天蓋地而來。

我以衣袖掩蓋鼻子，改用嘴巴呼吸。

宋子平不以為意，繼續說道：「我仔細研究了一下，想說到底是事業廢棄物，還是家用垃圾咧？結果都是些瓶瓶罐罐的家庭垃圾，你們看，有牛奶瓶、牙膏還有洗衣精的空罐，可能有住戶懶得等垃圾車，就隨便亂丟了。」

「真沒公德心。」我說。

「就是嘛，垃圾會污染上游水源，最後還不是被吃進自己肚子裡？這些人很不會想欸。」宋子平說。

「拍照記錄了嗎？」楊向陽問。

「當然有，兄弟，你真該看看那副景象，根本是垃圾瀑布啊。」宋子平誇張地比劃著，雙眼炯炯有神，彷彿親眼見證的是價值連城的寶藏。

「那也不要把垃圾堆在公務車上呀！還一袋一袋的，你聖誕老公公喔？」老劉不悅地說。

「子平，建議你下次可以先打給環保局請求支援。」安大哥莫可奈何地搖搖頭，道：「還有，我認真跟你講，你的這個技術喔，以後只要下雨天，通通不准開車出去。」

14.

韶光易逝，南投山區的景致也換上新衣，工作站牆外的台灣欒樹開花了，金黃花瓣有如烈火，在向晚的紅霞裡熊熊燃燒，氣囊狀的三瓣蒴果有的呈現玫瑰紅色，有的轉為淡紫，有的則是成熟的紅褐色，宣告深秋的來臨。

這段時日我的腳程大有進展，和以前比起來簡直健步如飛，也鮮少有肌肉酸痛的跡象。適應長距離於山路步行以後，回到辦公室的時間愈來愈早，我再也不用懼怕老劉的白眼。

熟悉身體律動節奏帶來的更大好處是，我開始有能力留意周遭環境的細節。就拿昨天來說，我在幾塊光裸的岩石旁，瞥見一條扭著身子迅速溜走的百步蛇，轉眼間消失於石縫之中。百步蛇是部分原住民族群的信仰象徵，以節理分明的深棕色三角形紋案稱著，圖騰常被使用於雕刻等藝術品，能一睹百步蛇本尊的風采，我真是倍感榮幸。

我還在一棵赤楊下方發現動物腳印。

楊向陽教我分辨野生動物的足跡形狀，山羌的蹄印像是倒過來的兩瓣愛心，蹄間的空隙很小；山羊的左右兩蹄間距較大，前端與後端的弧度相近，好比兩枚拉長的杏仁；野豬雖然有四蹄，但通常只在地面上留下前兩蹄的痕跡，腳印前尖後膨，形狀類似尚未處理的腰子。

此外，還有之前一直被我忽略的蟲鳴鳥叫。

當凝鍊的專注力被撐開、擴散，猶如延伸的蛛網，我發覺自己能夠擁抱、容納、感受得更多更廣，沉寂的森林彷如從長眠中被吻醒的睡美人，令我的知覺鮮活起來，世界變得欣欣向榮。

下班後的自由時光也變得精采許多。

這天，為了表達謝意，宋子平邀了幫忙抬車的組員們一起在宿舍公用客廳享用宵夜並且小酌幾杯。家住水里的本地人莊哥和陸姊也獲邀參加，唯獨老劉推說家中有事，所以先離開了。

我們繞著茶几圍坐成一圈，桌上擺滿了雞胗、雞爪、脆腸、豆干、米血等滷味，小菜淋了麻油和特製滷汁，滿溢鹹香晶亮的油脂，讓人胃口大開。旁邊是堆滿冰塊的冰桶和整箱啤酒，宋子平就守在飲料旁，確保我們每個人隨時都有一杯沁涼暢快的啤酒可喝。

安大哥向莊哥還有陸姊重述一遍當日的情況，當講到老劉看見垃圾的反應時，眾人哈哈大笑。隨後他們繼續談論那輛可憐的車，楊向陽則找話題和我閒聊。

「小儀，妳最喜歡什麼樹？」楊向陽問。

「欸……」心底浮現的答案如此清晰明確，這個問題很簡單，難的是鬆口坦白。

「當然是榕樹啦，我小時候常常爬到榕樹上，去扯它的鬚根。」眼光迷濛的宋子平轉頭，嘻嘻笑著搶答。

「子平，我跟你說，」莊哥攬著宋子平的肩，將他拉回原本的抬車話題，「那輛公務車你負責洗乾淨，不能聞起來有垃圾味，知道嗎？」

「好啦，乾杯！」

「乾杯！」

趁著沒有人注意，我對楊向陽吐實：「我喜歡台灣雲杉，小時候我爸會撿它的果實給我玩。我爸不常在家，所以我猜，對我來說台灣雲杉也帶有信物的概念吧。」

「原來如此。」

「你呢？」

「我喜歡青剛櫟。」

「為什麼？」

楊向陽俊挺的五官綻開，笑道：「我不像妳，沒有什麼深刻的大道理，單純只是覺得橡實的形狀很可愛。有看過『冰原歷險記』嗎？那隻松鼠死都要追回滾走的橡實？」

前端尖銳，表皮光滑，種臍突出的橢圓球形的堅果，在我的腦海裡緩緩成形。

「記得。」我笑著點頭。

「剛好林班地裡也有青剛櫟，夏天結實期間路過，隨手撿個一兩枝，會讓我心情很好。」在酒精的催化下，他瞇起眼睛，流露出一股傻氣。

剎那間，我的心跳像忘了怎麼煞車，猛然暴衝了幾下。

「嗯，單純的美好，或許我也該試試喜歡青剛櫟。」我低頭看著手裡的啤酒罐。

「沒錯。」楊向陽嚥下一大口酒。

「安大哥呢？」我問：「最喜歡什麼樹？」

「我心目中的第一名是楓樹和茄苳樹，在我們鄒族的傳說裡頭，天神『哈莫』從天空來到玉山，祂用力搖動楓樹，楓樹葉就變成鄒族人的祖先，祂又用力搖晃茄苳樹，茄苳樹葉就變成漢人的祖先。」安大哥輕輕搖晃啤酒罐。

「錯！告訴你們，台灣欒樹才是最厲害的，它在世界各地許多地方是入侵物種，也算是為國爭光啦。」莊哥笑稱。

「汪！」頭目吃光了我餵他的飼料，開始繞著我的腿乞食。

「不行，滷味對你來說味道太重了。」我揮手要牠走開。

顯然牠對美食的渴求高過了對主人的服從，頭目抽動著鼻子，下巴擱在茶几上，不停搖晃尾巴，一雙充滿渴望的漆黑大眼死死盯著桌面上的食物。

「頭目來，吃滷雞翅。」還來不及阻止，宋子平就夾了好大一塊肥嫩的雞翅，丟進頭目的食盆裡。

「汪！」頭目以腹側蹭了蹭宋子平的膝頭，迅速叼起雞翅往角落裡走去。

「真是好狗命。」安大哥嘖嘖兩聲。

「不要隨便餵牠，滷味那麼鹹，會得腎臟病，而且碎骨頭會刺到喉嚨。」陸姊提醒。

「不會啦，我們頭目是英勇的高砂犬耶。」宋子平拍拍頭目的背。

頭目長得很快，撿回來養了快三個月，體型已逼近一般米克斯成犬，在短時間內長成一隻龐然大物。不只是宋子平，楊向陽和安大哥也常把便當分給牠吃，讓牠的成長曲線一飛沖天。

頭目立刻被其他住宿舍的同事們給收買了，對我來說也不無好處，等於是大家一塊兒飼養牠，分攤了我不少經濟壓力。加上何宇倫時不時寄包裹來水里給我，裡面裝滿了乾狗糧、肉乾、潔牙骨等犬用零食，即使某天我不幸失業再無收入，頭目也絕對不會斷炊。

說到何宇倫，每逢週五夜晚必然會傳來的邀約訊息，一杯咖啡、一頓午餐或一場電影，各式各樣的名目，隱約帶有是緬懷往日情誼的試探，意思不難猜測。我正在苦思如何把狗食的費用退還給他，免得欠他人情牽扯不清。

轉眼間頭目把整根雞翅啃得乾乾淨淨，牆角只剩一截光裸的骨架。牠意猶未盡地舔舔嘴巴，又搖著尾巴來到桌邊討吃的。

宋子平舉起筷子，視線在一袋袋滷味之間流轉。

「別把頭目的嘴巴養刁了，我們還有可以吃到世界末日的狗飼料。」我拍拍頭目的背，把牠趕去角落休息。

「妳那個當獸醫的追求者又寄狗食來了？」宋子平一臉醋意。

「不是追求者啦，只是老朋友而已。況且寄來的包裹雖然寫我的名字，裡面可全部都是頭目的點心。不要說這個啦，乾杯！」我向眾人敬酒，隨後藉機改變話題：「大家是為什麼想當巡山員呢？安大哥先說。」

「我家住在山上，來到山上就像回到家。」安大哥理所當然地回答。

「宋子平？」我轉向他。

「我啊？」宋子平搔搔腦袋，「大學畢業以後不知道要幹什麼，看到林務局有在招考，就考考看啦。其實在報到以前，我從來沒有爬過高山。」

「還好意思講。」陸姊白他一眼。
「這表示我有天份啊！才華是騙不了人的。」宋子平打了個飽嗝。
「至於我們，」莊哥比比自己和陸姊，「我們讀森林系的時候就是班對，所以約好了一起回到我的家鄉服務。」
「好羨慕喔！」我說。
「甜蜜耶。」宋子平跟著起鬨。
「換向陽了。」我把酒杯一指。
「對，換向陽說，他才是我們工作站裡的傳奇人物。」莊哥把酒一飲而盡。
實在拗不過廣大聽眾的期待，楊向陽把啤酒杯裝滿，丟入三顆冰塊，搖了搖哐噹作響的玻璃杯，深深吁了口氣，道：「其實，我算是阿姨養大的。」
原來，他很小的時候，父母就雙雙離世了。
一個是出車禍，另一個得了癌症，前後不到兩年的時間，他痛失至親，成為孤零零的一個人。才八歲，剛上小學二年級的孩子，被母親的姊妹領養，兩人一起住在南投的山上。楊向陽喊她阿姨。
阿姨沒有結婚，靠幫人煮飯打掃獨自撫養楊向陽，生活一貧如洗，每到月底就只能以泡麵果腹。所幸楊向陽非常用功，先天資質不錯加上後天足夠勤奮，每個學期都拿獎學金，對家計不無小補。

這樣的情況持續到高中畢業，他順利考上台灣大學森林系，成為全村第一個台大資優生，阿姨高興極了，特地殺了一隻豬，在村子裡辦桌請客。

由於家中經濟狀況不好，楊向陽沒敢接著念研究所，急急忙忙踏入社會賺錢。他有很多同學都考上公務員和教職，然而這兩種職業雖然生活穩定，累積財富的速度卻太慢，最後他受邀至大型森林遊樂區擔任顧問，年薪超過百萬。

接下來的日子，他忙著替旅遊飯店業者運籌帷幄，鎮日奔波操勞，在螢光幕前擔任發言人，於會議室裡報告營運策略，頭幾年的確累積了幾桶金，但也因此忽略了老家的阿姨。

阿姨病重的情況，全村上下只有楊向陽被蒙在鼓裡，在阿姨的堅持下，消息封鎖得很徹底。最後是楊向陽打電話回家沒有人接，他才發現異狀，詢問村長後才得知阿姨已經轉至安寧病房。

「阿姨說，不願讓疾病綁架了我的自由。」楊向陽啞著嗓子說：「可是，就算我辭去工作，侍奉阿姨到臨終的那一刻，我還是覺得很對不起她。」

「你已經很孝順了。」陸姊拍拍他的背。

「我相信你阿姨肯定會以你為榮。」我憐惜地說。

他報以一絲羞赧的苦笑。

「然後向陽就被我們綁架啦。」莊哥厚實的胳膊搭上楊向陽的肩頭，後者肩膀往下一沉，但我怎麼覺得，莊哥的膀子貌似沉重，實則透過力量撐著向陽。

「乾杯！」

我們舉杯相互碰撞，發出清脆的撞擊，我嚥下因聽故事耽擱而變得苦澀的金黃色液體，突然覺得自幼失親的楊向陽比我可憐百倍，和他相比，我的傷痛似乎不算什麼了。

「換小儀講。」安大哥忽然點名我，眼裡浮現一抹促狹。

我愣了一下，五雙眼睛不約而同盯著我看，看得我十分難為情。

「不想說不勉強，喝一杯抵債。」陸姊試著替我解圍。

「沒關係，我想講！」不知道是不是酒精作祟，我覺得自己聽來一個祕密，理應用一個祕密作為交換才算公平。稍微順了順思緒，說道：「也許有些人已經知道了，我爸以前也是巡山員。」

「真的？叫什麼名字？」宋子平好奇地插嘴。

「葉茂山，人稱『阿山哥』啦，有聽過嗎？」莊哥說。

「當然有，阿山哥是大神耶！」宋子平驚呼：「聽說阿山哥幾乎每年都被提報參選『優秀護管員』，他一共接受過三次表揚，目前還沒人破他紀錄。」

楊向陽也面露恍然大悟的神情。

父親身穿特別燙過的巡護員制服，站在台上接受頒獎，那英姿勃發的模樣和眼底閃爍的驕傲，讓他整個人由內而外閃閃發光，至今仍令我難忘。

「可是後來……」宋子平的聲音愈來愈小，「阿山哥為了要救登山客，被洪水沖走了對吧？」

「嗯。」

所謂禍福相倚，看來，父親因公殉職一事，也傳遍了整個林業界。

我緊捏酒杯，紅著臉說：「我成為巡山員的理由，是因為我從小就滿崇拜我爸的，常常說長大以後要跟爸爸一樣，成為保護森林的勇士。」

「妳做到了。」陸姊溫柔地說。

「可是我常常懷疑，我到底是為了保護森林而當巡山員，還是為了跟爸爸嘔氣？我從小就好強，媽媽都說我像個小鬥士，可是，我爸曾說過我不是當巡山員的料，我很不服氣……」我的聲音愈來愈小。

「別聽他亂講，山神也有搞錯的時候嘛，妳真的很厲害！」宋子平嚷道。

「總之，我想證明我可以。」我咕噥。

「加油，莊哥挺妳！」莊哥說。

「安大哥也挺妳，」安大哥接著說：「我再過一兩年就要退休了，是該交棒給年輕人的時候啦。」

楊向陽以行動代替言語鼓勵，他轉身回房，再現身時手裡抓著一把吉他。

他獨唱了幾首代表友誼的歌曲，然後又和安大哥合唱了兩首老歌，原住民天生的好歌喉似乎具有療癒的功效，能釋放生命的傷痛。

這個夜晚彷彿無止無盡，時光在楊向陽動人的嗓音中停滯不前，他的歌聲時而滄桑時而熱切，迷濛的雙眼透出一縷焚風般的不羈，令我無法挪開視線。

此刻的我，被親愛的朋友和同事們包圍，只感覺到認同與接納，成就了無與倫比的滿足。恍惚間，我以為楊向陽是歌聲與風聲的組成，而非血肉之軀。他撥動琴弦的同時，也挑動了我的心弦。

15.

我跨過一截枯木，瞥見幾隻白蟻繞著蕈菇爬行。枯朽的樹木在自然界扮演著重要角色，鳥類利用枯木築巢育雛，鍬形蟲、白蟻幼蟲以朽木為食，蕈類則生長其上、汲取養分。

前方可遠眺對面山谷的垂直地層，裸露的岩脈是質地細密的暗黑色頁岩，夾著薄層的灰色砂岩。其上是成片滾軸狀的高積雲，白色雲塊底部帶有陰影，彷如鑲著一道銀邊，與下方的垂直岩層是同樣的灰黑色調，兩者結合為調性一致的美感。

我還發現一個奇怪的現象：當佇立於高樓之下，藍天似乎被張牙舞爪的建築物推得很遠，終至遙不可及。可是，當周遭環境少了現代化建築物的阻礙，天空卻變得好近，彷彿近在眼前，彷彿山林和天空彼此接納。

於水里開啟的嶄新人生和過往彷如兩個平行世界，接觸野生動物的次數比碰到陌生人還多，待在戶外的時間也比關在屋子裡還長，我感覺自己正歷經某種由內而外的蛻變。

最大的差異是，我放棄了對舒適生活的渴望，尤其是購物慾望。之前大概每隔兩三個月，就會產生想買新衣服的衝動，換季期間的折扣品、季節更迭的流行款式，琳琅滿目的商品估據了我的思緒。

如今我不再需要漂亮衣服了，那些洋裝、毛衣、圓裙、高跟鞋、涼鞋，通通沒有穿的場合，一雙樣式簡單的登山雨靴反而實用。少了選擇困難，人生竟變得簡單，真是不可思議。

「太神奇了，我的鼻子變厲害了，呼吸也好通暢，好像可以聞到所有植物不同的氣味，還能分辨細微的差異。」我滔滔不絕，與楊向陽分享這陣子的心境變化：「連我的觸覺也變得比較敏感喔，現在觸摸不同種類的樹皮，大概可以從紋理和質地猜出個六七成。大自然開啟了我身上的某種開關，讓感官知覺的使用程度銳化，從百分之二十狂飆到百分之一百二。」

他稱職地扮演好傾聽者的角色，時不時點點頭。

我繼續說：「就像……從前是生活在與世隔絕的氣泡內，我在那裡，又不是真正存在，那是一種身體和意識分家的狀態，肉身維持不動，靈魂卻四處飄搖，直到現在才真正清醒過來，欸，你聽得懂嗎？」

「滿意識型態，不過我可以理解。」

「你是不是覺得我話很多？」

「不會，聽妳說話滿有趣的，妳的表情很生動。」

「哈哈。」

「汪！」頭目附和。

「妳進步神速，相信再過不久，就可以獨當一面。」楊向陽嘴角上揚。

「那是什麼時候？」我問。

「可以把深山特遣任務視為一個關卡，如果挑戰成功，就算是晉級了。」他回答。

「嗯。」我默默地把這句話記下來。

今天巡視的是一條比較少輪到的路線，我們走在難以辨識的舊步道上，由識途老馬楊向陽擔任領隊，中間是我，頭目殿後。頭目相當機伶，知道跑遠了會落單，始終與我們保持不超過四公尺的距離。

入秋後山上依舊濕氣濃重，山頭浸潤在化不開的雨霧中，當微風徐徐吹來，樹影隨風搖曳，好似揭開了層層閃爍虹光的琉璃簾幕，營造出一種不真實又如夢似幻的氛圍。

我伸了個懶腰，吸入一大口冰涼的新鮮空氣，讓芬多精充滿我的肺葉。覺得可以對他暢所欲言，讓我心滿意足。

季節遞嬗帶來的不只是氣溫變化，常綠喬木的針葉轉為紅棕，枝稍高掛毬果。我想像父親踏過滿地厚實的松針，邊走邊四下環顧，想給女兒尋找一只最完美無瑕的台灣雲杉果實，作為一年一度的禮物。

「你對你爸媽還有記憶嗎？」我問。

「沒有，他們走的時候我還很小。妳呢？阿山哥私底下是個什麼樣的人？」

「我爸喔，」我思索片刻，回答：「我爸矮矮瘦瘦的，待人很親切隨和，臉上總是掛著笑容，所以外人都以為他脾氣很好。其實私底下他固執得像頭牛，對於堅持的事情，絕對說一不二，攔也攔不住。」

「聽起來是個很有原則的人。」

「說好聽是擇善固執，說難聽就是死心眼。」

「跟某人好像。」他挑起眉。

「你說誰？」我假裝叉腰生氣，「原來你也會開玩笑哪。」

「我只是比較慢熱。」

「跟冷凍食品一樣，要解凍久一點。」

楊向陽微微一笑，出聲提醒：「小儀，前面路比較滑，像遇到這種路段，就盡量靠著山壁走，看周圍有什麼能抓的東西就去抓，每一步都要確定沒有踩空。」

話才剛講完，我忽然失去重心，一聲驚呼卡在喉嚨裡，平衡感也應聲斷裂——

「汪汪汪！」頭目的反應比我更快速也更激動，代替我高聲呼救。

楊向陽及時朝我伸手，他抓緊我的胳膊，剎那間，我倆的手臂化為兩股交纏的繩索。

「穩住。」堅定語氣在我耳畔響起。

一股難以抗拒的力道將我拉進他的懷抱，下一秒，我蜷伏在他的胸口，臉貼著他的體溫，距離近得能清楚聽見他的心跳。楊向陽身上混合著日光、露水和青草的氣味包覆著我。奇妙的曖昧氛圍緩緩注入我匱乏的體內，猶如打著點滴……

「謝謝、不好意思。」我整個人往旁邊彈開。

「腳有扭到嗎？」他擔憂的眼神在我身上逡巡。

「沒事。」我咬咬下唇，紅著臉從眼角瞄他。

「先休息一下好了。」楊向陽以鞋跟把鬆土踩平，「站這邊比較穩，小心不要靠著山壁，潮溼的地方很多水蛭，有可能爬進雨鞋。」

逐漸熟稔彼此以後，我愈發覺楊向陽是個體貼可靠的男人，雖然他嘴巴上不說好聽的話，不像宋子平那樣講些撩撥的甜言蜜語，但他的溫柔細膩，表現在日常生活的每分每秒裡。

我承認自己是個怪人，向來不吃油嘴滑舌那套，遣詞用字華美的邀約、稱讚和引誘就像一雙漂亮卻尺寸不合的鞋子，於我而言，硬塞進去也只會弄痛雙腳。所以我討厭過於刻意的照顧，更不願被當作為了滿足大男人尊嚴，而攬入羽翼下的弱小。

但對於男人發自內心的體恤，我總是難以招架。凝視楊向陽扭開水壺瓶蓋，把水倒在掬成碗形的手心餵給頭目，儘管高海拔的氣候寒涼，暖意卻在我心頭蔓延。

「知道要保護主人，頭目，表現得不錯喔。」他對頭目低語，這一幕讓我無法挪開視線。

楊向陽抬起頭，目光對上我的，「休息好了嗎？」

「等一下，我喝個水。」我努力忽視橫衝直撞的心跳，從背包翻出水壺。

意識到自己動心了的這一刻，除了驚訝，我也感到困惑失措。我沒有想到自己這麼快就走出了分手的陰影，更沒想到會喜歡上和前男友完全不同類型的男人。

我該怎麼辦？該主動約他出去嗎？這樣似乎不妥，女生總得有些矜持。況且，我也害怕是朝夕相處的好感愚弄了我的心，更怕自己會錯意。

楊向陽對我的關懷備至，純粹是出自於身為同事的友善態度吧？我不該多作他想，對吧？

關於這些問題，我目前仍沒有答案，也許時間將為我解答。

一如往常，我們在下午三點多回到水里市區，卻又一反常態，沒有直奔工作站。由於我耽溺在心事中，表現得有些鬱鬱寡歡，楊向陽以為我還處於滑倒的驚嚇中，便提議回辦公室前先去吃碗豆花壓壓驚。於是，我們轉往不常行經的街區。

事後回想起來，彷彿冥冥中自有定數。我們把野狼一二五並排停在店家對面的機車停車格，牽好綁著項圈的頭目，正準備穿越馬路的剎那間，我的眼尾餘光居然掃到了讓我深感興趣的東西。

「等一下！那是什麼？」

「看起來像是一座植栽場。」

「我們去看看。」

好奇心帶著我們往前移動，職業病使然，樹木之於我們，就好比地球磁極與磁石的關係，散發自然而然的吸引力。

從街道上看不出植栽場有多大，猜測大約堪比一座國小操場。我牽著頭目來到圍牆邊，踮起腳尖往內張望，雙眸掠過幾株七里香和各式各樣的盆景植栽，這時，一個熟悉的身影捕獲了我的注意。

「跳舞七里香？」我急忙拍打楊向陽的手臂，然後指給他看。

楊向陽與我並肩而立，他瞇起眼睛，打量角落的那棵樹，回答：「看起來確實很像，幾乎一模一樣。」

「根本就是！」我忿忿地舉起拳頭：「世界上沒有兩棵長相完全相同的樹，那一定是我們的跳舞七里香。找到山老鼠的上游了，快打一一〇！」

頭目不明就裡，歪著腦袋抬眼凝望我們。

「先冷靜一下，在百分之百確定之前，我們不能貿然行動。搞錯了事小，萬一打草驚蛇，可就不好了。」

「那怎麼辦？」

「一般的程序是先幫樹木拍照採證，比對特徵點，方便警察申請搜索票。」楊向陽左顧右盼，建議：「不如我們在附近，找個能看清楚樹的制高點？」

「不，我有更好的辦法。」

「什麼？」

「我們直接進去看。」

「啊？」楊向陽狐疑地問：「妳該不會打算翻牆吧？」

「當然不是，我們是文明人，要用文明的方法。」我語氣堅定地告訴他。

仔細端詳楊向陽的穿著：防風外套、雨褲、登山雨靴和背包。再看看自己，也是類似的打扮，這副德性不曉得能否行得通？我決定賭一把。

「我們把背包放在車上，不要看起來像兩個外行人。」我抓著一臉疑惑的楊向陽回到車旁，「跟著我做就對了。」

我放下馬尾，用手指梳鬆頭髮，整理服裝儀容，只帶了手機，其他不必要的物品則塞回車子置物箱。

「給我五分鐘。」我又拉著他走進路旁的一家藥妝店。

站在開架化妝品的專櫃前，我把所有可供試用的粉餅、眼影和口紅全都抹在臉上，還擦了某種號稱防水加倍的睫毛膏。

「妳幹嘛突然化妝？」楊向陽問。

我端詳櫃檯旁的小鏡子，確認那款正紅色的唇膏夠艷麗，隨後抓了一條護唇膏結帳，稍稍平衡我的罪惡感。

「可以了。」我滿意地對他說：「從現在開始，你不是楊向陽，而是我的司機老楊。」

我們沿著牆找到植栽場大門，我故意長按門鈴，企圖營造出囂張跋扈的氣勢。

金屬柵門反射出冷冷寒光，裡面幾隻原本趴在地上的看門狗立刻起身，喉頭發出陣陣不友善的狂吠，我彎下腰抱起頭目，將牠護在胸前。

門內跑出一個嚼著檳榔的禿頭中年男人，他不耐煩地喝斥幾聲「閉嘴」，看門狗隨即順從地安靜下來。

「什麼事？」禿頭男問。

「我路過這裡，發現有幾棵不錯的樹。」我趾高氣揚地宣稱自己是某大企業老闆的庭園造景設計師，正在幫案主物色一棵適合擺在院子裡的樹木。

「小姐想找什麼樣的樹？」禿頭男問。

「我的客戶不喜歡太普通的物件，愈獵奇愈好，最好能夠有達文西的意境，混合高第的巧思。」我摟緊頭目，愛憐地摸摸牠，「唉，沒辦法，客戶的豪宅光是前庭就有一百坪，為了讓狗有地方跑嘛。你們有沒有樹型比較特殊、然後樹齡大一點的，例如七里香？」

「您客戶的房子蓋在哪邊呢？」禿頭男又問。

「環境的問題你就不用擔心了，我自有主張。」我故意讓對方看清楚自我眼底一閃即逝的鄙夷：「能找到東西最重要，你也不用煩惱價格，我客戶出得起。」

「是是是，我們確實有幾棵不錯的七里香。」禿頭男陪笑道。

「那我可以進去了嗎？」我驕傲地抬高下巴。

「那位是？」禿頭男朝楊向陽一瞥。

「司機。」我說。

楊向陽不苟言笑，雙膝併攏抬頭挺胸，站姿有如守護公主的騎士。於是禿頭男放我們進門。

「這些都是要賣的對吧？」我隨口問道，大搖大擺地在裡面亂逛。

「大部分都是等待出價的商品。」禿頭男回答。

「好奇怪，你們是新開的嗎？印象中，這裡以前是一片被鐵皮圍起來的工地？」我問。

「喔，我們植栽場本來的空間不夠用，所以擴大營業。」禿頭男說。

我故意往跳舞七里香的方向走，沿途對每一棵樹品頭論足一番，當我走至定點，立刻以誇張的音量高聲讚嘆：「哇，這棵不錯耶！好像米羅的作品，非常超現實主義！」

「小姐好眼力，這棵七里香是我們的鎮店之寶。」

「怎麼賣啊？」

「它是非賣品。」禿頭男搓搓手，像一隻盤算邪惡計畫的蒼蠅：「這棵的樹型像是人在跳舞，萬中選一啊，早就被訂走了。」

「可是我只喜歡這一棵，」我跺腳，嘟起嘴巴說：「你從哪裡拿到的？不然幫我再拿一棵？」

「小姐，我都說了，這棵七里香非常特別。您這是在為難我啊。」

「對方出多少？我多加一百。」我的語氣趨於強硬。

「所以，」禿頭男似笑非笑地說：「您打算出價三百萬囉？」

「沒問題呀，運費另計，貨車送的時候要帶土球。」我裝出毫不在意，摸摸頭目的耳朵。

「好吧，我也不想讓漂亮小姐失望，成交。」禿頭男舔了舔嘴唇：「我們辦公室請。」

趁他轉身的半秒鐘，我以頭目作為掩護，迅速掏出手機，喀嚓喀嚓幫跳舞七里香拍下好幾張照片。

禿頭男大驚失色，他皺起眉頭想搶我手機：「售出前不能拍照！」

「笑死人，我是設計師耶，」我把手機塞回口袋，兇巴巴地瞪著他：「不拍張照片，要怎麼規劃樹旁邊是要蓋噴水池還是小花園啊？」

似乎是聽見人類交談的語氣陡地上揚，看門狗意識到衝突產生，不約而同自地板爬起來，齜牙大聲咆哮，還把前腳蹲低擺出戰鬥姿態。

頭目也不甘示弱，「汪汪汪」的猛叫，植栽場內霎時狗吠四起，此起彼落的叫囂對罵彷如環繞音響。

這時，一股龐大的溫暖貼近我的皮膚，只見楊向陽直挺挺地站在我身邊，以行動證明他是我的靠山。因此，我更是無所畏懼地揚起下巴，大膽迎向禿頭男充滿怨念的目光。

或許是怕丟了生意，也或許是想要息事寧人，禿頭男終於退讓：「來吧，我們去辦公室填文件。」

植栽場辦公室是一間五六坪大的鐵皮屋，裡面只有簡單的事務機器和兩張桌椅，甚至連室內電話也沒有。

禿頭男拉開抽屜，取出一張空白的單據，連同一支原子筆交給我。我則大大方方地坐下，摟著頭目，以鬼畫符般的字跡留下假資料。

「好了。」我把單子推回去。

「把證件給我核對一下。」禿頭男要求。

「我沒帶。」

「那怎麼行？沒有身分證件，我怎麼知道妳是不是騙子？」

禿頭男懷疑的目光在我和楊向陽之間逡巡，我可以感覺到身後的楊向陽不停變換雙腳重心，開始有些焦躁不安。

「都什麼時代了？我出門只帶一支手機，連現金都不需要，通通用行動支付，當然更不可能隨身攜帶身分證。」我堅持。

「不然，司機的證件拿出來給我看。」禿頭男不肯讓步。

就在雙方僵持不下的這一刻，禿頭男的電話突然響了，他瞄了螢幕一眼，便信步走到辦公室外接聽來電。

「喂？王議員？」禿頭男鞠躬哈腰，口氣出現一百八十度的大轉變，「是，一定、一定，我辦事您放心……不會的，警察知道個屁！」

禿頭男瞄了我們一眼，我裝作若無其事，不斷撫摸頭目的毛。

「好好好……王議員再見。」禿頭男掛斷電話，回到辦公室內，又換上那副不耐煩的嘴臉：「至少要有一張證件，不然我很難交代。」

我翹起二郎腿，翻了個白眼道：「晚點傳給你，可以了吧？哼，只是先下訂，又沒有要馬上把樹載走，你到底有什麼損失？」

禿頭男頓時語塞，愣一會兒後才勉強回答：「那好吧，今天一定要和我聯繫，否則不幫妳保留喔。」

「OK。」我們興高采烈地離開了植栽場。

我按照約定，當天就提供了資料，只不過不是把身分證傳給禿頭男，而是把比對照片等證據移轉給警方，警方也迅速做出處置。

真是老天庇佑，山老鼠的報應來得比預期還快，我幫跳舞七里香申了冤，也算替巡山員同行出了口惡氣。

16.

秋去冬來，我一點一滴見證季節更迭，頭目轉眼間長成六個月大的巨犬，三角頭、蝙蝠耳、高弓腰、鐮刀尾，骨架粗壯看似兇猛卻忠心耿耿，而且認得每一個水里工作站的成員。

我幾乎走到哪裡都帶著頭目，無論是工作、採買還是同事聚餐，只要餐廳老闆允許，我就會帶上頭目同行。

牠比我原先以為的還要機伶，聽得懂簡單指令，看得出主人的臉色，還曾兩度在我差點踩到獵人陷阱時出聲提醒，我懷疑牠擁有人類兒童的智力。

十二月二十四日這天，蔡約翰邀請頭目、我和楊向陽到他家慶祝平安夜。頭目被排在邀約名單的第一順位，可見牠受歡迎的程度，更勝牠的主人。

蔡約翰那件侵佔國有地的案子順利結案，補助款也申請下來以後，我們並沒有因而斷了聯繫，若他多種了些蔬果，還會為我們捎來一份。

夏天是芒果、鳳梨和荔枝，秋天則是水蜜桃和甜柿，以及一年到頭從不缺貨的香蕉，說是盛產期賣不完，請我們幫忙消化，當然頭目也有一份。

他送來的新鮮蔬果全是精挑細選的上品，果蒂鮮綠外觀完整毫無瑕疵，我心裡有數，他的殷勤款待出自於根植原住民血液中的熱情和善意，而我享用的每一口滋味，都在品嚐一份跨越性別、血緣和職業的真摯友誼。

偶爾我也會買點零食餅乾往他家裡送，或帶著頭目去找菜籽玩。大人閒話家常，小孩與小狗就在院子裡玩摔角和丟球，偶爾轉頭發現他們倆不見蹤影，就肯定是一塊兒做賊，溜進屋子偷吃東西。

所以，當蔡約翰提出平安夜邀約，楊向陽和我二話不說便答應了，這也讓我有了進一步欣賞布農族傳統家屋的榮幸。

傳統的布農族家屋結構為長方形，雙坡式石板屋頂，屋子四周圍繞高三公尺、厚一公尺的圍牆，也是扁平的石板堆砌而成。屋門開於正前方中央，三石灶設置於側牆下，灶上有棚架，爐邊牆壁上則是食器架。

實際獲邀入內參觀後，我才知道布農族人的臥室是離地一公尺的通鋪，四牆角皆為家人床板，大家長的床屋位於穀倉隔壁。中央的空地平時為放置農獵具的場所，有時也作為餐宴飲酒的會客室。

「來，小米酒。」蔡約翰把三只酒杯往桌上一放，先斟滿一杯，灑在地上以饗祖先。月明星稀，冷風吹拂，山上入夜後非常寒冷，甚至有可能低至零度以下。水氣在日間堆砌出朵朵濃積雲，夜裡凝結為冰霜，所以原住民習慣用烈酒驅趕寒意。

蔡約翰在自家門前放了一張摺疊桌和三把椅子，我們身穿羽絨衣，以夜幕為天花板，以雜草蔓生的土壤為地毯，星月則為照明用的燈光，配著主人親手下廚做的菜餚，瑟瑟發抖的手舉起酒杯小酌。

「約翰，村子裡大部分年輕人都搬到都市發展了吧，我聽說搬遷到平地的原住民有群聚在一起的天性，會彼此互相提攜，不怕少了照應。你還那麼年輕，為什麼選擇務農守著家園？」我問。

「沒有為什麼，就是習慣山上。」蔡約翰把空蕩蕩的酒杯倒過來晃了晃，催促：「快乾杯啊，我都喝完了。」

「不行啦，喝多了，要怎麼騎車回宿舍？」

「回宿舍幹嘛？睡我家啦。」

我翻了個白眼，要我睡在蔡約翰家的通舖上，等於是和楊向陽同床共枕，這也太害羞了吧？

蔡約翰和楊向陽對飲一杯，再次幫大家把酒杯填滿。

這時，正在和頭目玩的菜籽突然插嘴：「姊姊可以睡我旁邊。」

「我看還是算了吧。」我說。

「姊姊，妳是不是害怕我阿公、阿嬤？」菜籽天真地問。

「咳……」我被那小子的一番話給嗆到，忍不住往屋內瞥了一眼。

布農族的傳統喪葬方式是「坐臥葬」，會先在家中客廳地下挖一個成人高度的墓穴，然後以麻布和麻線將屍體綑綁起來，再放入石板組成的棺材，整副棺木埋入客廳地底，認為這樣一來，往生者便能保佑家人子孫。等到家屋底下埋滿了屍骨，布農族人就會拋棄舊屋，重新打造一幢新屋。

我沒膽子想像蔡約翰的家屋埋了多少親族，更沒有意願探究清楚。

「不用害怕啦，布農族的信仰就是人出生在家裡，死了也要葬在家裡，好像大家都生活在一起，一個都不能少。」蔡約翰擠眉弄眼地說：「我們全家都知道，你們兩個是好巡山員，不會對你們怎麼樣啦。」

說著，蔡約翰從桌上的盤子夾起兩塊不知名的肉，丟進我和楊向陽的碗裡。

「盡量吃！」

「這是什麼？」

我把肉放進嘴裡咀嚼，才剛咬下，一股樟腦油的味道瞬間在口腔中爆開——

「媽呀，這到底什麼？」

楊向陽露出想笑又不敢笑的奇妙表情。

「飛鼠的重要部位。」蔡約翰若無其事地說：「上等的肉，夾給最重要的貴賓。」

重要部位？飛鼠……睪丸？

「什麼？」我差點沒吐出來。

「很好吃耶！」蔡約翰一口肉配一口酒，表情十分享受。

我嘴裡含著那塊肉，不敢咬也不敢吞，更不敢吐出來，只能默默替飛鼠哀悼。

蔡約翰是認真的，他準備了那麼豐盛的一餐，只邀請楊向陽和我兩個人，由此可見對我們倆的看重。要是把飛鼠睪丸從嘴裡吐出來，恐怕他會認為我瞧不起他。

「其實山羊的更大更好吃，整隻羊丟進火裡烤一烤，再把絨毛擦掉，那兩粒拔下來！啊，最近沒有抓到山羊，真是可惜了。」蔡約翰惋惜地搖搖頭。

「不可惜、不可惜……」我含糊地說。

「菜籽啊，這碗端去。」蔡約翰轉頭遞了食物給兒子。

我趁著主人不注意，偷偷把剩下的羗丸肉藏到白飯底下。

「飛鼠也不錯，就是肉太少，水鹿比較危險，因為水鹿有肺結核，會人畜共通，所以不能吃。對了，我小時候還吃過台灣獼猴的舌頭喔。」蔡約翰發現我的肉沒了，又熱心地夾給我一塊。

「我吃起來……覺得有樟腦的味道。」我委屈地說。

「那是飛鼠吃松針，消化以後的氣味。」蔡約翰比出大拇指：「讚！識貨。」

酒瓶空了，蔡約翰起身往屋內走，楊向陽見狀，立刻衝著我一笑，伸出筷子把肉塊全數夾到自己碗裡。

「謝謝。」我感激地說。

楊向陽悄聲告訴我：「蔡約翰是一片好意，像他這種老獵人，是很講究禮儀的。若是抓到獵物，會把整隻動物肢解完分成上、中、下部，每個部分每個人都會分到一些。不像現在的年輕人沒在管這些，喜歡你就給你大腿，不喜歡你給你脊椎。」

「我明白。」

「而且，我還吃過更可怕的。」

「什麼？」我瞪大眼睛，「快告訴我。」

「我曾經到一個朋友家作客，人家送了他一隻山羌，那時因為山上冷，蟲都跑進屍體裡面保溫，等到山羌被帶到山下，氣溫升高了，蛆就全部跑出來了。」他的眼珠子轉了轉。

我聽了一臉噁心，「那不能吃了吧？」

「可以喔，我朋友找來一個鍋子，把山羌肉放進去川燙，燙好以後幫我打包，還特地告訴我帶回家以後大腿和蛆要分開煮，可以做成兩道菜。」楊向陽眨眨眼睛，瞳孔在黑夜裡綻放戲謔的光芒。

我噗哧而笑：「媽啊我無法，蛆太可怕了。可是不得不說，你朋友真的很可愛。」

「不能浪費食物，那都是上帝的禮物。」楊向陽說。

蔡約翰以手指夾著酒瓶回來，他的腳步依舊穩健，除了嗓門大了點，完全看不出醉意。

「對了，約翰，我最近常常在山上發現獸鋏和吊子欸，能不能跟部落的年輕人溝通一下，在祭典期間才打獵，不要沒事拿打獵當消遣，野生動物保育法，也是要遵守一下吧？」楊向陽詢問。

「說到這個，部落裡的老人家也很苦惱啊，我們老一輩的獵人不會在春天繁殖期狩獵，可是年輕人沒有這種觀念。早期部落也有劃分獵場，不會互相侵犯，現在年輕人沒在管這個了。」蔡約翰嘆著氣坐下：「還有啊，老獵人用土槍，會再三確認瞄準的是動物，年輕一輩的性子急，晚上在森林裡看到紅點，就直接開槍了。」

「對啊，所以之前才會有獵槍誤殺的事件。」楊向陽說。

「誤殺？殺死人嗎？」我問。

「因為戴著頭燈，被誤以為是動物眼睛。」蔡約翰說。

楊向陽又道：「不遵守法規真的很麻煩，我們有個巡山員前輩曾經在晚上值班的時候，因為管制所以不幫年輕獵人開門，他們還生氣開車去撞門咧。」

「所以要溝通啊。」蔡約翰說。

「我現在正在和你溝通啊。」楊向陽說。

蔡約翰沒有正面回答，他痛飲兩杯下肚，回屋內摸出了兩把吉他，對楊向陽說：「唉，這題難解，我們還是用音樂來溝通吧。」

「也可以。」

音樂若有形似無形，是一種跨越文化的共通言語，能讓人變得親密。楊向陽和蔡約翰先是合奏，然後一唱一和，接著輪流獨奏，樂音敲響了我的心扉。

蔡約翰的歌聲滄桑洗鍊，楊向陽的嗓音則清亮悠揚，深具穿透力。他穿透了我的靈魂，我的萬千細胞，好比空氣和水分，讓我的生命得以滋潤。

就在這一刻，我胸懷奇想，楊向陽和葉綠儀，是否能如同「陽光」和「葉綠素」，行使光合作用，產生維持生命的氧氣呢？

17.

根據氣象局的說法，今年是所謂「暖冬」，平均氣溫鮮少低於十五度。

然而偶有寒流來襲，還是會降到十度以下低溫，南投的山上尤其寒冷，夜裡經常跌破零度，巡山也得格外注意保暖。行走時由於身體產生熱能，是不太需要披掛外套，但停下來休息時一定要把羽絨大衣穿起來，才不致於著涼感冒。

在這冷風刺骨的時節裡，能和朋友們圍在熱氣氤氳的火鍋旁，享用一碗滋味鮮美的熱湯，可謂人生一大樂事。在莊哥和陸姊的吆喝之下，楊向陽、老劉、宋子平、安大哥還有我跟頭目，總共七人一狗，前往火鍋店聚餐，歡慶元旦。

這一群活寶，甫踏進店內就鬧了個笑話。

上菜的時候，老闆靠過來客氣地詢問：「請問，有哪位受傷了嗎？」

「沒有啊。」我們面面相覷。

「地上有血跡，怕是誰流血了，自己卻沒發現。」老闆指向地板。

果然，地上有一條斷斷續續的深色血痕，彷彿有人拖著傷腳走路。

楊向陽彎腰查探，接著尾隨血跡走向角落，以筷子夾起一隻黑漆漆的軟體動物，「發現兇手了。」

我定睛一看，有隻胖嘟嘟的水蛭在筷子之間不停扭動，「原來是螞蝗。」

「子平，你下班後沒換衣服，直接過來的對吧？」安大哥懷疑的眼光落在宋子平身上。

「就是宋子平啦，你們看，血跡是從他椅子下面往外爬的。」老劉喊道。

「哪是我？」宋子平滿臉茫然，彷彿大夢初醒。

「子平，把褲管捲起來。」安大哥命令。

宋子平照辦，他脫下登山靴，將褲管往上拉，露出一截紅通通的小腿肚，皮膚上還有尚未凝固的鮮血，是抗凝血素造成的結果，彷如水蛭宣告到此一遊。

「哇咧，那麼大隻在咬你，你都沒發現？看看你，把人家的店搞得跟命案現場一樣。」

老劉賞了他一計白眼，道：「現在伸出你的右手。」

「幹嘛？」

「摸摸後腦杓，怎麼樣，有沒有摸到一個洞？」

陸姊好氣又好笑地搖搖頭，「老闆，不好意思啊，把店裡弄髒了。」

「沒關係，人沒事就好，打掃小事情。」老闆拿來垃圾桶，讓楊向陽把水蛭丟進桶內，轉身又回到廚房忙碌。

懸疑流血事件破案以後，我們繼續埋頭吃吃喝喝。大家平常都吃得很隨便，在外巡視林地，也不容易吃到熱食，難得有打牙祭的好料，又是莊哥要買單，自然要吃得開懷、喝得盡興。

我夾了兩塊肉片和幾顆丸子，打算放涼之後丟進頭目的食盆裡，只要有的吃，頭目就會安安分分。不過，頭目的食盆怎麼好像永遠都是滿的？

莊哥他們幾個男人天南地北地聊著，從總統大選聊到兩岸關係還有股市，話題不著邊際。隨後，老劉突然拋出疑問。

「莊哥，前兩天那個姓王的來幹嘛？」老劉面露鄙夷。

「還能幹嘛，找我泡茶啊。」莊哥說。

「大家都知道王議員和黑道有掛勾，什麼宮廟啦、人力仲介啦，只要能賺錢的黑心事業都有入股，無事不登三寶殿，他該不會是來找碴的吧？」老劉問。

「王議員？」我蹙起眉頭，「我和向陽去植栽場查探的時候，聽到那個負責人死禿頭接到一通來自王議員的電話。」

「所以王議員是山老鼠的上游囉？」楊向陽推論。

莊哥聞言面露苦笑，「難怪議員辦公室最近這麼關心我們工作站，王議員來找我喝茶那次，還放話要我好好管管下面的人，我正在想，我們哪裡惹到他呢！」

「王八蛋，好大的官威啊。」老劉啐道。

「不能直接告發那個王議員嗎？」宋子平問。

「沒有證據，小心被反告一條誣告罪。」楊向陽說。

「哼，總有一天辦到他。」宋子平說。

接著，不知怎的，話題又岔到了台灣黑熊身上。黑熊的蹤跡引發眾人熱烈討論。

「有登山客說熊跑進去山屋耶！」

「還不都是因為食物，熊認為有東西吃呀。」

「說不定我們也有機會撿到小熊。」

「希望不要，小熊和母熊走失了以後，要是被動物園收容，雖然一輩子不愁吃穿，卻和坐牢沒什麼兩樣，還有可能出現憂鬱症或自殘行為。」

「可以野放啊，跟那個『南安小熊』一樣。」

「雖然專業人士會訓練小熊打獵、採集野果之類的覓食技巧，但畢竟和母熊的照顧不能比，治標不治本啦。」

說到這個，我傾身靠近楊向陽，問：「聽說布農族有獵熊習慣對嗎？」

他索性把碗筷放下，答道：「這是個複雜的問題，一般而言，布農族人認為打到熊是件麻煩的事，傳統習俗中，若時值小米耕種或結穗期間，有人打到熊，整個部落就要停工一天，否則耕種出來的小米會是黑色的，像燒焦了似的。矛盾的是，若獵人碰上兇猛的黑熊，又相信是祖先賜予的獵物，獵人會被族人視為英雄。」

「你曾經親眼看過族人獵到熊嗎？」

「有啊，六歲那年，鄰居叔叔在山上打獵，發現一頭誤踏陷阱的黑熊，叔叔聽說打熊必須一槍命中要害，假如沒打死，發狂的熊會更危險。所以叔叔爬到樹上，憋著氣瞄準黑熊開槍，真的把牠打死了。那頭黑熊體型很大，大概有一百公斤，叔叔和其他獵人把熊扛到獵寮處理，取下熊皮以後，把熊肉切割成小塊，在火堆上先烤過以免腐壞。就在他們烤肉的當下，突然間聽見附近傳來熊吼聲，他們猜死掉的黑熊還有同伴，正回頭來尋找伴侶。那頭熊走到獵寮附近徘徊，搞得叔叔他們好緊張，最後是把火堆燒得更大更旺，用火勢把另外那頭熊嚇走。」

我撐著下巴，聽得興味盎然：「哇，真是驚險。後來呢？」

「叔叔的朋友先回部落報告好消息，族人開始為迎接叔叔的光榮返鄉釀酒，當叔叔扛著熊肉下山，部落耆老們已經在入山口等候，他們接過熊肉，對天空鳴槍，然後唱起『熊歌』，接著再鳴槍、再唱歌，這樣不斷循環，女人和小孩子也跑出來迎接。」他的頭愈靠愈近，我則恣意享受這份親暱，彷彿世界上只剩下我們兩個人。

「感覺好有趣。」

「在進家門前，叔叔先把黑熊的下巴、熊皮和獵槍一起擺在門口祭拜，祈求這隻熊靈日後能帶其他動物前來。同時，我媽和其他女人們忙著張羅食物和小米酒，我爸則和男人聚在一起談論獵熊的整個經過，那我呢，就躲在附近偷聽。大夥兒一面喝酒、一面分享熊肉，整個部落歡慶直到深夜。」

「你小時候好調皮。」我與他相視而笑。

「不只這樣，獵到熊要連續慶祝三天喔！第二天清晨天還沒亮，部落裡的年輕人就輪流披著熊皮跳『熊舞』，跳完以後喝一大碗酒、吃一大塊肉，接著再將熊下巴、熊皮祭拜一次，然後再唱『熊歌』。天亮以後老人家和女人也會加入吃熊肉的慶祝行列。到了第三天，老人家問叔叔有沒有夢到什麼，如果夢到棺材或車子，表示部落裡平安無事，作物會有好收成；假如夢到打死了蛇，就要請巫師作法消災解厄。」楊向陽臉上泛起緬懷美好過往的微笑。

「真是漫長的過程，現在還獵熊嗎？」我問。

「幾十年沒看過了。」他聳聳肩。

「嗯。」滿肚子湯湯水水，讓我很想上洗手間，「失陪一下。」

此時菜都煮得差不多了，火鍋內也只剩下鍋底，宋子平看起來已經有八分醉意，安大哥、莊哥和老劉也喝了不少酒，只有陸姊比較節制。

紓緩膀胱的壓力以後，再回來時，我發現大家像洗牌一樣換過位置了，我原先的座位被安大哥佔走，只好換到對面的空位去，坐在宋子平隔壁。不能再和楊向陽交頭接耳說悄悄話，令我頓覺悵然若失，猶如搞丟了什麼重要的物品。

這時，莊哥突然切入正題，他坐正了身子，向大家發佈最新消息：「五天四夜的深山特遣，半個月後出發，這一趟需要五個人。」

「又是深山勤務？我就知道天底下沒有白吃的火鍋。」老劉哀號：「我又要被老婆罵了。」

「放心啦，我會天天幫你跟太太報平安。」陸姊笑道。

「算算距離上次任務也好幾個月了，我就在想差不多該整裝出發了呢。」安大哥倒顯得氣定神閒。

安大哥有種不慌不忙的氣質，是我們這組穩定軍心的力量，除了宋子平的車卡在山路那次，我從沒看過安大哥有任何激烈的情緒起伏。

「老劉、安大哥、向陽還有子平是基本名單。」莊哥炯炯有神的目光投向我，「至於第五個人……小儀，妳如果覺得身為女生不方便，可以不用去，我另外找人遞補。」

「我要去，當然要去。」我篤定地回答。

深山任務可是我證明自己能耐的大好機會，是晉級的關卡，豈可輕易放棄？況且，有安大哥和楊向陽在，哪怕是七天，即便十一天十夜的深山特遣，我也不皺一下眉頭。

宋子平聞言眉開眼笑，嘴角都快要裂到耳際，「小儀，我可以幫妳揹十公斤。不，二十公斤好了。」

「頭目我幫妳顧。」陸姊設想周到地說。

「我自己的裝備，自己負責啦。」我對宋子平說。

「啊，一隻菜鳥不夠，還要買一送一？那麼愛去，都給你們去就好啦。」老劉又擺出那張厭世臉。

「小儀，別和我客氣啦，我還可以煮泡麵給妳吃唷。」宋子平傻笑。

「聽不下去了，我要出去抽根菸。」老劉起身離席。

接著，宋子平開始旁若無人地問我一堆私人問題，諸如喜歡牛肉還是喜歡豬肉、最愛吃什麼菜、有沒有不吃的東西、有沒有宗教信仰、交過幾個男朋友、最長的戀愛關係有多久之類的。

五分鐘過去，老劉都抽完一根菸，也和老婆講完電話了，回到桌邊時宋子平仍纏著我滔滔不絕。

「哇咧，他還在講？」老劉斜睨他一眼。

「嗯。」安大哥淡定地點點頭。

從失焦的眼神看來，宋子平已經醉得差不多，隨時都有可能倒下去呼呼大睡，或是發起酒瘋。

「對了，那個獸醫現在還每個月給頭目寄飼料，死纏著妳嗎？」宋子平的雙眼佈滿血絲，啞著嗓子問。

「獸醫一直贊助飼料，但是沒有死纏著我啦。」我苦笑。

「他明明就是對妳還不死心啊，哼，獸醫了不起啊？」宋子平搖搖晃晃地轉身，對頭目喊道：「喂，頭目，我們不要喜歡他，要一起討厭他，知道嗎？」

頭目困惑地抬起頭，隨後又再次埋首於食盆內，津津有味地啃著肋排。奇怪，到底是誰給牠豬肋排的？

「子平開始胡言亂語了。」陸姊無奈地說。

「子平，你不要再喝了。」我勸道。

「小儀好關心我喔，我覺得，妳肯定會是個好老婆。」宋子平臉上堆起迷濛的微笑。

「那我咧？」陸姊打趣道。

「陸姊也是好老婆。」宋子平朝莊哥拚命眨眼睛，「對吧？」

「酒量差就少喝點。」莊哥說。

「不是啦，子平喝下去的酒，都從他腦袋的洞流出來了啦。」老劉訕笑。

「對了小儀，妳很久沒回桃園了喔？幹嘛，家庭沒溫暖喔？」宋子平舉杯對我說道。

「欸，沒禮貌！」陸姊瞪他。

「只是好奇小儀怎麼都不回家嘛，既然有空，也不跟我出去……」宋子平委屈地扁嘴。

「還敢講人家，子平，你什麼時候要跟前妻認錯道歉？」安大哥饒富興味地打量他。

「子平離過婚？」我訝異地問。

「太衝動……」宋子平呢喃。

陸姊附在我耳邊，悄聲道：「結婚才三個月就鬧離婚，唉，勸也勸不住。」

「唉唷，」宋子平拉扯嘴角，不滿地說：「憑什麼要道歉，我又沒做錯事。其實離婚也沒什麼不好，至少不像老劉，每天被他老婆奪命連環call，怕太太俱樂部部長就是他啦。」

「胡說八道，我的婚姻幸福得很！」老劉垮著臉說。

宋子平不理他，雙手捧著臉，笑嘻嘻地說：「小儀，我們一起出去玩？我對女生很好喔。」

「好個屁，連道歉都不敢。」老劉說。

「小儀不喜歡你這一型的啦。」安大哥懶洋洋地補了一句。

「那妳喜歡哪一型？」宋子平追問。

我的心跳加速，不由自主抬起頭來，隔著一方桌子，我和楊向陽的視線短暫交會了萬分之一秒。

我清了清喉嚨，道：「抱歉，子平，你不是我的菜。」

「離過婚果然會大扣分。」宋子平摀著眼睛喊。

大家都笑了，其中，我覺得楊向陽的笑容特別靦腆而蘊含餘韻，讓這個夜晚更加醉人。

「唉，你已經婚姻失敗一次了，不要再出來害人好不好？」安大哥說。

「我又沒說要再婚，」宋子平悶哼，他直接把桌上的啤酒瓶拿起來對嘴灌，一飲而盡後舉高雙手歡呼：「離婚萬歲！談戀愛萬歲！」

「這傢伙酒品真糟糕。」陸姊說。

「我看差不多該解散了。」莊哥點頭。

「戀愛萬歲……」宋子平再次高喊，然後就，吐了。

18.

地圖、望遠鏡、噴燈、指北針、濾水器、瑞士刀、簡易急救包。夜間穿的保暖羽絨外套、白天披的公發防風大衣、四套換洗衣物、雨衣、水袋、繩索、睡袋、個人帳篷。

還有無線電對講機、砍刀以及食物。

漫長的清單猶如以行列組合而成的詩句，堆疊出一趟艱辛的遠行，我把使用頻率低的物品往下層放，需要常拿出來的塾在上方，讓每一吋空間都能充分利用，五十五公升的登山背包給塞得鼓脹，邊緣都撐開到露出縫線了。

他們告訴我，要有心理準備，這趟與世隔絕的野人生活絕對不會輕鬆，深山特遣隊的重要目標是清查貴重林木、遏止盜伐盜獵，守護台灣山林的綠寶藏，走的都是沒有路的路，可不是去踏青郊遊。

我說我知道，我將之視為人生成就的挑戰，順便測試這幾個月來進步了多少。平日接受基礎山訓、野外求生、救援訓練、野炊露宿等等特遣常訓，為的就是學以致用的這一刻。

不過，當我驚覺背包總重高達十五公斤時，還是摸摸鼻子扔出兩套換洗衣物，攜帶個人帳篷的念頭也打消了，我決定和其他人一起餐風露宿，渡過不怕黑、不洗澡、不嫌髒的四夜五天，稍微減輕雙肩和背部的壓力。

據說背包重量維持在自身體重的三分之一最為適宜，然而這個數字因人而異，否則安大哥怎會用完全沒有人體工學專業可言、自行改製的L型鐵質揹架，綁上那種菜販在用的藍紅尼龍袋，外加一條分散壓力的頭帶，便能扛上五十公斤的裝備健步如飛，還臉不紅、氣不喘的呢！

楊向陽也不遑多讓，他是我們的行動醫務室，除了個人基本配備，他還準備了充足的藥品，包括透氣膠帶、消毒水、ＯＫ繃、胃腸藥、消炎止痛、感冒藥、生理食鹽水、止痛藥和被虎頭蜂叮咬的處方藥，加上公糧、五吋釘、鐵鎚和噴漆，應該也有四十公斤以上。

「五天後見囉！」開車載我們來的莊哥和陸姊揮手道別。

我們一行人全副武裝，佇立於產業道路的盡頭，凝望他們夫妻倆的車漸行漸遠，輪胎捲動的塵煙緩緩落定。

此時此際，站在文明世界和荒原野地的過渡地帶，森林與荊棘交織為背景，頗有一種悲壯淒涼的感觸。

接著，我們全體轉身一百八十度，面向登山口，一臉決絕肅穆。

來自鄒族的安大哥旋開新買的小米酒，以瓶蓋為杯，沉穩的動作把酒倒至半滿，手指沾酒灑地三次，意味祭祀山神祖靈。布農青年楊向陽則把小米粽子放在地上，與安大哥並肩而立，兩人口中念念有詞，各自以母語祈禱神靈保佑此趟任務平安。

平地人也有自己的入山儀式，老劉和宋子平默契十足地解開手中塑膠袋，取出事先在佛具店購買的金銀紙，再把自助餐店包來的便當打開，與金紙並排整齊，安放於樹根旁。

老劉雙手合十，閉目垂頭低語：「我們是林務局的深山特遣隊，這次上山是為了清查貴重木，請土地山神保佑我們此行順利，平安歸來。」

宋子平也跟著拜了三拜，隨後掏出打火機準備燒金紙。

「要不要一起？」他抽出一疊遞給我。

「你們燒就好了，我沒有特別的宗教信仰。」我推辭道。

「沒有信神也可以拜啊，心誠則靈，有拜有保佑。」安大哥四平八穩的聲音傳來，彷彿一手掌握大局。

「我真的不用。」我以客氣的微笑婉拒他們的好意。

小時候家裡是有在拜拜的，母親早晚三柱清香從沒有少過，是到什麼時候停止這習慣的呢？我又是何時變成無神論者的呢？也許是從父親丟了性命。又或者更早些，早在母親認定，神明沒有回應她婚姻幸福的期待的那一刻。

水里工作站附近有一座「人倫榮民塔」，每逢春節、端午和中秋三節，林務局都會舉行團拜。望鄉那邊也有一間神社，亦是年年舉辦普渡盛事。類似這些公開場合，我通常都虛應故事做做樣子，自父親辭世後，神明在我心中的信用額度就歸零了。

當最後一頁金紙在火光中燃燒、扭曲變形、幻化為灰燼，我們撲滅餘火，然後收拾東西，呈一路縱隊，展開為期五日的長程跋涉。

由安大哥領頭，接著是宋子平、老劉和我，楊向陽殿後，公發的防風大衣是我們的隊服，成為某種標示，將我們未來的命運綁捆在一起。

論及特遣隊的領頭羊，安大哥當仁不讓，雖說事先都規劃好了路線，原則上盡可能循著水源向前，然而實際上，卻有可能遇到各式各樣的麻煩，需要方向感絕佳、經驗老到又判斷精準的老鳥帶路。

這一路上有可能臨時改道，高繞或者下切，或是溯溪渡河，或是攀走稜線，每一分每一秒都需要隨機應變。安大哥熟悉山林，對他而言，森林裡的危險就和公路上的標誌一樣清晰可見。

我們沿著林道走到沒路，安大哥以無線電回報座標、林班和海拔高度，接著，他拿出從不離身的砍刀，開闢出一條方便行走的路徑。

關於找路，放眼整個工作站，大概沒有人比安大哥更高明了吧。猶記得初踏入森林，我對於方位全然沒有概念，放眼望去四面八方都是綠樹，很容易迷失其中，只能勉強根據日照的方向猜測東邊和西邊。

我懷疑原住民自帶內建的ＧＰＳ，安大哥和楊向陽幾乎記得每一個走過的地方，對於該地有些什麼樹、樹林的疏密、樹型長得如何琅琅上口，甚至牢記地形山勢。彷彿腦裡建構了整座山脈的３Ｄ投影，還附帶清晰的座標，光是站在山中的一個小點，就能判斷身處的位置。

「專注於當下的環境，去認特別的東西，奇怪的樹，或者大石頭。」這句話是安大哥的金科玉律。

我一直想跟他偷學幾招，卻只有學到皮毛，可見我的感官還不夠靈敏。

他找路的時候會觀察地貌，選擇樹木比較密集的地方，並且以S型的路線繞行，樹大表示草少好走，偌大的樹冠遮蔽了陽光，底下的蔓草自然難以生存。安大哥也會刻意避開遠看著只有生長芒草的山頭或坡地，因為那是無法植生的崩塌地或峭壁。

這天我學到的新功夫是「做記號」，只見安大哥踏著穩定的步伐，以不疾不徐的速率前進，每隔一段距離，就拿砍刀在途經的樹幹上做記號，幫助大家認路。做記號的方式是削去樹皮，大小約一個煙盒的尺寸。若回程打算走同樣的路線，則樹幹雙面各削一次，方能輕易辨認出來。

偶爾安大哥也以折樹枝取代削樹皮，尤其是轉彎的地方，他會把細枝折去一半，讓枝椏自然垂落，指出行進的方向，猶如一枚箭頭。

我瞄了我的GPS一眼，果不其然，在山溝和樹林鬱閉處收訊很差。聽前輩說GPS在森林裡的誤差值可能多達五十公尺，若是沒有警覺性，有可能愈走誤差愈大，等到發現時已是幾小時後的事，相差了好幾公里遠，白白浪費時間。

「小儀，還OK嗎？」宋子平回頭關切地問：「男生和女生本來就體力有差，需要放慢速度就說一聲喔。」

「放慢速度？那五天的行程是要走到一個禮拜嗎？」老劉咄咄逼人地問。

「沒問題啦，別把我當女生。」我說。

儘管腳下的土地崎嶇不平，有雜草、有石礫，我的腳程都還算跟得上。

我們趁著白天有光的時刻趕路，中午簡單吃過，安大哥宣布休息時間只有十分鐘，要大家盡快上完廁所、收拾行囊，準備繼續推進。

「知道了，那我去旁邊上一下。」我對夥伴們說。

「不要走遠，免得搞丟了。」安大哥說。

宋子平露出頑皮的神情：「一起去呀，不是說別把妳當女生？我們不能有性別歧視，所以要一起尿尿。」

「沒問題，乾脆就地解決好了嘛。」我頂了回去：「你們把眼睛閉起來。」

「妹妹啊，妳一個人上廁所，要我們四個眼睛閉起來？妳把眼睛閉起來不就好啦？」老劉說。

「好喔。」我好整以暇地動手開始解褲頭。

「等等，妳真的要脫？」他們呆若木雞，搞不清楚我在開玩笑，還是當真豁出去了。

就在我預備拉下褲子的剎那，四個男生咻地轉身，有志一同地背對我站立，我忍不住放聲大笑。

19.

冬天登山的最大好處，是山上和山下溫差不大，不像夏天，可能會有多達二、三十度的差異。冬天也避開了颱風季和雨季，氣候相對比較穩定。

第一天下午，我們在平均不到十度的氣溫中健行，途中經過一處曲折點，隨後從海拔一千八百公尺下到一千公尺，尋找水源地預備紮營。從聽到水聲至走到溪畔，又過了兩個多小時，勞動令我們汗流浹背，渾身散發熱氣，連大外套也穿不住。

奇怪的是，抵達溪畔安大哥沒有馬上吩咐我們紮營，而是在附近來回踱步，彷彿思考什麼人生大道理。

楊向陽告訴我，安大哥選擇紮營地時相當仰賴直覺，如果萌生不好的預感，或是頭皮有麻麻的感受，就會放棄該地轉而另覓他處。

我不想再換紮營地了，這邊離溪水很近，汲水方便，況且現在的我只想休息。

未免負荷過重，我們每日揹自己一天所需的水量，像我就是兩公升，然後根據老前輩留下來的記錄趕去水源地，當晚再把水袋給補滿。

人可以幾天不吃飯，但絕對不能不喝水，缺水會使腎臟停止運作，膀胱和尿道產生燒灼感，舌頭則會腫脹肥大，導致無法說話。鼻子與嘴唇開始乾裂流血，就連大腦都跟著縮水，與頭骨漸漸分離。由流質物體組成的眼球在嚴重缺水下也會縮小，最後整個掉入頭骨內。瀕死前，身體自行產生黏液來補償，黏液會塞滿整張嘴巴，發出怪異的咕嚕聲，稱為「死亡的波浪鼓」。

這是為什麼我們必須循著水源走，好比嬰兒依附母親。假使沿途都找不到水，我們就會再多揹個幾公升上路，攜帶多少水完全取決於下一個水源位置。

然而我還是發覺自己把深山勤務想得太過簡單，事實上揹十多公斤的重裝爬高山，和輕裝簡行走淺山完全是兩碼子事。

「就這邊吧。」安大哥做出決定，同時取出小米酒，灑了一杯在地上敬鬼神，喃喃說道：「我們是來工作的，不小心打擾還請原諒。」

老劉著手撿起木頭，打算生火燒開水，我們其他人也紛紛卸下背包，七手八腳拉開帆布搭起營帳。

其實所謂營帳，不過是把地整平，上下各拉一張藍白帆布就算數了。問題是地面根本不可能整得平，再怎麼鏟、壓、踩、踏，始終有凸起的小丘和石礫，只能勉強窩在睡袋裡，枕著無數小石頭而眠。但我也不好意思抱怨，怕被老劉嘲笑是「豌豆公主」。

記憶猛然湧現，我想起父親長年被皮膚病所擾，每次深山特遣後必會全身起滿疹子，並且奇癢無比，抓出一道道血痕。父親本來以為是跳蚤所咬，後來母親押著他去看中醫，中醫師說山上濕氣太重，尤其睡在密不透風的帆布上，濕氣更是難以排出，經年累月鬱積在體內成為宿疾。想來皮膚問題算是巡山員的職業病吧？

在分工協調下我們紮營完畢，陸續換上睡覺穿的衣服，山上氣溫低，即使大量活動，也不太會有濃重的汗臭味，隊友們告訴我習慣上若遇到在山上過夜，通常白天走路時穿一套衣服，晚上休息時換一套衣服，隔天起床再穿回走路的那套，會比較衛生一些。

「向陽，你在幹嘛？」我問。

「灑馬告葉子。在水邊紮營的缺點則是潮溼，可能有水蛭出沒，馬告的味道辛辣，可以驅趕水蛭。」楊向陽把葉片撒在營地四周。

我「喔」了一聲。上回宋子平被水蛭咬，弄得火鍋店血跡斑斑，我至今仍印象深刻，一想起水蛭密密麻麻的牙齒就頭皮發麻、渾身噁心。

日落西沉，天色漸漸黯淡下來，雲彩的顏色由黃漸次轉為桃紅。大氣中的塵埃和水氣散射了波長較短的藍光，留下波長較長的紅光，晚霞，豔麗繽紛的光芒映入視野，火紅夕陽伴隨一朵朵煙雲，猶如暈染過層層幽影。

此時，老劉從他深不見底背包中依序搬出瓦斯爐、鍋碗瓢盆、食材和調味料，花樣之多看得我目瞪口呆。

我終於明白為什麼安大哥指定要老劉擔任公糧的採買者，原來他身懷絕技，能用平底鍋變出四菜一湯，外加熱騰騰白米飯。

「沒想到老劉廚藝那麼好！」我讚嘆道。

「沒辦法啊，上山就是要訓練自己，總不能每一餐都吃包子饅頭，吃不飽也沒辦法工作呀。」安大哥目光游離，思緒也跟著飄向遠方，「民國八十幾年的時候，上山只有鹽水飯糰，還不能有料，才不會臭酸。我一天帶三顆，三天就九顆，連續吃九個鹹飯糰哩。」

「連吃九個鹽水飯糰？」光用想的我都反胃。

「我之前跟過別組的深山特遺，十一天十夜，揹了超過一萬塊的泡麵，因為泡麵最輕。所以大賣場裡的泡麵品牌，通通吃過一輪，後來整整三個月不敢再碰泡麵。」宋子平心有餘悸。

「我是有一次差點斷糧，最後抓青蛙來煮湯。」楊向陽說。

「既然都辛苦上山了，怎麼可以虧待自己？我堅決不吃泡麵。」老劉冷笑。

「別以為男生不會下廚，像老劉就很在意口味，跟他出門通常都吃得不錯。」楊向陽抿著笑意說。

「原來是這樣啊，我還以為在山上，就是雞蛋、丸子、罐頭雜七雜八的攪在一起，隨便煮成一鍋呢。」我說。

「所以說，出發前一定要篩選隊員，要吃好料就捎重一點。」宋子平邊笑邊用力拍老劉的背。

「幹什麼！」老劉揮開他的手，惡狠狠瞪宋子平一眼，罵道：「皮在癢？」

幾分鐘後，我們面前擺了蒜炒培根高麗菜、竹輪滷肉、紅燒麻竹筍和蒸蛋以及薑絲鮮魚湯。其中蒸蛋還添加小米酒提味，香氣層次十足，上方散落著豔紅的胡蘿蔔絲提昇視覺上的美感，堪稱色香味俱全。

空虛立刻襲擊我的胃，癱瘓了我的唾腺，我和大家一起拿碗添飯，隨即低頭猛吃。

儘管不想承認，但老劉真的很會煮，思及方才宋子平的「挑選隊員理論」，我發現每個隊員似乎都有特殊專才，例如宋子平則很能負重，安大哥的判途能力很好，楊向陽能走路能爬樹，看起來，我確實是處處受人照顧的那一個，要加把勁向他們看齊才行。

飽餐一頓後，安大哥交代楊向陽和我把剩餘食材打包起來。

「別把食物袋放地上，要掛在半空中，才不會被黃鼠狼偷走。」楊向陽示範一次給我看，他把袋子懸吊在樹枝上，盡量遠離樹幹。

轉眼間宋子平洗完碗盤，渾身哆嗦地從溪邊走回來，「哇咧，手都沒知覺了。」

我們把剛灌滿熱水的保溫瓶遞給他暖手，接著圍坐在火堆旁，把地圖拿出來討論隔天的工作分配和路線。

大約晚間七八點，森林裡已漆黑一片，我們決定輪流守夜，兩個小時一班，習慣早睡早起的安大哥跟我們道了晚安，就寢前不忘提醒我們上廁所不要走太遠，男生小便要面對山壁，不要掉進山溝裡，而且一定要記得開頭燈，免得人搞丟了都不曉得。

我還沒有感覺到睡意來訪，閒來無聊，便順手拾來一塊木頭，以砍刀的刀刃修起木頭尖刻的邊邊角角，和楊向陽以及宋子平有一搭沒一搭的聊天，老劉則獨自喝著悶酒。

每一塊木頭都有獨特的色調、香氣和味道，以手掌揉搓撫摸，還能感受到木頭的溫度。似乎是比較軟的質材，相對而言也比較溫暖，而稍微堅硬一點的木料，溫度則會偏低一些。

「妳喜歡雕刻？」宋子平問。

在意識到自己不知不覺模仿父親的行為時，我感到很驚奇，「談不上喜歡，只是想找點事情做。」

突然，遠方傳來一陣嬰兒啼哭，讓我整個人毛骨悚然。

「那是什麼在叫？」我問。

「灰頭鷦鶯，叫聲像小寶寶哭。」楊向陽說。

「真奇妙。」我凝神傾聽。

這時，又聽見某種彷如泰山搥胸的嘶吼：「歐伊歐伊——」

「那是綠鳩，很像森林泰山吧？」楊向陽微笑。

「哈，有像。」我答。

也許是夜晚特別安靜吧，所以動物發出的聲音也更為響亮，讓人有種森林裡的夜晚比白天熱鬧的錯覺。

「山羌的叫聲也很特別，和汽笛一樣吵，突然跑到妳附近吼一聲，那真的會嚇死人。」楊向陽又說。

「可是我走了一整天，連山羌的影子都沒看見。」宋子平嘀咕。

「神經病，你以為山羌是你養的小狗？說來就來說走就走？那些登山客一天到晚說什麼看到野生動物，應該要去檢查眼睛。」老劉碎念完就去睡了。

山林再度陷入沉寂，幽微的火光下，四周樹影斑駁好似鬼影環伺，我拉緊羽絨衣的帽兜，抵擋驟降的氣溫，繼續壯著膽子削木頭。

楊向陽往火裡添加柴薪，讓火堆燒得劈啪作響，確保我們入夜後的人身安全，並以煙味驅逐有攻擊性的野生動物。

「子平，你說你參加過十一天的深山特遣，是去幹嘛？」我試著找話題打發漫長的夜晚。

「喔，母樹林調查啊。」宋子平回答：「以前伐木時代，留下了一片紅檜母樹群，那次我們去替每棵樹拍照還有打編號，總共十一天，去程走四天，工作三天，回程再走四天。」

「哇，好辛苦。」

「不會啦，檜木是上好的木材，日治時期與國民政府時期都曾經大量開發檜木林，天然紅檜巨木幾乎被砍伐殆盡，目前高山上剩下的稀少巨木，多半是林場中被認為生長不良、不利開採或時間不足而留下的樹材。所以，能看到一整片紅檜母樹林，每一棵都將近五十公尺高，那種感動再辛苦也值得。況且說到辛苦，應該沒有人比老劉被恙蟲咬那次嚴重。」

「恙蟲？」

楊向陽瞪大了眼，接話道：「那次真恐怖，老劉下山回到工作站，臉色就很不對勁，隔天全身倦怠下不了床，他以為是感冒，所以只有去診所拿藥，沒想到高燒不退，狀況愈來愈差，他老婆趕快幫他轉到大醫院，最後整整住院八天才慢慢康復。」

「老劉真是多災多難，所以他老婆才看得那麼緊。」我說。

「其實，我被水蛭咬也很危險欸。」宋子平不服氣地說。

「你少來，被水蛭咬，只要拿香煙燒牠，就會掉了。」我翻白眼。

「也不能燒太久，有一次我直接把水蛭燒死了，結果牠還咬在我手上，口器怎麼樣都拔不掉，氣死我了。」宋子平悻悻地往火堆裡丟樹枝，霎時火星四射。

「小心一點。」我提醒。

接下來，這兩個大男孩便展開了一場「誰比較倒楣」的真心話大冒險。

宋子平說：「還有一次，早上山裡一片祥和，到了下午突然來一場午後雷陣雨，媽呀，那次我騎野狼機車巡山，因為路太滑，連人帶車掉進山谷欸，整個人滾了好幾圈，腦袋一片空白，半分鐘後才回神求救。」

楊向陽說：「我記得，那時你手打石膏，休養了好幾個月。但還是比不過老劉拿砍刀闢路，不小心劃破虎頭蜂窩那次。」

宋子平又說：「我聽說新竹那邊的同事，去年進行深山勤務的時候遭遇台灣有史以來最猛烈的霸王寒流，清晨醒來，白雪把路徑都掩埋了，他們只好冒雪下山。小儀妳知道嗎，在雪地裡只要踩偏一腳，一腳喔，就有可能重新投胎。」

「感覺我們每天都像在玩命。」我沉吟道。

「沒錯。」他們倆搖頭苦笑。

話語暫歇，我打了個呵欠，本來還盼望著有機會和楊向陽獨處，看宋子平精神那麼好，這下子是沒戲唱了。

「我要先睡了，輪到我守夜再叫醒我。」我在掌心哈出一口白霧狀的暖氣。

隨後，我把削到一半的木塊扔進背包，然後學安大哥和老劉，把防寒大衣摺疊好當作枕頭，再鑽進睡袋。

起先我翻來覆去，底下凹凸不平的藍白帆布讓我很不舒服，也覺得睡袋不夠暖和，後來楊向陽借我一只裝滿滾水的軍用水壺，放在睡袋裡面暖腳，我才勉強自己忽略抵著背部的劣質床墊，漸漸沉入夢鄉。

恍惚中，楊向陽和宋子平持續低聲交談，傳來蚊蚋般的嗡嗡聲。

恍惚中，我彷彿聽見水鹿的蹄子「叩、叩、叩」地晃過營帳附近，在我朦朧的夢境裡留下跫音。

20.

荷包蛋夾土司的氤氳香氣喚醒了我，當我撐開眼皮，嗅覺瞬間清醒過來，緊接著聽覺也醒了，老劉在平底鍋上煎蛋，油汁噴發的聲響傳入耳內，猶如敲響飢餓的警鐘，我馬上鑽出睡袋洗臉刷牙、整理換裝。

在野外過夜是相當特別的經驗，入睡時與飛鼠、角鴞的鳴叫相伴而眠，半夜醒來只見一片漆黑，白天睜眼則發現身旁有山羌大便。身為巡山員，一年之中有近三分之一的漫長歲月在野外度過，或許孤獨，或許危險而且辛苦，卻別有一番滋味。

「啊——」宋子平揉著眼睛從營帳下方探頭，伸了個懶腰大嘆：「怎麼都睡不飽？」

我們每個人的作息都不盡相同，安大哥屬於早睡早起的類型，宋子平則剛好相反，他是特別晚睡的夜貓子，也賴床直到天色濛亮。

「還不起來幫忙？你是我們請來的佛祖喔？」老劉厲聲問。

「起來了，我的吐司要去邊，謝謝。」宋子平不以為意，繼續厚著臉皮點餐。

晨曦微光中，只見老劉煎出好幾個形狀完美的半熟蛋，以精采絕倫的華麗手勢撒下鹽巴，再疊上一層厚厚的小黃瓜絲與番茄片，最後以兩片白吐司夾在一起，成為配料豐富的煎蛋三明治。

「妳的。」老劉斜著眼，遞給我裝有早餐的盤子和一杯熱茶。

「謝謝。」我乖乖接受。

香氣頓時撲鼻而來，我咬下一口，嗯……吐司柔軟，黃瓜清脆，番茄酸甜，搭配流淌的濃郁半熟蛋，滿滿的感動在舌間蔓延，簡直人間美味。

「這是我吃過最美味的煎蛋吐司。」我嚥下第一口，由衷誇讚：「如果你以後開餐廳，我一定常常報到。」

「我同意。」楊向陽說。

「少拍馬屁。」老劉睨了我一眼。

我衝著他咧嘴一笑，說來挺神奇的，自從被老劉的廚藝收服以後，我好像慢慢地產生抗體，對他的刻薄言語免疫了。

「我相信老劉的餐廳一定會高朋滿座，」宋子平邊咀嚼邊含糊不清地說：「因為個性機歪的老闆，也是一個很受歡迎的賣點。」

「死菜鳥，欠電啊？晚上換你煮！」老劉撇撇嘴。

餐後，我為了有所貢獻，主動接下清洗碗盤的任務。

宋子平是對的，溪水冰寒刺骨，猶如千萬根細針，我的雙手幾乎是一碰觸冰水就失去知覺。我咬著下唇邊洗碗邊發抖，決定接下來幾天連擦澡都省了，寧願臭死也不要感冒。

清晨五點半我們滅跡完畢拔營上路，維持同樣的隊形和順序，把握大方向，盡量找好走的路，其餘細節遵照安大哥的指揮。

上午馬不停蹄地步行了六個小時，中午以簡單營養的大鍋菜加泡麵裹腹，飯後我開始有體力不支的感覺。可能是吃飽以後特別想睡覺吧，前一天的疲倦還沒消除，隔天的辛勞持續累積，每一步都比前一步更加艱辛。

頂著帽子和濃密的髮絲，我的頭皮猶如水珠密布的蒸籠上蓋，只要稍微歪一下腦袋，一道道汗水便爭先恐後向下流淌。我的腋下濕了又乾、乾了又濕，隱約飄散出異味。明明公糧少了許多，背包卻好似比第一天還要沉重，我彷彿成為希臘神話中推著大石頭的薛西弗斯，不斷、不斷地遭受到嚴苛殘酷的命運考驗，才第二天而已，我的腳底板就失去了知覺，全憑意志力苦撐，像台盲目運轉的機器。

約莫下午兩點，我們被迫停下腳步，賺到稍事喘息的空間，我卻一點都開心不起來。因為，我們原本預定要下切的地點，竟是一處六七十度的陡坡，不僅地貌的高低落差太大，而且遍佈鋒利如刀的石頭。

安大哥遙望底下的溪谷，摸摸下巴，彷如與世無爭的仙人，淡淡地吐出幾個字：「只能渡河了。」

儘管心知肚明，溯溪是迫不得已的決定，我心裡依然罵聲連連。在山裡最怕失溫，而冬日裡的溪水冷得像是結冰水，早上我才洗了幾分鐘的碗，手指就凍僵了，況且，這條溪流也不曉得有多深，走過去要多久？十分鐘？二十分鐘？半小時？

幸好安大哥沒有我那麼笨，他命我們找來赤楊樹幹，以藤蔓綁在一起，搭成一座便橋，讓隊友們不必全程涉水而過。

楊向陽自告奮勇走第一個，他既年輕，反應又機敏，仰賴絕佳的平衡感，他三兩下就橫渡小溪，好比馬戲團裡走鋼索的表演者。到達對岸以後，他幫忙拉起一條彈力繩，讓我們有協助穩定的施力點。

第二個過橋的是宋子平，由於他身材魁梧，外加揹著全隊最重的背包，以致於當他走過搖搖欲墜的便橋時，整座橋登時往下一沉，讓他直接踩進水裡。

「啊咧，好冰！」宋子平哇哇叫。

「需要我給你呼呼嗎？」老劉嘲弄。

接下來輪到我，背上十公斤的負重直接將我平常的靈活度腰斬為一半，我小心翼翼跨出步伐，手指抓住繩索，有些地方可以踩踏石頭，有些地方則必須完全依賴便橋。腳下的水流比想像中更為湍急，隆隆水聲令我膝蓋發軟，我放慢呼吸，秉持謹慎至上的原則，換腳、再換腳，以龜速往對岸推進。

突然間，便橋晃了一下，我整個人往前撲倒，栽在寒涼徹骨的溪水裡。

「小儀？沒事吧？」隊友們呼喚我的名字。

「我還ＯＫ。」冰水濺在我的皮膚上，我把臉皺了起來。

風吹料峭，綁架了我的體溫，凍結了我的腦子，我完全不曉得自己是怎麼走完最後一段路的，只依稀記得楊向陽和宋子平一人伸出一隻手，把我給拉上岸去。

到了對岸的第一件事，就是先煮開水。老劉把即溶湯包丟進滾水裡，端出一碗碗熱湯，分送給每個人，補充流失的能量。

灌下湯汁以後，我才緩緩從呆滯中甦醒過來，嘴唇恢復血色，我的手腳、身體、牙齒，也才不再無法遏抑地瘋狂打顫。

隨後，我們換上乾爽的衣物，把濕衣服晾起來，再度攤開藍白帆布搭成營帳。

這天晚上老劉幫大家加菜，有真空包的萬巒豬腳、三種不同的炒青菜，以及一鍋酸菜肉片湯。

席間，安大哥樂觀地安慰我們：「這一趟至少沒碰到下雨，下雨天才危險呢。」

「沒錯，下雨天溫度更低，容易有落石，火也升不起來。」楊向陽捧著碗，點頭表示同意。

「你們還記得前年那一次深山勤務嗎？那次真的有夠冷，我走到兩腿抽筋。晚上還因為雨太大，整個頂棚帆布都撕裂了，結果外面下大雨，裡面下小雨，睡覺的時候，只好在睡袋外面上下各套一個黑色垃圾袋，中間用膠帶黏起來，臉上挖個洞。」老劉比劃著筷子，嘿嘿笑了幾下，笑聲中帶有幾許悲涼，「隔天睡醒，發現整個人陷在水窪裡，身體旁邊是一圈的水。」

「好慘。」宋子平幸災樂禍地猛扒飯：「好加在我沒跟到。」

「欠電喔？」老劉作勢踢他一腳。

我垂下眼睫，雙眼直勾勾地盯著碗緣，沒有任何力氣多說一句話，連泡茶聊天、手作木雕的興致都遍尋不著。

深山特遣的第二夜，我的腳整晚都是冰的，猶如化身為冰箱裡的一塊凍肉。夜裡甚至起來燒水兩次，灌進保溫瓶充當暖爐。

第三天清晨起床，我發現晾掛的衣物變得硬梆梆的，水氣已然結成冰霜，像洗衣店上過漿一樣。

然而，若以為涉水渡河是此行最糟糕的經驗，恐怕還是太天真了點。

深山特遣的每一天，都比前一天更加辛苦難熬。

巡山員必須跋山涉水，紮營野炊，途經崩壁、絕崖、稜脊、祕徑，白天擔心路況，晚上憂慮蟲蛇。除了要有過人的體力與耐力之外，還得具備驚人的意志力，才不會被大自然給擊敗。

任務來到中段，第三天，我們的耐挫力也被逼到極限。

登山是以時間淬鍊肉體的苦行，我的腳底沒有水泡，它們已經突破自我極限，結成了老繭；好幾天沒洗澡令我的頭皮散發油臭味，肌膚搔癢難耐，怎麼樣都無法習慣。我的隊友們也一臉淒慘，幾天沒有刮鬍子的臉龐長滿鬍渣，頭髮像拖把，衣服像抹布，看看他們，我都不好意思照鏡子了。

前進的路似乎永無止境，大家都累了，歡聲笑語被僵硬沉默的面容取代，即便早已心力交瘁，為了能準時完成任務，也只能咬緊牙根掙扎著前進。雪上加霜的是，我們的食物快要吃完了。前面兩天都吃得很好，然後愈來愈差，比較重的肉類最先被解決，難以保存的葉菜類也都消化完畢，剩下滋味平淡的根莖類、菜乾和泡麵。

第三天中午吃的就是菜乾煮泡麵，下午，我們就靠幾顆糖和一包豬肉乾應付空虛的腸胃。這情況真是令人沮喪，好比參加鐵人三項的賽程，卻搭配減肥營的伙食。

「沿途都沒有訊號，回家真的要被老婆罵死了。」老劉高舉手機拜天公，連連唉聲嘆氣。

「別擔心啦，我們定時都有無線電回報啊，你老婆打去辦公室找人，陸姊就會跟她報平安。你要煩惱的，應該是陸姊快被她吵死了吧！」宋子平喘息著說。

就連水也快喝完了，安大哥看圖索驥，怎麼也找不到傳說中的山澗，我們又沒有空檔繞路去找水源，因而面臨了空前絕後的缺水危機。

我們停下來上廁所，安大哥和楊向陽湊在一起竊竊私語，神情嚴肅地討論水源問題。

「如果是低海拔，就可以找看看黃藤。」安大哥思忖。

楊向陽引頸仰望天空，一手遮在額際，「不像是要變天的跡象，所以也沒有雨水可以接。」

我舔舔嘴唇，口乾舌燥的感受轉眼間攻破防線，佔領了我的喉頭。

「唉唷！」宋子平忽然呻吟一聲。

「怎麼了？」我問。

「只是尿尿而已，就被天上掉下來的一根樹枝打到。」他揉著泛紅的頭皮朝我們走來，一個不小心，又踢到石頭慘叫一聲。

安大哥眼裡閃現一絲憂慮，「子平，你有沒有十塊錢？」

「有啊，要幹嘛？」宋子平從口袋挖出一枚銅板。

安大哥靠近他耳畔低語，接著，宋子平扔出銅板，假裝十塊錢不經意掉在地上。

我看在眼裡，猜測這個動作有「過運」的意思，安大哥真的很信這一套。我曾經聽安大哥說，早期伐木時代，如果工人一大早打翻便當，那天就直接休息、不工作了，因為他們深信只要有壞兆頭，出門一定會發生事情。

「從現在開始去旁邊坐好，不要亂動，向陽你看緊他。」安大哥囑咐。

「可是我也想幫忙找水啊。」宋子平嚷道。

「你不用。人員平安最重要。」安大哥說。

這時，幾公尺外傳來老劉的喊聲：「有了！有水了。」

「得救了。」我的心臟噗通噗通狂跳，快步尾隨安人哥上前，在瞥見老劉手指的位置時不禁愕然：「這也算水？」

「不然妳不要喝啊。」老劉輕蔑地瞪我一眼。

只見草地中央，有個澡盆大小的泥巴水坑，深度約莫一個手掌，裡面蓄積著混濁的咖啡色泥濘水，水面上還漂浮著灰塵、落葉和小蟲子。

「把過濾器通通拿出來。」安大哥說。

我只好照辦，當安大哥和老劉把攜帶型濾水器放進水坑，瞬間攪亂了原有的平靜，沉澱底部的砂土翻騰而上，讓水質看起來更髒更可怕了，化糞池的影像頓時被塞進我的腦海，我無法不將之聯想為病毒的大本營、細菌的溫床。

「可惡，這陶瓷的耶。」老劉說。

「泥沙實在太多了。」安大哥說。

我手持水袋等在一旁，不放心地端詳那一窪褐色池水。老劉手中的濾水器換過好幾個，然而無論過濾幾次，水怎麼看都像濃稠的米漿。

在弄壞三個濾水器以後，泥水的顏色慢慢變淡，褪為麥茶一般的茶色。

「可以了。」老劉宣布。

我貼近水袋，怪味撲鼻而來，我皺著臉質疑道：「有尿騷味。」

「當然有啊，」安大哥哈哈大笑，「水鹿喜歡在裡面洗泥巴浴、上廁所嘛。」

「嗯……」我感到一陣翻天覆地的作嘔。

「喝之前先吞胃腸藥，吃完再補一下，才不會拉肚子，沒有體力。」安大哥提醒。

老劉面帶戲謔地露出一口黃板牙，問我：「妹妹，知道怎麼樣喝，比較容易入口嗎？」

我捏著鼻子，搖了搖頭。

「祕訣就是，晚上煮一下，趁熱喝。」老劉奸笑。

解決飲水的民生問題以後，我們再度上路。

隊伍來到海拔兩千六百公尺，空氣趨於稀薄，我們默默無語，行進間只聞拖沓的腳步聲混合深沉的喘息。

此處的林相為以紅檜和扁柏為主的混合林，蕨類與苔蘚發達，典型的社會四層結構。第一層是二十到五十公尺的高大針葉樹，第二層是殼斗科、樟科和第一層的幼樹，第三層越橘、台灣鵝掌柴等灌木，大概二到五公尺，第四層則是玉山箭竹、蕨類和苔蘚等耐陰濕植物。

通常，針葉樹林下會堆積著厚厚的、尚未完全分解的落葉。因高海拔的低溫環境，加上落葉富含樹脂，所以分解速度緩慢，林下常見適合酸性土壤的地衣、苔蘚和蕨類，營造出神祕幽靜的氛圍。

我彷彿已經嗅到紅檜芬芳的樹脂香味充盈在空氣中，那濃稠的汁液不僅是抵禦昆蟲的化學配方，也是葉片防寒抗旱的祕密武器。而針葉堅硬的表皮和較少的氣孔，則能夠節約蒸散作用，體內水分的流動比其他樹種慢上百倍，使它們長年碧綠。

所以，地球上的神木幾乎都是針葉樹，尤其紅檜、扁柏都是可以存活好幾千年的樹瑞，以及其緩慢的生活節奏適應環境壓力。它們，是高山上見證歲月流逝的勇者，守護寒疆惡土的鬥士。

我們在林間穿梭，猶如一隊無怨無尤的螞蟻，除了目標，什麼辛苦也不在乎、什麼恐懼也看不見。然而，甫鑽出樹林，前方駭人的景象竟讓我的胃打了個結。

「靠，崩塌地。」宋子平喃喃自語：「這個滑下去就投胎了。」

「呸，不要亂講話。」老劉臉色鐵青地說。

由於方才為了找水，耽擱了不少時間，安大哥和老劉商量以後，決定直接切過崩塌地。我嚴正懷疑安大哥和老劉那麼有勇氣，是因為他們兩個有老花眼，所以視力不好。

那是一道地質鬆動的崩塌地耶，由碎石和裂縫組合而成，踩在上面根本不穩，十足考驗一個人的平衡感和靈敏性。要是早知道深山特遣好比玩命，在舉手報隊以前，我可能會考慮得久一些。然而，此時此刻，我們也只能依靠彼此了。

我們重新編隊，以安大哥、我、楊向陽、宋子平接著是老劉的順序排好，各個嚴陣以待，大氣都不敢喘一下。

「記得踩對位置，跟著我的腳印走。」

安大哥拿出預備的耙子，反覆試探下一步，然後耙出一個腳掌的寬度，確定安全無虞後才邁出步伐。

驚懼在我的血液裡流竄，我心跳加速，掌心冒汗，咬著下唇緊跟安大哥，仔細注意他的一舉一動，將全副心力都集中在他的踏點上。

一步、兩步……

「啊！」我在最後一公尺突然偏離重心。

生死交關的剎那，腎上腺素催促我快跑！我提起腳跟，兩步後衝到對面，雙手緊抓著安大哥的袖子不放。

「小儀，沒事吧？還好嗎？」楊向陽跟了上來。

驚慌失措之下，我轉而握住楊向陽的手，指節死命地箍著他，猶如溺水之人攀住浮木，把他的手都給捏紅了。

「別怕、別怕。」楊向陽一手牽著我，另一手輕拍我的背，不斷柔聲安撫，直到我狂亂的眼眸安定下來。

就在這個時候，崩塌地傳來怒吼：「不要動！」

我驀然轉身，發現老劉咬牙使勁抓住宋子平的背包，把他整個人壓在山壁上。

崩塌地開始從他們腳邊下滑，起先只有幾顆拳頭大的落石，接著因為重力加速度而愈掉愈多，落石也愈來愈大塊，有的大如碗盤鍋子，還在滑落期間飛濺彈跳，化身為無情的流彈。

險象橫生之際，我卻只能僵立原地，屏住呼吸，眼睜睜地看著我的隊友們隨時可能丟掉小命……。

不曉得過了多久，崩塌暫歇，我的身體也從當機中恢復運作，終於能夠自由換氣了。

「換腳。」老劉命令宋子平。

「子平跟錯腳了。」我聽見安大哥輕嘆。

宋子平和老劉成功來到安全的這一端，老劉也不管宋子平沒有抽菸的習慣，逕自點燃兩支菸，其中一支遞給他。

我注意到他們兩人夾著菸的手指不停發抖。

抽完半包菸以後，宋子平啞著嗓子問：「回程能不能換條路？」

「好。」安大哥神情凝重地點點頭。

半小時後，我們穿越一片母岩裸露的鐵杉林，目的地近在眼前。一片巍峨蒼翠的扁柏純林在我們面前展開，每一棵都有五十公尺以上，直徑則有三到四公尺，寬闊的樹幹需要多人合抱才圍得起來，如此珍貴的樹木，這裡至少有二三十棵。

我驚訝地合不攏嘴，雙腳自動帶領我往前，走過植被豐富的土壤。濃郁的精油香氣眨眼間撫慰了我不安的心情，我伸出手，手掌輕撫扁柏樹皮，那灰紅色的樹幹上滿佈直條紋的溝槽，彷彿細數著歲久年深。

這裡是仙境，是被文明遺忘的角落，是生機蓬勃的應許之地。它們的祖先自世界初始便在此落地生根，與地球同歲，與恐龍齊年，我深深吸入古老扁柏的氣息，沉醉在如夢似幻的氛圍裡。

許久以後，安大哥緩緩說道：「上工吧。」

「是。」我們齊聲回答。

21.

第三天我們鎮日工作，採樣、拍照、量測、記錄。

第四天整天跋涉，趕著回程，終於在日落時分抵達紮營地，和第一晚上是同樣的溪邊。知道自己走在返家的路上，心情輕鬆不少，任務圓滿達成，只差幾步路，就能徹底洗個澡、好好睡個飽。

搭好營帳以後，老劉照例拿出他煮飯的傢伙準備開工。

我本來以為今晚如同前幾夜，是再普通不過的日常，出乎意料的是，老劉居然走向附近的一片岩壁，瞇起雙眼認真觀察，隨後翻開一塊鬆動的石塊。

當他把石塊抽出，我簡直不敢相信我的眼睛。

「那是什麼？」

一包肥美滋潤的羊肉爐真空包，靜靜躺在凹縫內，猶如久候多時的珍稀寶藏，只待重見天日的那一刻。

「你這老小子，就知道你留了一手，還騙我們說沒有？」宋子平仗著人高馬大，一把勾住老劉的頸子。

「給你們個驚喜啊，才有動力走下去。」老劉伸手取出真空袋。我懂了，石縫是他私人的祕密保險箱，低溫的山區則是天然的冷凍庫。預先把食物藏在回程路上，也可以減輕一部分重量。

羊肉爐飽餐一頓後，大夥兒連日來緊繃的臉色趨於紓緩，眼眉間的笑意也首度撥雲見日。接著，我們圍坐在篝火旁，老劉又變出好幾隻魷魚，放在火上烤起魷魚乾，正好搭配剩下的小米酒和高粱酒。

「真是痛快啊。」安大哥暢飲一口烈酒，道：「很累，但也很痛快。」

「要是薪水能多一點就更好了。」老劉啃著魷魚絲說。

確實如此，我們的起薪只有兩萬七千多，像安大哥那種快要退休的前輩，薪等已經到頂了，也不過三萬四千多塊，就連福利待遇也比一般公務員差上一截。

「咦，不是有那個什麼『山地巡護作業費』嗎？」我問。

「有啊，每個點數四十塊，每趟大概五點，巡十趟至多就發兩千。可是林地有複雜程度，有些偏遠地區，可能一個月只去一趟，四十塊還不夠吃一個便當耶。」老劉提高音量，愈說愈生氣：「我鄰居問我，公務單位二十年了，薪水應該有五六萬吧？我跟他說，兩個月加起來，就有。」

「我爸的撫卹金只有二十六萬。」我淒然一笑。

「所以大家記得，命只有一條，千萬要長命百歲。」安大哥舉起酒杯，「乾了。」

「乾杯！」我們舉杯碰撞，仰面一飲而盡。

楊向陽心有戚戚地說：「以台灣的生活水平來講，兩百二十個薪點，想要養家活口確實有難度。最麻煩的是留不住資深人員，但可能新鮮人來了，累積兩三年的工作資歷就離開，去找待遇更好的工作，結果經驗傳承就在人員流動中慢慢遺失了。唉，不知道什麼時候可以從約僱制改為約聘制？」

「就是嘛，害我們向陽一表人才，卻不敢談戀愛。」老劉搭著楊向陽的肩頭說。

我轉過頭，望著坐我隔壁的楊向陽，裝作不經意地問：「喔？怎麼說？」

老劉哼了哼，代替他答道：「女人都嫌巡山員賺不多，又不常在家啊！我老婆就一天到晚愛抱怨。向陽之前那個很漂亮的女朋友，不就是因為他從台北回到南投當巡山員，才把他給甩了嗎？有夠勢利眼。」

「也不是所有女生都那麼勢利啦。」我輕輕地說。

「我相信。」楊向陽溫暖的眼眸凝視著我，對我微微一笑，猶如一個信號。

「哼，絕大部分啦，還有子平的前妻也是呀。子平你說，你和你前妻不就是一天到晚為了工作吵架？」老劉啾著他逼問。

宋子平沒有吭氣，只是悶悶不樂地小口啃咬魷魚。

老劉的一番話點醒了我，讓我豁然開朗，突然明白父母親爭執的問題癥結。我是巡山員，同時也是個女人，我彷彿能同時感受到母親的委屈與父親的無奈。

「幹嘛不講話？那天被樹枝打到頭，智商又降一百了喔？」老劉推了宋子平一下。

「這兩天我想了很多……我在崩塌地差一點就沒命了，那個瞬間，我的一生像是跑馬燈一樣閃過眼前，」宋子平眼角泛淚，搥了大腿一下，「我覺得很對不起前妻，以前我總是不把她的關心當做一回事，她怕我出事，我罵她是在詛咒我……」

宋子平一把抱住老劉，哽咽地吼道：「謝謝你！」

「放開啦，噁心死了！」老劉用力掙脫宋子平，跑到旁邊點起一支菸。

「其實我可以充分理解子平前妻的感受。」火光倒映下，我望著一張張熟悉的臉龐，突然產生了一股衝動，想把深埋在內心的祕密給挖出來……

「我媽是小學老師，我爸是巡山員，因為工作的關係，他們一直以慈父嚴母的形象來教育我，比較少在家的爸爸扮白臉，媽媽則扮黑臉，負責我的日常生活起居和功課。小時候我很崇拜爸爸，覺得巡山員很偉大，要保護我們的山，還會打火會救人。

「可是長期下來，夫妻對家庭付出的不平衡，導致爸爸媽媽經常發生衝突，他們見了面就吵架，不見面的時候就冷戰，隨著年紀增長，我實在受夠了父母爭執，轉而投奔媽媽的陣營，開始對爸爸言語不客氣。

「我從小功課不錯，主要是希望能得到爸爸的稱讚，成為爸爸的驕傲，然而爸爸總是在我的生命中缺席，在和媽媽爭執的頻率愈來愈高以後，也變得更少回家。大概在我念國中的時候，有一次他突然回來了，我卻看也不看他一眼，甚至當著爸爸的面把門摔上……。

「我知道自己傷透爸爸的心，卻沒有機會親口跟他道歉。為了彌補我的過錯，我希望把他曾經走過的路走一遍，沒想到堅持成為巡山員，把媽媽的心也傷透了，現在，我覺得自己很不懂事。」

回憶如潮水般襲來，拍打我的胸口，有種溫熱的液體充盈在我的眼眶內，模糊了我的視線，我匆匆別開臉，抹去那幾滴淚。

「那不是妳的錯。」楊向陽的眼底燃燒著同病相憐。

「就是我的錯。」我頓了頓，又道：「可是也不只是我的錯，爸爸媽媽也一樣，每個人都有責任。」

我的心一陣疼痛。人都會變，也會漸漸成長，我為媽媽沒能和爸爸一同成長而感到遺憾，也為爸爸沒能和媽媽好好溝通而遺憾。

楊向陽把手覆蓋在我的手背上，溫柔地捏了捏，然後就這樣握著不放。小鹿亂撞的甜蜜感受擄獲了我，我順勢再往他靠近一些，頭枕在他的肩膀上，身軀相互依偎，分享彼此的氣息和體溫。

在外人看來，我們的互動就像友誼的支持，但我們自己知道，除了真摯的友情，我們之間還有一點別的什麼。

「聽小儀這樣說，我更覺得對不起我前妻。」宋子平呢喃。

「人生就是這麼無奈。」安大哥聳了聳肩。

「我啊，絕對是站在阿山哥那一邊的。」老劉捻熄菸蒂，往火堆的方向走來，原來他一直有認真聽。

老劉一屁股坐下，大聲說道：「還記得九二一大地震的時候，我人正好在山上，當時一陣天搖地動，我真的以為我會死在山上。等到平靜下來，整座山都變得不一樣，走山嘛，連路都不見了！」他嘆了口氣，「我老婆跑到工作站搶無線電，拚命喊我的名字，可是無線電都沒有通訊啊，她差一點就要親自上山找。我老媽也跑去南投管理處找處長，哭著說我兒子不見了，求求你趕快把他找回來！」

聽到這裡，我忍不住一陣鼻酸。

老劉目光低垂，凝視晃動的火苗，悵然又道：「一想到讓我八十幾歲的老媽媽這麼擔心，我就覺得自己很不孝……我花了三天時間開路下山，等到終於回家，我就跟我老婆還有媽媽說，以後再有什麼重大天災或變故，妳們就直接去鄰近的小學避難，不要上山找我，只要可以，我會自己想辦法回家。」

「難怪你老婆把你看得那麼緊。」宋子平吸吸鼻子，道：「對不起，我以後再也不會嘲笑你是妻管嚴。」

「女人嘛，就是喜歡窮緊張。」老劉胡亂揉了揉濡濕的眼，「九二一過後，我老婆就很沒有安全感，還一直懷疑我有創傷壓力症候群，逼我去看精神科。哼，她才神經病咧！」

尾音落下，樹林內再度寂然。我們各懷心事，以幾次呼吸、幾口水酒，留光陰駐足於此刻。

「對了，」我脫離楊向陽的肩頭，問大家：「聽說在山裡大喊會有回音，但我一直沒試過。」

「有啊，我示範給妳看。」宋子平站起身，深深吸入一口氣，朝溪谷放聲大吼：「老婆——對、不、起！」

楊向陽也跟著起來，雙手呈喇叭狀，喊道：「阿姨，我回來了！」

「爸……爸……」我淚流滿面，一遍又一遍地喊著。

老劉不敢置信地瞪著我們，道：「一群白痴。」

「不好意思啊，請不要見怪，小孩子不懂事。」安大哥嘴裡念念有詞。

我們喊到筋疲力盡、聲音沙啞為止，良久以後，我再度從背包裡拿出木塊和砍刀，動手削起木雕。

22.

初春是曖昧，是隱晦的。初春姿態旖旎且色彩繽紛，卻喜歡以含蓄的方式偶露蹤跡，它化身為枝頭點點青綠芽苞、林間鳥語的千聲百囀，以及——某女孩絢爛綻放的內在。

「來。」楊向陽朝我伸出手，把我拉上邊坡，我對他報以燦然笑容。

我們停頓下來稍事休息，他掬起掌心，我往裡頭倒水，頭目低頭舔著喝，隨後我們再輪流共飲一瓶水。不分你我的共享，是深山特遣任務結束後，我倆心照不宣的默契。

「先提醒妳喔，打掃山屋一點都不好玩，跟當清潔工沒有兩樣。」

隔壁組的同事最近請假，楊向陽和他有些交情，自願承接他的部分工作，其中一間專供登山客過夜的山屋，每隔一陣子都要上山去整理一次。由於路途遙遠，需要一整天的跋涉，所以我們安排來回兩天一夜的行程。

「我知道啊，兩個人一起弄，無聊的時間就可以濃縮成一半。」我說。

「妳想要時間縮短？」他斂起下巴，以耳語般的音量說：「我倒希望可以無限延長。」

我反覆咀嚼他話語中雋永的詩意，不由得心頭一熱，雙頰浮現兩朵緋紅。

楊向陽人如其名，是耀眼陽光與和煦暖意的組成，身為原住民粗獷俊秀的外表下，包藏了一份纖細敏銳的感情。他是如此可靠，就好像明知道前方高山幽谷，你都願意與他同行，因為你知道即使失足，他也會義無反顧地接住你。

然而，有個問題卡在我心底時日已久，現下正在我嘴邊掙扎。

「對了，」我的目光四處游移，裝作不經意地試探：「你前女友是個怎樣的人啊？」

剎那間他的神情變得複雜，同時呈現多種樣貌，有心心相印的靦腆、感情受挫的自卑、一閃即逝的尷尬，隨著回憶慢慢浮現，最後停駐在憂傷的瞬間。

「算了，你不想說也沒關係。」

「不是不想提，只是很多事情都忘了。對我來說，我只剩下現在這個在南投的自己。只有水里、只有玉山……」

「還有情同手足的隊友啊。」

「對，還有隊友。」

「這點跟我很像，所以我們算同病相憐囉？」

「這不是病，是重生。」他溫和地笑了笑，嘴角浮現一抹促狹，「不然這樣，我們先聊聊妳的獸醫？」

「以問題回答問題，高招。」我忍不住翻白眼。

「過去於我如浮雲，重要的是未來。」他探出手，愛憐地摸了摸我的頭。

好吧，這個答案我可以接受。

「我也這樣認為。」我嫣然一笑。

我倆並肩而立，享受眼前的自然美景，以及歲月靜好的獨處片刻。

在沒有科技干擾的深山裡，沒有電視、沒有平板和手機，我們擁有的是最簡樸的時光，不用花時間考慮身外之物，反而能掙脫物質的綁架，得到性靈上的自由，把光陰用在真正有意義的事情上。

我低頭凝望頭目，一隻蝴蝶停駐在牠濕潤的鼻頭，斜陽撒落讓牠的雙眼如寶石般璀璨。

我抬眼端詳楊向陽，如果綠意盎然的山等同於夜空，他就是獨一無二的北極星，是人生旅途中發光的亮點。

身為巡山員的我，看似什麼都沒有，實則擁有了一切。此時此刻，豐沛的情感在我胸口翻騰湧動，真想對他大聲說出我的感覺。

「那個，我有件事想跟你說……」我和他同時開口，兩人都愣了一下。

「默契這麼好？」我乾笑著拉拉馬尾。

「那妳先說吧。」

「還是你先講好了。」

「汪汪！」頭目忽地激動起來，朝小路盡頭狂吠。

「噓，安靜。」我彎身揉揉牠的耳朵，穩定牠的情緒。

由遠而近的喧鬧聲揭示了頭目浮躁的緣由，夕陽餘暉照耀下，山徑彼端出現人影，如果我猜的沒錯，八成是預計今晚留宿山屋的七人登山小隊出現了。

我們留在原地等待，幾分鐘後人群湧現，那是一隊荷爾蒙過盛、活蹦亂跳的少男少女，穿著絕對乾燥的外套，邊走邊推擠嬉鬧，宛如過度興奮而咯咯叫個不停的雞群。

「看來今晚熱鬧了。」楊向陽淡淡地說。

「嗨！」我朝帶隊的胖子點點頭。

我們相互自我介紹，登山小隊的領隊兼嚮導自稱「小胖」，年紀約三十出頭，是這次系學會幹部生活營的指導老師，帶領大學生們進行一年一度的幹部聯誼山訓，沿途順便拍攝活動花絮，打算剪接成招募下一屆新生的短片。

「哇！好可愛的狗狗。」一名短髮女孩問。

「要不要餵牠吃肉乾？」戴眼鏡的男孩從背包中挖出一包食物。

「麻煩不要。」我嚇一跳，連忙出聲阻止：「狗不能吃有鹹味的食物，腎臟負荷不了。」

「可是我家的狗都吃剩菜剩飯。」眼鏡男孩辯駁。

「妳看，牠想吃肉乾！」短髮女孩揉捏包裝紙，瞬間激發了頭目的興趣，牠搖搖尾巴。

我拉緊牽繩，面有難色地瞥了小胖一眼，小胖卻絲毫沒有打算制止他的學生們。

「狗狗來。」短髮女孩蹲下，更大聲揉搓包裝。

貪吃的頭目坐立難安，嘴角淌下唾沫。

「頭目！」我低聲喝斥。

「我想你們剛剛說到重點了，牠不是你們的狗，要餵東西以前，起碼先得到主人同意吧？」楊向陽繃著臉提高音量。

也許是凜然的面色，又或者是嚴厲的語氣，總之，楊向陽嚇退了那些學生。

「好兇的巡山員。」短髮女孩嘀咕。

「哼，什麼嘛！還不就是領納稅人的錢，跩個屁啊！」眼鏡男孩悻悻地把肉乾塞回背包裡。

我很感激楊向陽挺身而出，捍衛我跟頭目，卻也心裡有數，這不是一段美好邂逅應有的開始。

山屋就在前方不遠處，步道稱職地扮演了迎賓紅毯的角色，一路延伸至屋子的大門，而一旁矗立的歪斜木製招牌好似彎曲的手指，替眾人導引方向。

走完最後一小段路，時間大約是下午五點半，我們來到屋前。

以蒙塵的天藍色屋頂和寫滿「到此一遊」塗鴉的乳白色外牆所搭建而成的簡易木造房子，非常破舊，只有一間車庫大小，卻替無數往來民眾遮風擋雨，於漫長的山居歲月中屹立不搖。

精力充沛的大學生們率先衝進屋內，猶如成群橫衝直撞的野馬，把背包扔得滿地都是，然後或坐或躺，一邊揉腳一邊大聲抱怨這一路有多麼辛苦，其中兩個人還嘻嘻哈哈地玩起摔角。

我和楊向陽放下背包，命令頭目蹲伏在門內玄關的位置，隨後拿起掃帚、畚箕和抹布開始清理環境。

在陌生人的環繞下，楊向陽再度掛上沉默寡言的面具，我也是差不多的情況。只有在視線交會的瞬息，或錯身而過的須臾，我們才會眨眨眼睛、碰碰對方，以肢體語言進行靜默的交流。

系學會幹部持續以高分貝音量打鬧著，不過，至少沒有再搭理我們或招惹頭目。我拿出乾狗糧倒進頭目的食盆內，楊向陽則把處理過的食材依序扔進鍋內，打算做一道鹹粥。

頭目很乖，幾個月來被我們教得很好，除了愛吃的本性比較難控制以外，基本上是個溫馴聰慧的小朋友，聽得懂許多指令，也不會亂咬東西或攻擊人，平白給主子添麻煩。

最近我和楊向陽甚至訓練牠找東西，先從躲貓貓的遊戲開始，問牠「楊向陽在哪裡？」或「帶我去找小儀！」而牠總是不負所託。接著是藏起某樣物品，再讓牠去搜出來，範圍從室內漸漸擴大為方圓一百公尺，然後是兩百公尺，牠很有天分，說不定將來能當搜救犬。

「會長、副會長，叫大家把餐具擺好，馬上就要開飯了。」小胖煮了一大鍋泡麵當晚餐，給他和那群大學生們。

我瞅了他們一眼，在心裡小聲嘀咕，原來短髮女孩和眼鏡男孩是正副會長，現在的小朋友都那麼沒禮貌嗎？

大學生們開開心心地吃喝聊天起來，我注意到會長和副會長明顯是一對情侶，兩人總是卿卿我我，其中一個走到哪，另一個很快就跟過去。就算和其他人圍坐在一起，也總是挨在一塊兒講悄悄話。

飽餐一頓後，他們以整間山屋都聽得到的音量播放剛才拍攝的影片，伴隨著旁若無人的哄堂大笑，某人更拿出整瓶未開的紅酒，提議要玩真心話大冒險。

不知道我是蒼老了還是安靜了，又或者融入了鄉居生活，竟變得很不能容忍噪音。他們銳利的笑語猶如一把鋸子，反覆切割我的理智，我只能勉強自己按捺下脾氣。

森林蒙上暮色，太陽消失在群山之後，小胖仍然沒有要插手的意思，實在禁不住吵鬧，我以眼神示意楊向陽和我一塊兒到屋外遛狗散步，遠離這群躁動不安的大孩子。

「頭目，走，去尿尿。」我吆喝。

豎起耳朵的頭目立刻起身，尾巴搖得和響尾蛇一樣激動。

「還好嗎？」楊向陽關上身後的門。

「嗯。」我放開牽繩，讓頭目自己在附近跑跑轉轉，舉腳做記號畫地盤。

戶外空氣純淨宜人，天空星子璀璨。我鬆了口氣，有點訝異自己選擇了冷清蕭索的這一邊，而非熱鬧喧騰的那一邊。

我抬起臉，喃喃自語道：「以前我也很喜歡和朋友打打鬧鬧，現在卻有點受不了，是初老症狀嗎？」

「是習慣山上的寧靜，我也一樣。」他輕聲說。

這時，小胖跟了出來，他朝我們擠出笑臉，從口袋掏出一包菸：「來一根？」

「謝謝，我不抽菸。」楊向陽婉拒。

「我也是。」我說。

小胖自顧自地點起一支菸，道：「不好意思啊，校外教學嘛，學生很興奮。」

「他們這麼不穩定，登山會不會有……特殊狀況？」我問。

「怎麼會？我有十年登山經驗了耶！」小胖嚷道。

他深深吸入一口氣，菸草扭曲燃燒，成為黑暗中一個發亮的小紅點，接著被灰白色的煙霧掩沒。

「你有信心就好。」我嘟噥。

煙從他的鼻孔和嘴巴冒出來，小胖口氣羨慕地說：「當巡山員真幸福，爬山還有錢領。」

「別想得太美好，其實巡山員很辛苦，是廉價勞工。森林警察抓山老鼠，我們也要；消防員救森林大火，我們也要。可是消防員和森林警察有加班費，巡山員卻沒有。」我說。

「聽說巡山員很閒耶。」

「你搞錯了，我報到快八個月，已經瘦了快兩公斤。」

「是嗎？怎麼和我知道的不一樣？」小胖不懷好意地笑了笑：「聽人家講，巡山員可以當副業，早上打卡以後，就直接回宿舍打麻將，俗稱『在第二辦公室發展第二事業』。」

「啊？」

楊向陽出聲解釋：「那是早期制度還不夠健全，民國七十年左右確實很容易打混，有人會乾脆把巡邏卡帶在身上，十天半個月都不上山，連違建的房子和廟蓋起來了也沒發現。現在時代不同了，有衛星定位，巡山員人在哪裡都有記錄。」

「這樣啊，」小胖又嘿嘿笑了幾聲，唐突地問：「可還是有油水可撈吧？像是賣一點木頭？」

楊向陽聞言臉色一沉，五官線條變得緊繃。

我愈聽愈覺得不對勁，「等一下，你是指盜伐嗎？怎麼可能，我們抓山老鼠都來不及了。」

「前幾個月新聞有報啊，巡山員自己就是山老鼠，做賊的喊捉賊。」小胖叼著菸，透過霧氣直視我的雙眼。

話語太過尖刻，好似搧了我一巴掌，我這猛然才意識到：小胖不是來閒聊的，而是來找碴的。

「一顆老鼠屎，壞了一鍋粥。」我壓抑怒氣，不悅地說：「民眾不了解我們在做什麼，還真是讓人頭痛，就像有網路酸民說『漂流木是山老鼠的計謀』，什麼跟什麼嘛。」

「有辦法一次把整片樹林放倒，然後精密計算出足夠沖出漂流木的水量，這麼厲害何必當山老鼠，直接去NASA上班就好了。」楊向陽寒著臉說。

「先別說這個了，國民政府當年毫無節制的亂砍原始林，是林務局無法否認的事實！說什麼『明治神宮的鳥居來自臺灣檜木』來洗腦民眾，其實政府才是偷走山林資源的最大兇手吧！」小胖的語調咄咄逼人。

我氣得握緊雙拳，指甲嵌入肉裡：「當時台灣什麼都沒有，台灣今天的繁榮，靠的就是林木輸出所得的外匯培植產業，沒有林業的貢獻，就沒有今天的台灣！」

「汪！」頭目衝到我們之間加入戰局。

「算了，話不投機，不跟他多說了。」楊向陽攬著我的肩，把我帶離現場，「頭目，走。」

「這個人真是不正直，根本故意找我們吵架。」我忿忿地說。

「這世上酸民很多，每一個都要搭理，就計較不完了。」他嘆道。

回到山屋內，系學會的學生們正興高采烈地玩著撲克牌，完全沒有要睡覺的意思。我和楊向陽無奈地對看一眼，隨即把頭目綁好，鑽進各自的睡袋，祈禱這難熬的一晚趕快過完。

23.

清晨的低溫籠罩山頭，在玻璃窗上凝結出花紋多變的冰晶，山屋頓時幻化為大自然的藝廊。楊向陽和我比其他人更早醒來，我們在一片寂然中收拾行李、快速吃完早餐，然後整理山屋的垃圾，帶著頭目循來時的原路下山。

又只剩下我們三個，在這遺世獨立的時空之內。昨夜和小胖吵架時勃發的怒氣漸漸沉澱，多虧了楊向陽，他就像一盞燈火，照亮了我靈魂的陰暗面。

「妳還好嗎？」

「還可以啦。」

「嗯。往後妳還會遇見更多酸民，難搞的人，各式各樣的人。身為巡山員，最困難的不是面對大自然的挑戰，大自然有它自己的法則，只要摸清它的習性，順勢而為，問題便能迎刃而解。人比大自然狡猾多了，這份工作最困難的地方，就在於與人的溝通。」他語重心長地告訴我。

「太氣人了，下山以後，我要大吃一頓壓壓驚。」

「好，請妳大吃一頓。」

「我會吃很多喔。」

「我知道，看妳每次便當都額外加飯，就曉得了。」

「很煩欸你。」

我倆相視而笑。

最近我有深切的體悟，山裡的靜不是死寂的靜，而是一種空靈。山是大自然的恩賜，再多錢都買不到，唯有真正願意放下一切、拋開俗事的人，方能體察、把握並且擁有。

誠如此時，蜿蜒山路上的兩組腳步聲相互應和，前面的重如大鼓，後面的輕如鈸鐃，間或點綴高砂犬奔跑時的喘氣聲，猶如偶然的裝飾音，共譜出和諧的重奏。

「汪！」

一如既往，無線電對講機的訊號音進來以前，頭目就率先注意到空氣中不尋常的電波變化。

「水里工作站呼叫，５４１２，聽到請回答。」

「５４１２收到。」

我們停下腳步與工作站進行通話，不是好消息，隨著訊息趨於完整與清晰，楊向陽的面容也變得凝重，眼眉和嘴角都被負能量填滿。同樣守在無線電旁的我也是，對講機每多透露一句，便在我的胃裡多打了一個結。

系學會幹部們早上起床，發現七個人只剩下五個。

少了的兩個人是會長與副會長，短髮女孩和那個戴眼鏡的男孩，睡袋還在，背包、手機卻和人一起消失了。本來以為他們只是溜出去親熱，可是領隊小胖把屋裡屋外全都翻遍，兩人依然下落不明。

收線以後，我問：「我們早上離開前，他們還在山屋裡嗎？」

「不知道，室內很暗，我也沒有注意。」他皺眉。

「工作站說，小胖他們打算繼續攻頂的行程，看途中會不會遇見會長和副會長，你覺得他們會丟下睡袋先離開？」

「照道理來說不會，但青少年在想什麼，有時候很難猜。也許他們為了搶第一，連睡袋也可以不要，偷偷摸摸的就走了。」楊向陽思忖半晌，又道：「也可能他們半夜出去上廁所，回程時判途錯誤，走到獸徑所以迷路了。」

「又或者他們兩個溜出去約會，不小心滾下山坡。」

「這是最糟糕的一種。」

工作站要求我們在回程時放慢速度，注意看看附近有沒有異狀，等於是以山屋為中心點，將登山步道一分為二，我們和系學會各自負責巡視一條路線。

「我怎麼覺得，他們不太可能走遠，沿路找會徒勞無功……」我嘀咕。

這時，一個彗星般的靈感直直撞進我的腦海。有辦法了！

我召回頭目，問牠：「肉乾在哪裡？」

「汪？」頭目歪著腦袋，明亮雙眼閃爍著對捉迷藏的濃厚興趣。

楊向陽只花了一秒鐘便明白我的用意，「頭目，昨天要給你吃肉乾的那個人呢？你能不能找到他？」

「對，帶我們去找肉乾男！」我以上揚語氣鼓勵牠。

「汪！」頭目聽懂了關鍵字，牠搖搖尾巴，撒腿狂奔而去。

「跟上去。」我和楊向陽跑在牠後面。

牠領著我們往山屋的方向前進，每隔一段路就停下來等我們，約莫一公里後，我們來到前一天停下來喝水休息的邊坡，只見頭目站在制高點上，朝另一側的山坡下方不斷吠叫。

我們趕到時，楊向陽首先注意到陡坡有折斷的樹枝和被碾壓的草痕。

「一定在下面。」他篤定地說：「只是不曉得有多深。」

「先通報好了。」我掏出無線電和GPS，把座標位置回報給工作站。

等我結束通話，楊向陽已經拿出砍刀，準備清出一條往下的路，「我先下去看看。」

「我也去。」

「不，妳留下來，保持對外聯繫。」

「新訓的時候我有學過，遇到急難時隊友不能分散，必須分工合作。況且底下有兩個人需要幫忙，他們一定受傷了，女生比較有辦法安撫傷患。」

「這……好吧。」

我們攀著樹根作緩衝，踩著高高低低的石頭半跳躍半下滑。

仗著身為高砂犬的天生優勢，頭目的動作一直領先我們好幾步，牠像一道風馳電掣的黑色閃電，迅速於林間穿梭。

我盡力跟上，石塊尖銳的邊緣劃破了我的外套，裡面的填充纖維跑出一角，枝椏也屢次擊中我的頭，然而我無暇理會，底下還有人等著我救命呢。

快步行進之間，一件勾在樹枝上的破爛機能褲晃眼而過，把我的一顆心嚇得差點跳出喉嚨，差點以為是某人的屍體。我拚命挖掘記憶，卻怎麼也想不起來大學生們穿的褲子長什麼模樣，不過，這問題在五分鐘後便得到解答。

「汪汪汪！」頭目幫我們找到了那兩名系學幹部。

當我跟在楊向陽後面，下降至一處坡度稍緩的林地時，眼前的景象讓我不禁咒罵出聲：「這也太扯了吧！找死嗎？」

那兩個不懂事的大孩子，女的外套不見了，男的則只穿內褲，顯然是寒風吹不熄慾火，讓這對性致勃勃的情侶溜出山屋打野戰，才導致發生意外。

「我們……摔下來，我壓到他……他……」由於太過驚駭也太過寒冷，會長牙齒打顫，半天都說不出完整的句子。

她肯定凍僵了，那男孩更是如此，兩人臉色蒼白如紙，嘴唇則是瘀青的紫色，裸露的皮膚遍佈割傷和擦傷，好似一條條鞭痕。

男孩的狀況尤其糟糕，他昏迷不醒，側腦髮間有血，浮腫的臉龐上則有一塊明顯的外傷，也許滾下邊坡時以腦袋瓜暫時充當煞車皮。我強逼自己坦然面對他有如死人大體般的赤裸雙腿，過程必須很努力，才沒有別開視線。

「他還活著嗎？」會長結結巴巴地指著男友。

楊向陽的臉上寫滿擔憂，俯身替副會長檢查傷勢，「對，還活著。」

會長頹然地吐出一口氣，聲音沒那麼抖了：「他會不會被截肢？」

楊向陽沒有回答，只說：「小儀，妳幫他找看看褲子有沒有在附近。」

「還有他的眼鏡……」會長說。

我這才注意到男孩的眼鏡不翼而飛，不禁翻了個白眼：「失溫比看不清楚嚴重吧？到底在想什麼！幸好你們不是在最冷的三四點跑出來，否則家人就要等著收屍了。」

「我有嘗試打電話求救，可是這裡沒有收訊。」會長呢喃。

我花了一點時間確認方向，在頭目的陪同下，重回剛才瞥見機能褲的地點，又費了一番功夫從樹枝上搶下那條破了個大洞的長褲。

當我返回事故現場，楊向陽正輕拍副會長的肩膀呼喚他，可惜他依然沒有意識，整張臉宛如空無一物的白紙。

我先幫副會長套上機能褲，會長的體溫也很低，皮膚摸起來相當冰涼，於是我從背包中取出楊向陽的雨衣替副會長蓋上，又拿出自己的給會長穿。

見那會長雙手環抱自己，目光失焦渙散，看起來無助又脆弱，彷如走失的小寵物，和昨晚的頤指氣使判若兩人，實在讓我不忍苛責，我嘆了口氣。

「副會長怎麼辦？」我問楊向陽。

「只能等救難人員抵達了。我們身上並沒有多預備糧食，最多再陪他們幾個小時就必須下山。」

「什麼？」我大驚失色，駁斥道：「我們應該帶他們回山屋等才對，這邊不能煮東西，我們也沒有帶帳棚，繼續待在這裡，他們兩個遲早會餓死或凍死。」

「回山屋？要怎麼移動？我們身上沒有攜帶任何救難器具，光是要搬動副會長都有困難。而且，萬一他內臟破裂或是頸椎骨折，移動會造成更大的傷害。」楊向陽蹙眉。

「我們昨天花了一整天才走到山屋，救難人員動作再快，也不會比我們快多少，你認為副會長可以在這裡撐過八小時嗎？」我質問。

「問題是，我們沒有搬運他的器具。」

「用繩子綁在身上，揹上去啊。」

「要是兩個人一起摔下來，會演變成二次山難。」

「不然要見死不救嗎？」

我和楊向陽提高音量吵了起來，為了捍衛各自的想法而僵持不下，猶如獨木橋上的黑羊白羊，角頂著角，兩個人都很不高興。

我差點忘了他還有這樣一板一眼、公事公辦的一面，憤怒佔領了我的思緒。頭目也跟著汪汪大叫，最後是楊向陽勉強妥協。

「好吧，我們試試看，但如果真的沒辦法——」

「那也只能聽天由命，至少我們嘗試過。」

我們卸下背包，合力把副會長扶起來，讓他靠在楊向陽背上，然後像捆粽子一樣，把他們兩人綁在一起，成為了命運共同體。

「妳可以走嗎？」我讓會長揹我那個比較輕的背包，由我來揹楊向陽的背包。

「我腳扭到了。」她委屈地皺著臉說：「而且妳的背包太重了。」

「我們必須充分利用所有資源，不能拋棄任何東西。加油，我會幫忙妳，拜託勇敢起來。」我目光如炬，朝她伸出手，堅定地點了點頭。

「等一下，還要找我的手機……」

「不要管手機了啦。命重要，還是手機重要？」

「不是啦，手機裡面有我們拍的影片，」會長慌張地猛搖頭，欲言又止地說：「就是那種……露點影片，絕對不能外流，拜託！」

「噢，妳在跟我開玩笑嗎？」我吁了口氣。

「還有，」會長垂下頭，小聲嘟囔：「假如能把我男朋友的背包找回來就更好了。我們在半路上撿到一塊石板，看起來像歷史文物，本來想拿回家當紀念品……要是被警察發現偷拿東西，我們會不會被判刑呢？」

我無言以對，這時楊向陽驀然回頭，震驚地瞪大眼睛。

「你們太不尊重了！這是大不敬！」他不敢置信地說。

尾音剛結束，忽然間風雲變色，一片不知從何而來的烏雲罩住了山頭，天色暗下，天空蒙上一層晦暗巾紗，猶如舞台謝幕的時刻。

24.

「怎麼變天了？真奇怪，氣象預報說，這幾天都是好天氣啊。」我嘀咕。

楊向陽滿臉憂心忡忡，抬眼凝望烏雲密布的天空，強烈的不安透過他的神情傳遞給我，頭目也低聲嗚咽，哀哀地吹起狗螺來。

「頭目，安靜！」我教訓道。會長驚慌失措地抓著我的手。

「石板是在哪裡拿的？」楊向陽問。

「一個有點像古蹟的地方……」會長泫然欲泣。

「現在請妳保證，如果找回背包，一定會把石板歸回原位。」楊向陽的聲線低沉，挾帶了某種恐懼和威脅。

「我發誓。」她小聲回答。

一滴、兩滴……幾分鐘前的蔚藍晴空竟飄起毛毛細雨。

我們不敢稍加遲疑，立刻動身往上爬，在沒有路的陡峭邊坡上小心翼翼攀著樹前進。腳下泥土濕滑，會長摔倒了好幾次，連帶把我給拖進泥裡。

明明離颱風季節還遠得很，我們卻像身陷暴風圈中，風聲在耳畔呼嘯，雨勢也愈來愈激烈，豆大的水珠眨眼間讓我們渾身濕透，土壤也變成鬆滑的泥濘，使人寸步難行。

我在凜風中瑟瑟發抖，雙膝因負重過重而隱隱作痛，濕答答的頭目邊甩毛邊高聲吠叫，我每次呼喊牠，試圖柔聲安撫牠，聲音都給強風硬是推了回來。

一道紫光驟然閃過，隨之而來是轟天巨響，我們像是靶子上的紅心，只能任憑雷聲閃電自高空夾擊。我腳一滑，趕忙抱住樹幹，差點把跟在旁邊的頭目也踹下山坡，幸好牠機伶地一閃而過。

「媽呀。」會長啜泣。

終於，我們回到登山步道，我訝異地望著滾滾流水沖過鞋面，山路不是山路了，變作是一條小溪溝。

「起霧了。」楊向陽繃著臉說。

濃霧來得突然，彷如無中生有，頃刻間能見度只剩下一公尺半。

束緊帽兜頂著狂風暴雨，我們遍尋不著路跡，於此同時，一股由上而下的沉重壓力襲來，似是有隻隱形的巨手將我們握在指掌間把玩，我們只能像屠宰場裡的綿羊般擠在一起。

「你們有聽見嗎？」我全身寒毛直豎。

「我什麼都沒聽見，」會長瑟縮著身子，有如驚弓之鳥：「拜託不要嚇我。」

「一種嗡嗡嗡的低鳴？類似耳鳴？」楊向陽眼底閃過一絲不安，但是，他仍盡可能以沉穩的語氣說：「小儀，幫我把副會長放下來。」

「你要幹嘛？」我全身緊繃。

他不肯回答，逕自從他自己的背包中取出一小瓶米酒。

只見楊向陽旋開米酒瓶蓋，把酒灑向土地，以布農族母語喃喃說了一串話，之後將整瓶米酒直接擺在一棵大樹下。

「他在做什麼？」會長扯扯我的袖子。

「噓。」

我注視他的一舉一動，米酒和祭拜，刮風和下雨，突然一切都說得通了，是楊向陽把線索連結在一起。

我開始相信大雨和濃霧是某種超自然現象，也許，大學生情侶衣衫不整又偷竊原住民傳統文物的行為觸怒了山神，所以山裡的神靈決定懲罰我們！

楊向陽沒有說破，只是再度扛起副會長，「走吧。」他說。

在勁風拍打和雨絲鞭笞下，會長一度跌倒，嚷著想要放棄，又被我從泥巴裡拉起。我們的體力迅速流失，副會長徘徊在失溫邊緣，明明兩公里的路程彷如永無止盡，我總覺得山屋應該就在不遠處，卻怎麼也見不著。

然後模糊的視野中出現了一支木板路標，在雨霧裡兀自矗立有如燈塔，我們終於如願抵達山屋。

時間約莫是正中午，我們三個都累壞了，精神萎靡不振。把仍在昏迷中的副會長從楊向陽背上放下來時，他的面色更是淒慘得好比死人，我很不想這麼說，但我懷疑他命懸一線。

我們換下濕答答的衣褲，發現小胖臨走前，把他們兩人的睡袋都留下了，還附帶一小包白米和鹽巴。大學生的睡袋很高級，是那種要價好幾萬塊的輕量化商品，保暖度很不錯，於是我和楊向陽讓會長和副會長以睡袋裹身取暖，再蓋上我們兩人的睡袋，雙層保護，希望副會長能幸運地撐到救難人員抵達。

套上備用衣物後，我和楊向陽簡單以急救包中的藥品處理了彼此身上的小擦傷，我也找來抹布，把頭目的毛擦乾，牠小子很聰明，跑去窩在副會長身邊，依偎著他的睡袋。

能先行處理的都搞定以後，楊向陽持續以無線電回報狀況，我則動手洗米，準備煮一鍋白粥。

暴風雨始終在屋外喧鬧著，詭異的濃霧也繚繞不去，讓我想起安大哥說過的一個故事……。

從前，有一個年輕的巡山員，經常在夜宿山屋時聽見有人在門外走動的聲音。有時腳步聲繞著屋子走，有時則停在門口，年輕巡山員害怕極了，有一次，就把這些事情告訴另一位老巡山員。老巡山員聽完沒有吭氣，只是交代年輕巡山員準備金紙和供品。

原來老巡山員有陰陽眼，早就發現了不對勁。隔天兩人在山屋前進行祭拜，老巡山員對著空氣說：「前輩啊，您已經退休了，可以回家了，山屋的就交給我們維護吧。」年輕巡山員恍然大悟，也對屋外的怪聲起了幾分敬意，然而，自祭拜以後，就沒有再聽見任何奇異的聲音。

碰！

「汪汪汪……」頭目一躍而起，朝門邊齜牙咧嘴。

「什麼聲音？」會長的臉嚇得慘白。

「應該是樹枝打到屋頂，別緊張。」我硬著頭皮朝頭目揮手，「安靜。」

頭目溫馴地搖搖尾巴，又回去窩在睡袋旁的老地方。

水還沒有滾，米已備妥在一旁，楊向陽於室內來回踱步，持續以無線電和救難單位保持聯繫。我的思緒隨意遊走，接著又想起另一件事。

據說，曾有台大研究員在高山上林班地內撿了原住民墳墓裡的飾品，打算帶回實驗室進行分析，結果一離開山區就莫名其妙生病了。後來研究員想想不對，便返回墓地進行祭拜，跟山裡的老人家說明目的，並保證研究完畢立刻歸還物品，說來奇怪，拜完以後他的病就不藥而癒了。

不曉得副會長能不能順利得救？但願救難隊快點抵達，不管這兩個孩子多麼沒禮貌，我都不希望看著他們枉送性命。

我曾經讀過一篇網路文章，說是登山客意外過世，巡山員找到屍體時已心跳停止，整張臉也都發黑了，其他人卻堅持要巡山員替屍體進行口對口人工呼吸。礙於輿論，巡山員只好在心裡不停默念對不起，然後施行CPR。人工呼吸當然沒能救回登山客的命，甚至做完以後胸骨也壓斷了，但願我永遠不需要替屍體急救，最好也不必揹屍體下山。

天哪，我在想什麼？接二連三浮現腦海的古怪念頭令我心裡發毛，然而，看看外頭包圍山屋的大霧，實在很難不往靈異的方面想。我替兩名大學生著急，也為我和楊向陽擔心。

楊向陽走向我，面有難色地說：「搜救中心說天氣太差，會延誤搜救進度，建議我們分配糧食，只能維持比基本所需還要低的食物量。」

我聽了火冒三丈，罵道：「這是要我們乾等的意思？人命關天耶，如果救難人員上不來，就派直升機來呀！」

「沒有妳想像的那麼簡單，直升機出來一趟，油錢至少四十萬起跳，當然會審慎考慮。而且還有地形和天氣問題，峽谷會有風切，樹林可能會勾到樹枝，反而搭上搜救人員的身家性命。」他以乾澀的嗓音解釋。

「至少可以空投資源吧？」我強硬地說。

「天氣不好，直升機有安全顧慮。就算能飛，也得找到正確位置，不能隨便亂投物資啊。」楊向陽的火氣大了起來：「妳知道空勤總隊有多少正副駕駛和機工長因為救難而殉職嗎？登山客的命就是命？搜救人員的命就不是命？」

我也不甘示弱，繼續說道：「他們還那麼年輕，還有大好的人生耶。」

氣氛頓時變得很火藥味十足，楊向陽的臉色很難看，脖子浮現青筋，還像嘔吐一樣，嘴裡冒出一堆又酸又辣的可怕字詞。

「是小胖的隊伍太輕忽了！最基本的嚮導規則，不能脫隊、不能落單、休息時記得點名，他們一樣都沒做到，太不專業了吧？而且還讓這些屁孩穿潮牌外套來登山？絕對乾燥根本不是防寒機能衣。」他的怒火陡地上揚。

「不是嗎？我以為『絕對乾燥』防風防水……」會長可憐兮兮地問。

「自己故意冒險，把救難系統當作免費的靠山，把直升機當成計程車，這是很不負責任而且浪費資源的行為。國內有七成的山難搜救任務都是仰賴原住民高山嚮導，他們除了以志工或義消的名義領取微薄津貼，完全沒有收取其它費用，根本是拿命在拚的廉價勞工。」楊向陽厲聲道。

「就算這樣，他們兩個也還是有活著的人權啊！無論是不是狂妄無知又任性，他們都應該活下去，至於不懂事的問題，他們的父母和這個社會自然會去管教和磨練他們。」我強調。

「妳還是沒有搞懂！現在，就是這個社會在管教他們的時機！根本沒有必要為了他們以身犯險，難道妳沒聽說，之前有巡山員前輩揹著一個大學生，走了十幾公里的路下山，結果大學生獲救後卻抱怨自己根本不需要救援，這是把我們當白痴嗎？還有，搜救是多麼困難的任務，卻還是有受難者家屬和媒體輿論指責相關單位救難不力，影響搜救人員士氣。妳知道之前有登山客只帶了一天的口糧，輕裝登山卻體力不支，在通報搜救以後還繼續移動，最後失溫休克死亡，結果法院判決消防局要國賠他們家兩百多萬嗎？總之，指揮官會決定要不要派直升機，妳就不要再瞎操心了。」楊向陽愈說愈氣憤，最後一句根本是用吼的。

「不要！我就不相信只能坐以待斃！沒聽過『人定勝天』嗎？等雨小一點，我就親自把他揹下山。」我咬牙道。

楊向陽瞬間理智繃斷，他指著屋外的風雨咆哮：「對山的態度應該是臣服，而不是征服。妳現在是打算犧牲自己拯救別人嗎？妳這個樣子，和阿山哥有什麼兩樣？」

我目瞪口呆，思緒像是被抽空，暴怒如野火般席捲而來，將我整個人的風度、愛意和尊敬全部燃燒殆盡。他怎麼敢？他怎麼敢！

「王八蛋！」我扔下煮粥的湯杓，狠狠瞪著他：「王、八、蛋！」

隨後，我什麼也不管了，賭氣一個人走到角落，背對楊向陽，頭靠著牆壁，獨自生著悶氣，頭目靠過來蹭我也不理，呈現自我封閉的狀態，任憑無言的難堪將我們隔離。

一小時、兩小時、無數個小時匆匆而過，窗外都是暗影，雨勢絲毫沒有停歇的跡象，烏雲掩蔽了日月殘星，讓人幾乎對時間失去概念。

天色漸暗，氣溫也逐漸下降，不久後黑暗完全籠罩大地，不知何時有人打開了太陽能日光燈。我聽見背後傳來窸窣聲響，猜測是王八蛋正在照顧會長，並默默檢查副會長的生命跡象。

晚間七點，急促的敲門聲響起，這才終結了這場鬧劇。

25.

裝忙，把自己搞得筋疲力竭，試圖營造生活充實的錯覺，或許能達到忽視內心空洞的效果，卻迴避不了真正在乎你的人的關心。

陸姊是我今天的巡山新夥伴，她說辦公室坐久了，也想到第一線走走看看，結果只是察覺我最近情緒低落，故意製造和我獨處的機會而已。

「小儀，看妳一張苦瓜臉，幹嘛，和向陽吵架啦？」才剛走入登山口，陸姊劈頭就問。

「呃，怎麼這麼說？」我的腦筋打結，舌頭打結，胃也打了結，不曉得該先解開哪一個。

楊向陽和我都不是喜歡張揚作派的人，曾經在愛情路上跌過跤、受過傷，再加上我們都很看重這份工作，不希望辦公室戀情造成大家的困擾，因此更是小心掩飾。我一直以為我們夠低調，含蓄的程度好比成片森林中的一棵新芽，沒想到陸姊雙眼雪亮，早就被她看穿了。

「誰叫妳們整天眉目傳情啊。」陸姊笑稱。

「有嗎？」我定格在尷尬之中，訥訥地問：「還有誰知道？」

「別擔心，陸姊和莊哥看在眼裡，但是沒有和其他人說。年輕人自由戀愛也沒什麼嘛，只是我發現妳們最近刻意避開對方，才想說關心一下。」她說。

「噢。」

「有心事就說出來喔，會比較舒服。」陸姊柔聲說。

我鼻頭一酸，長長地吁了口氣。

看那日光穿越樹梢間隙，形成慶典遊行撒落紛飛碎紙般的點點金光，可是那光，卻沒有辦法進到我心裡，我心裡塞滿了腐蝕靈魂的情緒。

上次架設攝影機觀察的那個樹洞，灰林鴞已經生蛋了，總共三枚。據說孵化期大約一個月，雛鳥出生後還得歷經三十多天的餵養，才會羽翼漸豐準備離巢。

我很不想錯過灰林鴞寶寶的成長，上次觀看監視畫面，蛋還沒有孵出來，不曉得這兩天怎麼樣了？儘管好奇，卻又拉不下臉過問，我正在和楊向陽進行一場「誰先開口誰就輸了」的比賽，別名是「冷戰」。

「對啦，我們是有點意見衝突。」我悶悶不樂地說。

「工作上？還是私底下？」

「工作。」

「很正常啊，相處久了，肯定會有摩擦。但是換個角度想，正因為志趣相投，才會有緣當同事啊！只要兩個人都有心解決，和對方好好溝通，就會成為人生旅途上共同成長的好夥伴，沒有什麼不能解決的。」

「唉，說得簡單。」我嘟噥著踢開一顆石頭。

「我和莊哥也常常吵架。」陸姊的嘴角勾起一抹沉靜的笑。

我訝異地抬起眉尾，「怎麼可能？我覺得妳和莊哥感情好好。」

「我們老夫老妻了，能走到今天，也是靠多溝通。」陸姊眨眨眼睛，繼續說道：「偷偷跟妳講，我們也曾經鬧到要離婚，有一陣子吵得特別兇，工作啊，家庭啊，吵這學期小孩的班親會誰要出席，吵過年的時候誰要放假誰要值班，反正什麼都可以吵。」

「那怎麼辦？」

「十多年的婚姻，後來我們就想通了，每個人都有自己的立場，再怎麼熟悉，終究不是對方肚子裡的蛔蟲。許多時候只要退一步想想，自己是想要討論出解決問題的方法呢，還是只是在強調自己的立場？所謂溝通，重點在於傾聽，而不是一味搶著表達。」

是啊，我回想起那天和楊向陽在山屋中的衝突，確實是大家都急於表達，話語像滔滔不絕的江水，愈說愈快、愈說愈大聲，終至來不及換氣，覆過鼻息，令所有人滅頂。

然後生活就失控了，偏離正常軌道，每分每秒都是煎熬。

「找個適當時機，和向陽好好談談吧。冷戰，只會越戰越冷喔，最後就變成陌生人了！那是妳想要的嗎？」陸姊提醒。

「唉，讓我好好想一想。」我咬囁嘴唇，再次陷入沉思。

即便放下各執一詞的問題，楊向陽那句「妳現在是打算犧牲自己拯救別人嗎？這個樣子和阿山哥有什麼兩樣？」仍有如回聲，不斷在我心中反覆迴盪，成為懸而未決的謎……我必須知道真相。

「陸姊，」我艱難地開了口，「其實我和向陽最大的爭執點，是他說我跟我爸一樣，不顧安危只想著要幫助別人，所以讓我很抓狂。他那樣講，到底是什麼意思？」

陸姊遽然停下腳步，炯炯目光注視著我，如兩把燃燒的火焰。

「拜託，我必須知道當時究竟發生了什麼事？」我央求。

「這樣啊……」陸姊斟酌著字句，「先告訴我，妳的理解是什麼呢？」

「我媽說，我爸在巡山的時候，發現有登山客被困在河道中央，就涉水過河想要幫助對方。沒想到走到一半忽然間山洪爆發，把他們兩個一起沖走，最後在下游的地方被找到……」我以最簡潔的句子說完，然後瞥向她，等待。

「沒錯，實際情況就是這樣。」陸姊眼底蒙上一層陰鬱，輕聲道：「希望妳不要介意，有些人認為，當時天氣不好，阿山哥又是老經驗的巡山員，在沒有裝備的情況下涉水，有逞一時之勇的疑慮。」

「這很奇怪啊，我爸個性仔細，不會做沒有把握的事。」

「這樣說吧，阿山哥有沒有預測到山洪爆發？當然有。可是站在他的立場，那條路線在他非常熟悉的林班地，而後援不知道多久才會抵達，也許根本趕不上，他只能夠賭一把。阿山哥其實有做安全防護，他在樹幹上綁了一條繩索，另一端綁在自己腰上，可是後來發現長度不夠，所以他又解開繩結。很不巧的，溪水暴漲往往在於一瞬間，當他抵達沙洲，洪水正好也下來了。」

「也就是說，如果他沒有花時間綁繩子，搞不好來得及？」

「小儀，千萬不要這樣想。我是覺得，阿山哥以百分之七十的能力，去賭百分之三十的運氣，可惜運氣不夠好，那是一場意外。」陸姊把一隻手放在我肩上，安慰道：「向陽是擔心妳，所以說了氣話，他不該批評阿山哥的決定不對，真不懂事，陸姊會好好罵罵他。」

「不要。」我落寞地搖搖頭。

沉默半晌後，陸姊一臉擔憂地端詳我，「妳還好嗎？一直沒和妳聊起阿山哥，就是怕妳聽了難過。」

「該怎麼說呢……把一切攤開來以後，我反而覺得比較坦然了。也許是自己曾經面臨過類似的狀況，我可以理解我爸的想法，相對來說，也能明白我媽為什麼那麼受傷。」

「是啊，妳媽會覺得不甘心也是理所當然。」陸姊輕輕喟嘆：「對了，妳什麼時候要回家？妳媽應該很想妳吧？或許，由妳來扮演和解的橋樑最適合不過。」

我頓時語塞，和母親僵持不下的關係，對我來說，又是另一個人生難題了。

「在來水里以前，我們曾經大吵一架。」

「同樣身為母親，我很能理解她的心情。誰不希望寶貝女兒吃好穿好過得舒適呢？巡山員太苦了。」

「所以我們有一陣子沒講話了。」

「還真固執耶，妳是什麼冷戰比賽冠軍嗎？」陸姊好氣又好笑地說：「別跟媽媽還有向陽嘔氣了，有空的話，至少打通電話回家吧？」

「知道了。」

我們沿著步道前進，跨過石頭和草木，與自然同吐納，在舉足間感受著勃發的生命力。

又走了一小段，陸姊四下張望，問道：「咦，頭目呢？怎麼沒跟上來？」

「別擔心，不管離得多遠，頭目都找得到我。」我大聲拍手，以拔尖的音調呼喚我的愛犬：「頭目，回來！」

五分鐘後，頭目興沖沖地奔回我腳邊，拚命搖晃尾巴，還撒嬌地磨蹭我的小腿。

「好乖唷！」我拍拍牠的腦袋，給牠一些水喝。

這時天空飄起小雨，涼滋滋的雨絲落在頭目的鼻頭和睫毛上，讓牠瞇起了眼睛。我和陸姊拉上外套拉鍊、束緊領口，壓低帽緣後帶著頭目繼續往前走。

「又下雨了，最近天氣很不穩定。」我隨口說道。

發現陸姊老半天沒有吭氣，我偏過臉，注意到她的神情變得專注而警覺，神似覺察危險的母鹿，同時，頭目也謹慎地豎起耳朵。

不遠處有幾名登山客迎面而來，他們一共有三個人，都是男性，身披黃色輕便雨衣，雨衣內則包覆著登山背包，不慌不忙的模樣有如登山多年的識途老馬，我實在看不出哪裡古怪。

等到距離拉近，我才注意到那三人偏暗的膚色和矮壯的身材，他們不像本地人，輪廓倒是帶有幾分東南亞新住民的樣子。

基於禮貌，擦身而過的剎那，我對為首的登山客點頭致意。

陸姊驀然停下腳步，攔下了那幾個人。

「哈囉，」陸姊展露春天般的如花笑靨，和顏悅色地問：「不好意思，請問前面還要走多遠？」

我呆愣在原地，對陸姊的反常行為大惑不解。

陸姊以萬分之一秒的速度朝我使了個眼色，於是我按兵不動，若論及這幾個月來我跟前輩們學到什麼，第一名肯定是臨危不亂，面對未知的狀況要沉得住氣，先用腦思考，千萬別自亂陣腳。

「我們從登山口走過來已經三個小時了，一路上沒看見登山布條，不確定三角點還有幾公里，兩個女生又怕迷路。」陸姊一臉無辜地說。

三名登山客圍聚在一起竊竊私語，偶爾向我們投以鬼祟的注視禮。陸姊不以為意，從頭到尾表現得若無其事，臉上始終掛著親切而客氣的笑容。

我安靜地站在一旁，耳畔偶然捕捉到的隻字片語，告訴我他們的確是東南亞那邊的人，可能是越南，印尼也有機會。我暗自忖度，曾幾何時移居台灣的新住民不唱卡拉ＯＫ，卻流行起登山活動了嗎？

這時，為首的那人轉身，操著不甚輪轉的華語比出數字一：「不遠，再一個小時。」

「謝謝！」陸姊揮手和他們道別。

我憋著，直到三名登山客的背影消失在林道彼端，才把滿腹疑惑一股腦兒的宣洩出來：

「陸姊，剛剛怎麼回事？」

「那三個人是山老鼠。」陸姊湊在我耳邊說。

「什麼？」我大驚失色。

「汪！」頭目聽見我提高尾音，跟著緊張起來。

「妳的意思是說，幾分鐘前，我們和山老鼠狹路相逢，卻白白放他們離開現場嗎？說不定他們的雨衣內，正揹著裝滿木塊的背架耶！我們為什麼不攔下他們，差一點就人贓俱獲了！」

「傻瓜，對方是三個大男人，我們怎麼制服得了他們？」

「那可以報警呀。」

「當然要通報森林警察，可是山裡有些區域收訊不好，況且，我們要是拿相機出來拍，或是拿手機出來打電話，馬上會打草驚蛇，弄不好還會引爆正面衝突。在聯繫保七總隊之前，必須先掌握證據才行，才有機會將山老鼠一網打盡。」

原來，陸姊佯裝成搞不清楚狀況的山友，故意和他們攀談，是想進一步確認對方的身分。

「走，我們去蒐證。」幾步後，陸姊彎下腰，手指被壓垮的可疑草枝，「小儀，妳看這個。」

路跡雖不明顯，仍逃不過陸姊的法眼，一條最近才被人踩出來的小路在我們面前延伸而出，深入前方的茂密林地。

我們撥開草叢，鑽入那條古怪的小徑，並放慢腳步抽動著鼻子，試圖嗅出空氣中殘存的木頭香味。

「小儀，妳有沒有聞到？」陸姊歪著頭自問自答：「希望不要是我職業病犯了，一看到貨車上面有帆布，就認為裡面一定有木頭。走在山上聞到木頭的氣味，就覺得有木頭被切塊。」

我用力吸氣：「我也聞到了，好像是肖楠。」

我和陸姊對看一眼，不祥的預感油然而生。林務局將原生的台灣肖楠、紅檜、台灣扁柏、台灣杉與香杉，合稱為台灣針葉五木，肖楠是其中的一級木。

肖楠，因木材色澤偏黃褐色，又被稱為「黃肉仔」，是台灣特有種，分布於海拔一千公尺左右，大多生長在溪畔陡峭的坡地。肖楠材質堅硬、紋理細密而且香氣芬芳溫厚，在台灣木材中市價高昂，氣味很容易辨認，可作家具、雕刻之用材，也常被做成佛珠，或磨粉做成線香，俗稱「淨香」。

若山老鼠打什麼歪主意，肖楠被相中的機會很高，非常非常高。

「找到了！」陸姊喊我。

一塊大石頭旁，發現三個盜伐者的背架和一個電鋸，可能是山老鼠聽見附近有人聲因而匆忙棄置，又或者他們採取分批作業的方式，先把工具藏在樹林裡。

我們又在五十公尺之遙發現山老鼠過夜用的工寮，裡面鍋碗瓢盆一應俱全，還有罐頭垃圾、汽油機油和用過的塑膠袋與睡袋。

渾身是傷的巨大肖楠樹根就在不遠處，底部原本是樹根的地方，被山老鼠挖成中空，周圍有二十多道切面和鋸切成四方體的角材與殘材，而且都是涵氧量充足、香氣重的樹根材。

「肖楠一公斤兩千塊，這裡有大概一百公斤，總價值二十萬，他們一定會再回來取。」陸姊說。

我的心一陣絞痛，山老鼠橫行，就在我負責的林班地裡，我自責自己來得晚了，讓花了數百年、甚至數千年才長大的樹木一夕之間枉送性命。

「沒了、什麼都沒了……他們怎麼這麼不會想呢？木頭砍了，土石流就開始發生，整個水源都沒有了，後代子孫要怎麼生存？要是我早一點注意到山老鼠的動向就好了……」我懊惱地直跺腳。

「上游盜伐，下游銷贓，這是無本生意，一本萬利。一位巡山員要負責將近一千五百公頃的林地，難免鞭長莫及。」陸姊安慰性地拍拍我的背，「來吧，上工了，我們先拍照存證，表示這些東西不是我們帶上山的。」

「好。」

我強打起精神，和陸姊並肩合作，以GPS定位回報座標，並測量肖楠的尺寸，記錄並估算出損失的樹種、材積與價值。

每張拍攝照片編上編號，每個肖楠切面噴上紅漆，寫一個「查」字，並且釘上五吋釘，這樣一來，若山老鼠再有動作，就很容易看得出來。

隨後，我們摔碎碗盤、砸爛鍋子，又燒毀山老鼠的帳篷和睡袋，幫他們的不法情事增添幾分難度，這才稍稍出了口惡氣。

「山老鼠一定會再過來，希望山神保佑，讓我們順利逮到山老鼠，阻止憾事繼續發生。」陸姊跪在樹根前，雙手合十誠心祈禱。

26.

一般人俗稱的「森林警察」，是警政署保安警察第七總隊，負責水資源安全維護與國土環境保護，對於查緝盜獵盜伐，和巡山員有著密不可分的關係。

由於巡山員沒有執法權，只能進行蒐證和通報，實際逮山老鼠還是要有森林警察在場，所以，警察局辦公室被我們充當作臨時戰情室，莊哥、陸姊、安大哥、老劉、宋子平、楊向陽和我坐在長桌的一側，各個神情肅穆嚴陣以待。

最近天氣不好，山裡經常籠罩在成片霧氣之中，也許正因如此，才給了山老鼠趁火打劫的念頭。此時，初春的冷風也不斷從窗縫鑽進辦公室，營造出悲涼氛圍。

會議桌的另一邊，是保七總隊的小隊長「貓仔」與另外兩名隊員，戴眼鏡的是「小董」，總是笑嘻嘻的是「阿良」。

貓仔年紀約莫四十出頭，人如其名，有一雙精明如貓頭鷹的眼睛和一只鷹勾鼻，給人下手快狠準的感覺。不過，他會得到這個美名，主因還是幾十年來緝捕盜伐戰功彪炳，老鼠怕貓，對付山老鼠的警察自然就是「貓仔」了。

貓仔和莊哥是多年的老交情，據說合作過好幾件大案子，曾經一起徹夜埋伏於深林間，也曾並肩站立於採訪的鎂光燈前。小董和阿良也是有資歷有經驗的警察，他們三人就像保七的黃金三角，會議簡報解說仔細，準備得相當周到。

「我們先在林道上架設攝影機和發報器材，以電子方式監控。」貓仔的雷射筆指向投影螢幕上的地圖，做出結論：「這裡和這裡，只要山老鼠經過，彈簧就會被彈開，電子發報立刻聯繫手機，代表有人進去裡面，然後立刻展開行動。」

我幾乎能聽見這群人思緒轉動的聲音，就像個石磨，一圈一圈研磨蛛絲馬跡。

貓仔朝阿良點點頭，示意他關閉投影檔案，「我們分成幾組，隨時以無線電聯繫，保持機動性。」

莊哥點點頭，盤旋的目光環顧四周，「最近大家要把皮繃緊一點了。」

「知道了。」眾人齊聲回答。

會議結束後，莊哥啜飲茶水，一邊以原子筆頭敲著桌面問：「對了，貓仔，這麼多年了，難道沒有追查上游徹底一網打盡的方法嗎？總不能永遠都讓我的人走到第一線，去和山老鼠面對面吧？」

「莊哥，查緝盜伐案需要刑事偵辦能力，但保七屬於一般行政警察，有執行上的困難啊。」貓仔雙手抱胸，往後靠著椅背，嘆道：「我知道巡山員辛苦，但保七也很不容易，近年來抓到的山老鼠大部分都是外籍移工，帶回警察局還得找翻譯，他們沒有能力形容聯絡人長什麼樣子，用的又都是沒辦法破解個資的iPhone，要我們如何找到源頭？」

「也是，山老鼠集團層層分工，又都是透過中間人聯繫，反正有錢賺，幫誰做事一點都不重要。」安大哥無奈地說。

「所以我必須再次提醒各位，追捕過程一定要眼觀四面、耳聽八方，一些具有北越戰場歷練的非法移工，一個人就可以扛八十公斤還健步如飛，跳懸崖連眉頭也不皺一下，我們萬事以安全為第一優先考量。」貓仔說。

我想起那天狹路相逢的幾名東南亞籍登山客，雖然個子不比宋子平高大，腦袋八成也沒有莊哥精明，但若論及坐牢或遣送回國，他們還是會拿命出來拚。倘若真的動起手來，還是得靠保七的警力吧。

「山老鼠還是比較怕你們，你們有槍，我們只有電擊棒。」宋子平插嘴。

「有槍又怎樣？我們能不開槍就不開槍，萬一歹徒受傷了，我們又要被檢討。」阿良攤開手，莫可奈何地回答。

「而且高山上救援很麻煩，人死了就完了。」小董補充。

「所以我們只能赤手空拳對付他們囉？」宋子平替我心中的疑惑發聲。

「智取好嗎？智取！第一天上班喔？」老劉用手指戳戳腦袋，「你開會到底有沒有在聽？」

「我有啊，但還是希望帶點防身武器嘛，工欲善其事，必先利其器……」宋子平咕噥。

「我不懂，那些外籍移工為什麼要玩命啊？當山老鼠有那麼好賺嗎？」我問。

「打工一天才幾百塊，盜伐一天可以拿三萬塊。」小董說。

「幹！比我一個月的薪水還多。」老劉啐道。

「有些人則是染上毒癮，所以受到控制。」阿良說。

「那就沒輒了。」我點點頭。

會議過後接下來的幾天，我們全都繃緊了神經，宛如嶄新的弓弦。有人把休假排開，二十四小時待命，我也讓手機隨時保持電力滿格的狀態，不敢有絲毫怠懈。

莊哥甚至要我們每人取一個任務代號，在無線電通話中以代號而非本名稱呼彼此，藉以隱匿情資。

例如莊哥是「野豬」，這個代號很容易聯想，莊哥像野豬一樣肩頸厚實、腰圍寬闊，尤其他戰鬥力十足，發起怒來和生氣的公豬一樣危險致命，千萬別讓他露出獠牙。

陸姊的代號是「水鹿」，我猜除了姓氏的諧音以外，她溫柔的神情和優雅的身段也一如母鹿。陸姊愛山護山，堅定不移的信念就是她的剛硬蹄甲，陸與鹿，真是恰到好處。

宋子平是「黑熊」，黑熊孔武有力卻不怎麼機伶，帶有一種遲滯傻氣的可愛，身高一九〇的他當之無愧。不過，當宋子平昂首闊步，光是氣勢便足以威嚇敵人，正如台灣黑熊以人立之姿睥睨一切。

「山羊」是楊向陽的代號，我一直覺得他活脫脫就是一隻山羊的化身，雖是草食動物卻警戒心十足，個性不屈不撓，尤其矯健的身手好似有飛簷走壁的能力，即便窮山峻嶺，也沒有他到不了的地方。

安大哥的代號是「熊鷹」，那是一種體型偏大的猛禽，會以悄然滑行的姿態接近獵物，再急速俯衝進行突擊。熊鷹羽毛也是原住民貴族身分地位的象徵，我認為這代號很適合體內流淌鄒族血液的安大哥。

「那老劉是什麼？」我問。

「穿山甲。」宋子平強忍笑意。

身披盔甲般的鱗片，擁有一副能撕碎敵人的利爪，脾氣很硬，但相當懂得保護自己。頃刻間，穿山甲和老劉的形象頓時合而為一。

「妳要取什麼代號？」莊哥問我。

「不然『飛鼠』好了。」靈感油然而生，我說。

「小儀嬌小又靈巧，還真像一隻飛鼠。」陸姊誇道。

苦守了大半個月，雨季悄然離去，瀰漫山間的空氣趨於乾燥，掀開霧濛濛的面紗後，森林以燦然明亮的姿態敞開雙臂迎接春天，枝頭冒出新芽，花朵含苞待放。

某天，看似再普通不過的星期四，卻成為命定的決戰日。

我們照例打卡上班、巡視林班地、回工作站寫報告、打卡下班，晚上買了便當，餵過頭目，正準備刷牙洗澡準備就寢，莊哥的電話就進來了。

言簡意賅，三秒鐘搞定，林班地發現動靜，有人碰掉了我們事先設好的彈簧。隨後我們火速著裝，半小時內在預定地點和保七總隊的三人碰面。

昏黃的月色中，小隊長貓仔、阿良和小董跳下保七偵防車，我們相互打了招呼，貓仔掏出手機，播放了一段黑暗中畫質不甚清楚的影片。

「你們看，一共有五雙腳經過。小貨車應該就停在附近。」貓仔說。

「晚上九點多上來，肯定不是山友，沒有登山客會在半夜爬山。」陸姊說。

「也不是獵人，現在不是打獵季。」安大哥說。

楊向陽仰望月影朦朧的天空：「山老鼠真是愈來愈大膽了，以往他們會挑下雨天，因為雨聲會蓋過鏈鋸的聲音。」

「今天晚上會很辛苦，」莊哥頓了頓，「但我相信，我們所付出的努力相當值得。」

在這種淒風苦雨的時刻，他鎮定的眼神有如一只錨，讓人心不由得一定。

「按照計畫進行。」貓仔對上莊哥的眼睛，點點頭，下令道。

接下來發生的一切就像拍子運行乖離的樂曲，拍號不斷變化輪換，等待的光陰緩慢流動，真正的逮捕行動卻只有短短幾分鐘，自成亂中有序的節奏。

我們分成五組：莊哥和貓仔一組，楊向陽和阿良一組，這兩組分別從兩個方向夾道包抄。

老劉和宋子平一組，我和安大哥一組，這兩組則埋伏在稍遠的位置設攔截點，抑是先發部隊的後援。

而陸姊和小董則前去尋找山老鼠的小貨車，留在熄火的車輛附近，防止他們開車循產業道路撤退。

我穿上份量十足的防彈衣，外罩防風防水的機能外套，然後揹上個人背包。我的腰間繫有電擊棒和腰刀，隨身還帶了防狼噴霧器，在一切就緒，準備前往埋伏點的這一刻，終於有種惡夢即將成真的感覺。

安大哥不敢開頭燈，怕引起山老鼠的注意，他手持木棍和手電筒，以有限的光源領著我步行了十多分鐘，抵達上次我和陸姊發現岔路的地方。

我們倆就地蹲下，關閉手電筒，以樹叢作為掩護。

「妳先睡吧，我們兩小時輪一班，今天晚上還不曉得要熬多久。」安大哥打了個呵欠。

我束緊帽兜抵擋勁風，背包裡只裝了乾糧和水，還有平常巡山的用具，我們既沒有帶睡袋，也沒有帶藍白帆布，是要如何紮營？

「怎麼睡？」我滿臉狐疑。

「就這樣，閉上眼睛就睡啦。」安大哥不以為意地說。

「蹲著睡喔？」苦笑拉扯我的嘴角，「算了，我的腎上腺素都快要破表了，根本睡不著，大哥你先睡吧。」

安大哥興味盎然地望著我，拉開背包，遞給我一包鹹餅乾。

我小口啃食餅乾，搭配保溫瓶裡的熱咖啡，埋伏期間不能生火煮食，只能吃點乾糧，即便焦躁情緒讓我食不下嚥，卻還是用吃點心打發漫長的時間，同時把自己瑟縮成一顆小球，雙臂摟著膝蓋，避免浪費一絲一毫的體溫。

「欸，小儀，妳有另外加保意外險嗎？」安大哥忽地問。

「沒有耶，勞基法不是有保？」我呆問。

「像我們從事這種高危險性工作，兩百萬哪夠？」安大哥遙望遠方，淡定地告訴我：「我個人加保了三百萬。妳啊，趁著還年輕，買保險比較划算，好好規劃一下。」

「喔，好。」我嘟噥。

韶光一分一秒推移，轉眼間午夜翩然而降。

刺骨的嚴寒無孔不入，溫度應該逼近零度了吧，我猜。涼意帶走了身上殘存的熱氣，我只能緊緊抱著膝頭，不停變換雙腳重心，苦苦咬牙忍下去。

我無法想像母親若是得知我三更半夜不睡覺，在山裡伏擊壞人，會作何感想？她八成會叫我立刻辭職吧？至於父親，他會以我為傲，還是擔心我的安危呢？

其他隊友的家人，大概也是一顆心懸在半空中，沒辦法睡得安穩。

但願楊向陽不要出事，我還沒有跟他講和呢，我需要他好好活著，就算是活著和我吵架也罷……。

但願我所有的隊友，以及保七的夥伴們都平安歸來，通通不要有事……。

咖啡都冷了，凸顯出口感中的酸澀。整夜蹲著，坐也不是，站也不是，著實折騰。然後漸漸地，不知何時，我竟糊里糊塗打起瞌睡。

「……貓仔和野豬抵達定位。」

「山羊就位。」

「數到三就衝……衝啊！」

我被無線電傳出的嘶吼聲嚇得渾身一震，整個人清醒過來。

「開始行動了。」安大哥對我點點頭。

我甩甩頭，開始按摩發麻的雙腳，隨時準備起跑。我側耳傾聽，彷彿聽見鏈鋸的聲音，卻又不太確定，一度懷疑自己耳鳴。

砰砰！接連兩聲槍響。

「貓仔開槍？」我愕然。

「不是，是山老鼠開的槍。」安大哥臉一沉，「他們一定帶了土製獵槍。」

「山神哪，請保佑我們。」我在心中默念。

山老鼠必定是一哄而散，黑暗中，只見幾盞頭燈的亮光迅速逼近，彷如半夜的高速公路上車輛疾駛而來。

我拔出電擊棒，在意識到即將和山老鼠正面交鋒的剎那發起抖來，猶如屠宰場裡待宰的動物。

先是雜遝的腳步和呼喊聲，幾分鐘後，那群亡命之徒衝進我的視線範圍內。一共有三個頭燈，所以是三隻山老鼠，二十多公尺的後方則追著幾個我們的人。

也不知道是哪兒來的勇氣，我下意識往前撲，絆倒了其中一個。

「噢。」我的肋骨被踢了一腳。

對方摔倒在地，以陌生的語言瘋狂叫罵，安大哥瞬間持棍棒加入混戰，試圖壓制那個傢伙。

現場異常混亂，兩個山老鼠跑了，我的隊友們則摸黑狂奔，我瞥見宋子平和老劉追上去，這時，其中一個山老鼠回頭。

「小心！」我用盡全身的力量大喊。

山老鼠高舉手中的大石塊，奮力砸向宋子平，後者則伸手格擋。

「啊——」宋子平慘叫。

「幹，敢打我小弟？」老劉衝上去，趁隙往山老鼠臉上招呼一拳。

山老鼠踉蹌退後，緊接著抽出一把小刀，銀色的刀鋒閃閃發亮。他像瘋子一樣跳來跳去，以大動作揮舞刀刃，猙獰的面孔有如鬼魅。

這時我方的另外兩人也跟上來了，我內建的雷達馬上感應到楊向陽，好比潮汐跟隨月相。他的汗浸濕了髮稍，他好狼狽，也好可愛。

山老鼠揮刀劃出一道閃爍銀光的弧形，在這驚險的一瞬間，阿良突然施以俐落的擒拿術，三兩下便擺平了山老鼠。

「就是你！剛剛我蹲在草堆裡不敢吭氣，你居然把菸蒂彈到我頭上，森林裡不能亂丟菸蒂，不知道嗎？」宋子平摀著受傷的手臂大罵。

阿良拿出麻繩，和宋子平一起把兩名山老鼠綑起來。

安大哥和楊向陽則繼續追逐剩下的那一人，雙腳領著我跟上前去，只見他們往產業道路的方向移動，楊向陽邊跑邊以無線電聯繫陸姊。

又過了幾分鐘，我們氣喘吁吁地衝向路邊，剛好看見山老鼠迅速跳上小貨車，轉動鑰匙發動車輛。

我驀地止步，他想幹嘛？我方的兩輛偵防車堵住了整條去路，他早已落入口袋戰術的深處，成為警方的囊中之物。

「不准跑！」楊向陽大吼。

叭──陸姊示警地猛按喇叭並且狂閃大燈。

正當我納悶起陸姊怎麼沒有事先把車子輪胎放氣，或戳破煞車油管時，小貨車頭燈光明大作，我瞇起眼睛，發現馬路上鋪了多塊插有鐵釘的陷阱，外型類似插花用的劍山。

山老鼠重踩油門，小貨車加速衝向偵防車。

「找掩護！」楊向陽吶喊。

天哪，山老鼠簡直不要命了，硬是想擠過兩台偵防車中間的空隙，就算撞壞車輛或撞傷人都在所不惜。

說時遲那時快，爆炸聲穿透我的耳膜，在我的耳廓內嗡嗡作響。不是槍響，是爆胎了，小貨車驀然車頭一歪，半輛車駛入水溝中。

楊向陽他們立刻衝上前去圍捕，把那名撞得頭破血流的山老鼠給拖下車。

「不要動！」貓仔出現在我身後，咆哮道：「小心再加上一條襲警和妨礙公務。」

第三名山老鼠的雙手也被麻繩反綁，必須等到把他們押上車後，才能換成手銬。過去曾有外籍移工戴著手銬逃走，結果摔下懸崖喪命，最後媒體究責，卻怪罪我們給山老鼠上手銬，害他們無法在山區活命。

「其他幾個咧？」我問。

「跳懸崖了。」莊哥說。

「那麼黑，根本看不清楚有多高，居然還往下跳？」我詫異地說。

「三層樓高吧，沒辦法啊，要是被抓到就要遣送，在台灣賺的錢就都沒了。」莊哥回答。

「你老大是誰？哪一個老闆叫你來的？」一名山老鼠以帶腔調的華語問。

「放我走，我給你錢。」另一個說。

「少囉嗦。」貓仔惡狠狠地瞪著他們。

「我知道你住哪，你給我小心點！」第一個開口的山老鼠獰笑著威脅。

「閉嘴啦。」阿良和小董用力將他們推上偵防車。

「等等，只有抓到外勞嗎？沒有台灣人？」我急忙問貓仔：「聽說王議員可能是山老鼠的上游，一定要仔細審問這幾個傢伙，不要放過幕後主使者。」

貓仔面露無奈，他關上車門，對我說：「難啊，永遠都是這樣，犧牲的只有源源不絕的外籍移工。」

「辛苦了。」莊哥拍拍貓仔的背，「小心開車。」

送走保七的人以後，莊哥開始點人頭，陸姊、我和楊向陽最先抵達車邊，宋子平和老劉也陸續加入，接著是莊哥。不對，少了一個巡山員。

「安大哥呢？」我問。

就著車燈光線，我們這才發現安大哥一跛一跛地自路邊出現。

「安大哥，怎麼了？」楊向陽嚷著問。

「滑倒摔了一跤。」安大哥眉頭緊蹙，臉上寫滿痛苦，「怕是椎間盤的老毛病又犯了。」

「幸虧安大哥有穿制服，還可以報工傷。如果是穿便服，挨打了連提告都告不成。」老劉哼了哼。

幾乎所有隊友都掛了彩，另一個傷勢較為嚴重的是宋子平，也幸好他長得高，手長腳也長，拿石頭砸他的傢伙則身形矮小，所以攻擊範圍僅限於宋子平的手臂。

「大家都ＯＫ嗎？」莊哥環視每個人的臉。

「ＯＫ。」眾人回答。

我的肋骨隱隱作痛，被踢到的位置一定是瘀青了，可是皮肉痛得相當值得，因為我們逮到了山老鼠。

於是，我也笑著說：「ＯＫ。」

27.

我被一片黃澄澄的色澤包圍。檸檬黃、鮮黃、鵝黃、金黃，疊加的黃，以方向各異的射線交織成一張柔軟的網，分不清是晨光還是暮色。

是稻浪或者芒草，總之，黃色草莖隨風曳晃，掃過那個人的膝間。

那個人，神似我父親，同樣不高的個頭，滄桑的臉部線條和愁苦的沉默，尤其最後那段時日，我們處得並不好，記憶所及，他都不怎麼笑。

可是我父親已經死了，他怎麼可能是我父親呢？除非這是一場夢。

「爸？」

父親微微仰起臉，任憑光束簇擁，像漂浮在一片琥珀色的蜂蜜中。

「爸……我夠格了嗎？」我朝他靠近一步，「我夠格了吧？我很努力以您為榜樣。」

父親沒有回答。我知道這是一場夢，卻情願耽溺其中。

「對不起，我不應該跟您鬧脾氣。」我誠心懺悔，也許是用講的，也許是用想的，「真希望您還在，能幫我鑑定一下我喜歡的人。」

曖昧的光暈模糊了我的視線，彷彿雙眼忘了怎麼調整焦距，半隱顯之間，我瞥見父親腳邊有什麼在蹦跳著。是一隻蝴蝶，燦爛黃金打造的豔黃蝴蝶，不對，是一隻狗在撲蝴蝶。

「汪！」一隻毛皮發亮的高砂犬，興高采烈地追逐著有如蝴蝶的粼粼光點。

「頭目。」我和父親同時開口，兩人的聲道彼此重疊。

頭目、頭目、頭目、頭目……

「汪汪汪！」我從夢中醒來，頭目舔醒了我。

我睜開眼，發現自己躺在宿舍床上，頭目兩腿搭在床緣，親熱地猛搖尾巴，濕潤的舌頭猛舐我的臉。

我慢慢坐起身，腦袋依然昏沉，心裡卻覺得失落。我懷疑起方才夢境的真實性，是父親託夢嗎？還是我自己日有所思夜有所夢？

一個憂傷的夢，說不上好還是壞，淚水在睫毛上結成冰晶般的鹽粒。

「你是我爸派來守護我的天使，對不對？」我揉揉頭目的臉。

「汪！」牠說。

那種感受還在，蟄伏於房內、窗邊和天花板，我突然意識到我氣的不是父親，而是被拋下的悵然，和無能為力的挫敗，混合成失怙的孤單寂寞。父親透過一個夢境，想要指點我什麼嗎？

我搓搓臉，拂去殘存的疲憊，轉頭瞥向書桌想看看手機上的時間。這時，我發現一個不該存在的東西，我整個人一躍而起。

「這是……」我激動地說不出話。

父親的木雕旁，靜靜躺著一枚台灣雲杉果實。

霎時一陣天旋地轉，我首先懷疑楊向陽，可是房門鎖著，不可能是楊向陽偷偷潛入。況且，頭目整夜守著我，倘若有人進來，牠不可能沒有任何動作。

所以答案只有一個。

我捏捏大腿，會痛，不是我精神錯亂。接著我伸出顫抖的雙手，探向那枚雲杉果，摸摸它，確認它是真實存在，以完美的形態綻放而開。

父親回答我了。我不禁淚水潸然。

騎車前往台中的路上，我以為何宇倫電話中的「緊急」，當真是十萬火急。而我赴約，主要是因為我也打算和他談一談。

緝捕山老鼠的那一夜對我而言別具意義，在駁火的生死瞬間，我釐清了困惑、終結了苦痛、領悟了許多事並且穩定了擺盪的心。我反覆審視自己的感受，尤其安大哥還躺在醫院裡，更讓我驚覺，身而為人，實在沒有多餘的青春能蹉跎。

昨晚的夢境太過真實，那枚台灣雲杉果又太讓我震驚，我需要找個傾訴的對象，何宇倫和我認識多年，理所當然是個完美的聆聽者。

然而當我趕到約定的咖啡廳，立刻察覺出預料之外的異狀。

何宇倫西裝筆挺，對照我的輕鬆便服和防風外套，呈現出一種怪異的反差，我以為這只是普通的朋友聚餐，他卻顯得慎重其事。他不僅替我們挑好靠窗的位置，也事先幫我點好了菜，還開了一瓶紅酒，正放在冰桶裡醒著。

不等我開口，何宇倫搶先說道：「小儀，我有話對妳說。」

「喔？」

「我看到新聞，報導你們逮到山老鼠的事。聽說你們逮捕了三名失聯外籍移工，還查緝了一把土製獵槍？恭喜，你們工作站出名了。」他說。

「那新聞有沒有報，有一位姓安的巡山員受了傷，現在還在醫院裡躺著？」我沒好氣地回答：「最氣人的是，那些外籍移工並沒有森林法前科，很多都受到黑道毒品的控制，根本抓不勝抓，唉，這裡面存在著複雜的社會問題——」

「小儀！」他打斷我的話，「小儀，我依然愛妳。」
「啊？」我被他突兀的發言嚇傻了。
「我看到新聞，覺得很擔心妳，老天，那些人有槍耶！然後，我發現自己從來沒有忘記妳。我本來打算等到有一天妳自己覺得累了然後辭職，我就會開口要妳回到我身邊，可是我怕等不到那時候。」
他神情和語氣中的懇切並沒有感動我，反而讓我覺得荒謬。
「我不懂，我們協議分手的時候，你還滿能夠接受的啊？」
「那是我好面子，沒辦法承認我需要妳多過妳需要我。」他從外套口袋掏出一個首飾盒，把盒子推到我面前，以期待的口吻要求：「打開看看。」
「不會是我想的那個東西吧？」我蹙眉。
我承認我確實考慮了一秒鐘，但也只有一秒鐘。
換作從前，還沒成為巡山員以前，我可能會很開心地答應何宇倫。畢竟母親總是耳提面命，一個好的對象要負責任、要有經濟能力、每天回家吃飯、最好還能幫忙做家務而且喜歡小孩。
但現在我不這麼想了，我認為，所謂的好對象，必須先是一個適合的伴侶，才會進階為合格的丈夫和父親。至於適不適合，這個問題很簡單，你們必須相處起來舒服，擁有一種心電感應的頻率。

好對象會支持妳、尊重妳、陪伴妳，他會跟妳討論，而不是凡事搶著作主，替妳點餐或是買單，還有逼妳辭職。身為女人，尋尋覓覓的是男朋友、是老公，不是老爸。

「我買給妳一只戒指。Surprise！」

「呃，這比較像是驚嚇。你真的想重新交往嗎？你認識現在的我嗎？」

我坐立難安，不自在地放眼打量周遭：華麗裝潢、大餐美酒、西裝革履、一枚戒指，卻只覺得格格不入。

「我知道妳變得不一樣了，是好的不一樣。妳想想，如果妳能急流勇退，好好當個醫生娘，我們一定會很幸福。而且，妳再也不用吃不好、住不好，領低廉的薪水賣命，還常常過勞……」

我發覺自己的專注力開始渙散，心不在他身上，自然也無法聽他把話說完。

「打開盒子，我挑了好久，看喜不喜歡？」他再次強調。

母親的臉在我眼前浮現，然後是楊向陽。

「抱歉，我不可能辭職。」我聳了聳肩，把盒子推回去，「而且也不可能接受戒指，我只把你當朋友。」

氣氛頓時降至冰點，何宇倫的臉也好似結了一層霜，眼神變得冷酷。

「妳有心上人了對吧？告訴我，拜託讓我死心。」他質問。

「對。」我大方承認。

「是誰？叫什麼名字？也是巡山員嗎？他一定很優秀，比我還會哄妳照顧妳吧？」他冷冰冰地說。

「不，他從來不哄我。」我從座位上起身，對何宇倫擠出一絲歉然苦笑：「不好意思，我有急事要打給我媽，頭目的消費我算一下，過兩天匯給你，先告辭了。」

我急急走出餐廳，正拿出手機準備按下號碼，突然瞥見通訊軟體中，工作站群組的公告訊息。習慣使然，雖然我今天休假，還是忍不住按下讀取鍵。

「噢，不……不不不！」我瞪大眼睛。

群組信息猶如一枚震撼彈，催促我立刻小跑步衝向野狼，戴上安全帽並發動車輛。森林大火的緊急狀況，才真的叫作十萬火急。

28.

白色野狼的排氣管震出強而有力的律動，車輪在馬路上畫出星移電掣的軌跡，我發狠猛催油門，像一枚擊發的砲彈，沿途搶黃燈趕回工作站。

我比較希望自己是一隻游隼，三百二十公里的時速是獵豹的兩倍，銳利的雙眼能把一切看在眼裡，此刻只恨沒有一雙能飛掠每個十字路口的翅膀。

不太確定我跑進辦公室時是什麼鬼樣子，來不及整理頭髮，總之絕對不會是偶像劇女主角的模樣。我在小隊出發的前一刻鐘抵達，像個瘋子般慌慌張張，衝進辦公室時，發現平常按部就班的小世界已被顛覆了秩序。

整間辦公室都動員起來了，焦慮清楚刻劃在同仁的臉上，恐懼則倒映在他們眼底，這不是演習，更不是開玩笑，而是貨真價實的森林火災，會焚燒山林、奪人性命、吞噬一切的惡火。

每個人都在奔跑，或是高聲喊話或整理裝備，乍看之下萬頭鑽動，彷彿莊哥臨時起意，將主任的職務交棒給混亂來主宰大局。

「現在情況怎麼樣？」我攔下快步行經的陸姊。

「喔，小儀？」訝異一閃即逝，陸姊很快恢復鎮定，捏捏我的肩道：「登山客通報火警，起火點在806林班，目前機動隊已經出發了，你們那組是一般隊，現在待命中，後勤隊也在準備補給品。」

「知道了。」我匆匆擠過擁堵的走道，在人海中尋找我的組員。

我首先找到了老劉，他頭戴黃色頭盔，身穿防火材質的衣褲和外套，身上揹著背包、水袋和噴水槍，手上則提著鏈鋸和滅火把，已經著裝完畢，直挺挺地站著，神色凜然猶如即將遠赴沙場的軍人。

見了我，老劉懵問：「啊妳不是請假？」

「我要和大家同進退。」我舉起拳頭大吼，同時下定決心，如果他膽敢嫌棄我，不讓我和楊向陽在一起，我就要跟他拚命。

「那麼大聲幹嘛？我又沒重聽。」老劉掏掏耳朵，嘖了一聲道：「要去還不快換衣服？新來的喔？笨菜鳥，不要以為我會等妳喔！」

「知道了。」我弱弱地回應，有點開心自己從「妹妹」正式晉升為「菜鳥」。

才轉過身，便迎頭撞上全副武裝的楊向陽。

「小儀？」

「向陽……」

在這凝神的一瞬間，時光放慢了速度。

我望入他的雙眼，瞥見再熟悉不過的熾烈情愫，我愛著的、外表剛毅的這個男人，內心卻躲了一頭對愛情卻步的受傷幼獸。

我多麼希望擁有充裕的時間，好好坐下來喝杯咖啡，親口把這幾日的所思所想告訴他。可惜我們現在最欠缺的就是時間，比起互訴衷曲，拯救森林更是十萬火急。

「小儀，對不起……」楊向陽遲疑地伸出手來，輕輕勾住我的手指。

複雜的感觸頓時化為盈眶熱淚，不管是這三個字還是那三個字，對我而言都一樣受用。

我回捏他的手，溫柔地笑了笑，「我也要向你道歉。」

「我要送妳一件禮物……」他偏著頭，朝我辦公桌瞥了一眼。

順著他的目光牽引，一串青剛櫟果實靜靜地躺在我的桌面上，言淺意深，示愛以及示好，也許還有示弱。他知道一串台灣雲杉果或橡實所代表的意義，透過模仿我的父親，重新點燃我的生命之火，並持續添加柴薪。

「等平安回來，再慢慢細談吧。」我說。

「一言為定。」楊向陽鬆開掌心。

整個世界再度歸位，我們該去撲滅真正的火了。

「一般隊的命令下來了，十分鐘後出發！」宋子平跑向我們，兩手分別抓著圓鍬和砍刀，「莊哥親自帶隊，我們坐直升機上去。」

我以最快的速度換上森林救火隊服裝，盡量放空腦袋，不去思考即將迎戰的敵人，以免過度緊張導致表現失常，回想我上一次接近火源，已是半個月以前，而且不過是扭轉開關啟動瓦斯爐罷了。

噠噠噠噠噠噠——

螺旋槳的聲響由遠而近劃破天際，震耳欲聾的快節奏猶如聲聲催促，我們小隊於工作站門口集合，全程目睹空中勤務總隊的黑鷹直升機緩緩降落。

停車場在幾分鐘前被清空了，當作臨時停機坪使用，此刻，直升機的旋翼毫不留情地橫掃空氣，起落架則在草地上顛簸，狂風呼嘯之間，刮起陣陣飛沙走石，它根本像一頭難以駕馭的野獸。

「一定要搭嗎？」面色蒼白的宋子平問。

「廢話，台灣都是陡峭的高山，直升機飛行時間十分鐘，圖面上是三十公里耶。等你翻山越嶺徒步走到目的地，都過了好幾天，整座山都燒完啦！」老劉譏笑。

「跟前妻道歉了嗎？」

「道了。」

「那還有什麼放不下？」

「就是因為道歉了，所以我們決定再婚啦，我不想要老婆變寡婦。」宋子平以哭腔說道。

「閉上你的鳥嘴！」老劉啐了一口痰，臉上出現視死如歸的表情，「你會活得好好的，我們都會活得好好的。」

黑鷹直升機已經停妥，兩名空勤隊飛行員和一名機工長正在等我們。

透過與莊哥溝通機艙的重量配置，機工長確認了飛行期間的平衡，並在眾人協力下把物資搬運上機。隨後，他發給我們每人一副頭盔和眼罩，以免途中被形同流彈的枯枝、碎石擊中眼睛與頭部。

「萬事小心。」陸姊拍拍我的頭盔，一一與我們道別。

「家裡就交給妳了。」位居最後的莊哥深情擁抱陸姊，鬆開雙臂後，向機工長點頭示意，「教官，麻煩可以出動囉。」

我們登上機艙，把未來交付給命運。

起飛的霎那大力晃了一下，離心力將我整個人甩離座椅，膽汁湧上喉頭，五臟六腑全錯了位，我差點以為要墜機了。儘管空勤總隊每年都會辦理垂降和吊掛訓練，我還是無法習慣在半空中飄移的滋味。

「我討厭雲霄飛車，也討厭直升機。」宋子平的雙眼瞇成兩條線，五官全皺在一起，攀附內艙的指尖則用力到泛白。

「安靜啦，抓那麼緊有什麼用？摔下去還不是會死？」老劉呲聲道。

「我看你真的有病，會害怕才是正常人好嗎！」宋子平吼回去。

「怕個屁，黑鷹直升機超級安全，跟勞斯萊斯一樣又平穩又舒服。我跟莊哥以前搭的那種越戰時代的ＵＨ直升機，那才叫可怕。」老劉瞪眼教訓道：「ＵＨ直升機的馬力不像黑鷹那麼大，有時候會忽然往下掉，掉一半再用力拉起來，光是聽那個螺旋槳『噠——噠，噠——噠，噠噠噠噠噠噠』的聲音，心臟都會受不了。你們很幸福了啦！」

莊哥憋著笑，摟了摟宋子平的肩頭。

與陸地拉開距離以後，直升機顯現出優異的性能，它幻化為紅白雙色的魅影，以睥睨姿態翱翔天際，機翼轟然，所經之處凜風狂嘯。

我挨著身旁的楊向陽，環顧周遭每一張臉龐，莫名的感動油然而生。

這一刻，我驚覺「家人」不再狹義地被限制為有血緣關係的人，無論是領隊的莊哥、留守的陸姊，還是每一個和我出生入死、並肩作戰的隊員，老劉、向陽、子平，以及負傷休養的安大哥，他們通通是我的家人。

直升機往山區的方向持續推進，底下的城市已不見蹤影，變成翠綠如絨布的連綿山地，我們離地至少有三十層樓高吧，天哪，這念頭令我膽寒心驚，只好閉上眼催眠自己，起伏有致的山巒是鋪滿奶油霜的抹茶蛋糕。

「啊！」楊向陽驀地顫聲吸氣。

我被拽回現實，驀地瞪大眼睛——

整片山都在冒煙，目測面積起碼有八十公頃。

野火吞噬了大片山林，806林班地像是被整片鏟起來扔在蒸鍋上，不斷噴發出高溫與熱氣。一縷縷煙硝冉冉升空，那股焚燒的焦味，就連高空中都能聞得到。

灰霧隨處可見，這裡是，那裡也是，探索頻道的火山爆發約莫也是如此，可惜我們並非觀看紀錄片，而是每個人都參與其中，必須共同面對的浩劫。

這是一盤註定不會贏的棋局，樹會焚毀，野生動物會淪為焦屍，綠棋只能變成黑棋，完全沒有翻盤的契機。我們唯一能做的，就是在災害擴大之前進行圍堵，盡可能執行損傷控制。

某人的手機鈴聲大作。

「誰帶手機？」宋子平茫然地睜開眼睛。

「我啦，沒辦法，要報平安啊。」老劉在身上東摸西找，費了一番功夫才挖出手機然後滑開，「喂？老婆……」

「那你等一下借我，我要打給我前妻。」

老劉不理他，對著話筒嚷道：「放心啦，頂多一個禮拜就回去了……什麼危險？哪會，吃好睡好，晚上還有棉被蓋咧。好了不要浪費電話錢，回家再說。」

無視於面面相覷的我們，老劉啪的一聲關機，把行動電話塞回身上，臉龐如一汪高深莫測的平靜水潭。

我終於恍然大悟，老劉不是不怕，而是不能表現出害怕。

他是一家之主，是巡山隊伍裡的中流砥柱，要是連老劉都崩潰了，我們其他人絕對無法精神正常。於是，他以髒話和嘻笑怒罵築構出自我防衛的城牆。

我們愈來愈接近目的地，眼前視野一片迷茫，煙幕也更是濃郁且嗆鼻。恐懼陡然自我心底升起，一如底下化不開的濃霧。

不怕不怕，這不是生離死別，我們一定能全身而退。

別怕……

29.

「我頭好暈。」宋子平的嘴唇失去血色。

「搖晃加上嘈雜讓你暈機，再忍一下。」楊向陽拍拍他的背。

直升機旋翼轟隆作響，噠噠噠、噠噠噠，撼動著我的每一吋細胞，引爆一陣一陣的戰慄，好比有人拿了電鑽，打算拆了我的骨頭，在我身上好好裝修一番。

「沒有適合的降落地點，氣流太旺盛了。」飛行員大聲對莊哥說。

山區下降氣流是飛行安全的隱形殺手，氣流有可能引起地表樹枝回彈，擊中螺旋槳造成損壞，或令直升機捲入湍流中，使得槳葉失控導致撞山。然而無論哪一種，都絕不是我們樂見的結果。

「能不能降落在前進指揮所？」莊哥蹙眉。

「指揮所沒有停機坪。」飛行員回答。

「那先讓我垂降下去，我來開闢臨時停機坪。」莊哥吼著說。

「了解。」飛行員說。

取得共識後，飛行員帶著我們在附近山頭盤旋，幾分鐘後找到一塊地勢較為平坦，且植被相對稀疏的區域。

黑鷹直升機維持在安全高度，機工長協助莊哥確認吊掛安全無虞，胸口與腰前的兩處吊掛點都沒有問題，扣環也咬合緊密，旋即打了個手勢。

接著，身揹重裝的莊哥手持鏈鋸，一腳跨出機艙，然後是另一隻腳。

「要命，現在有多高啊？」宋子平屏息問。

楊向陽快速瞥了一眼，答：「大概六十米，二十層樓。」

轉眼間莊哥已懸掛在半空中，只靠一根繩索支撐全身上下的重量。

我摀著嘴，強烈的恐懼令我無法挪開視線，我的目光緊緊跟隨緩緩下墜的莊哥身影，彷彿自己有責任以雙眼守護那位對我來說嚴謹如導師，又寬容如父兄的男人。

意外來得突然，下一秒，吊掛繩索出現異狀。

「啊！」我尖叫出聲。

莊哥背包的左側肩帶斷了，幾十公斤的重擔，只剩下右側肩帶勉強支撐。他整個人歪向一邊，猛力挺高右肩，深怕塞滿裝備和打火工具的背包從高空跌落，摔個粉身碎骨。

整個人重心偏右，使莊哥開始不斷旋轉，猶如一只瘋狂的陀螺，他不能放棄背包，更不能鬆開右手，畢竟能否開闢臨時停機坪，讓直升機順利降落，完全仰賴他手中的那把鏈鋸。

冷顫沿著我的脊椎向上竄，我為莊哥擔心不已，也為陸姊感到憂心。在眾人的矚目與殷切企盼下，莊哥縮小為一個搖搖晃晃的小黑點，垂降至地表後，他邁開有如醉漢般蹣跚的第一步，隨即彎腰狂吐。

「真淒慘，轉成這樣，不吐也難。」老劉嘆氣。

莊哥停止嘔吐，一屁股跌坐在地上，身形虛弱大口喘氣。

「莊哥……」我忍不住紅了眼眶。

然而莊哥不愧是莊哥，很快地他再度起身，並高舉鏈鋸，揮汗開出一處臨時停機坪。

「準備要降落了。」機工長提醒大家。

黑鷹直升機在擺盪間垂直向下，猛然甩出一個驚人的大滑角後，安穩地停妥於林地間。待我回過神來，楊向陽已率先扛著物資跳出機艙，同時朝我伸出友善的雙手。

我在隊友協助下來到草地，老劉看我大包小包，訕笑道：「裝那麼一大包，是要去露營喔？我一支草刀就砍天下了啦。」

見他輕鬆自若的態度，讓我的情緒也跟著穩定許多。頭目寄養在蔡約翰家，莊哥、老劉、楊向陽和宋子平又都是經驗豐富的可靠前輩，我準備好了，沒有什麼不放心的。

時間接近下午四點，小隊步行了一段路，抵達位於面東山坡上的前進指揮所。位於前端的「前進指揮所」，是後端「救災指揮中心」運籌帷幄的來源依據。此際，空地上搭起幾頂帳子，帳中放置看起來相當專業的儀器設備，組成一個迷你的微氣象站。

楊向陽告訴我，瞇著眼睛緊盯筆電的那位先生是林火研究的專業人員宋博士，他將會每隔兩小時反覆進行火焰監測和定位，具體掌握風速、風向和溫濕度，並結合微氣象觀測和地理定位資訊，輸入成為林火應變資訊系統，架構起現場的火場標示和人員配置。

空氣中瀰漫樹木油脂的焦味，陰魂不散地黏著我的鼻腔，指揮所裡人員來來去去，根據目測，我猜這場火災動員了將近百名巡山員、消防員、義消和空勤隊員，可見規模之龐大。

新訓期間的記憶猶在，印象中，森林大火分為三類，一種是「樹冠火」，例如雷擊致鬱閉冠層起火燃燒，以台灣而言，樹冠火的比例較小。第二種是「地表火」，火勢燃燒於樹下地表，以枯枝落葉為燃煤，過去曾有登山客焚燒衛生紙，不小心滾落山坡起火，以及原住民打獵生火，卻沒有確認火星完全撲滅，衍生出森林火災的案例。至於第三種「地下火」，則為腐質層悶燒的狀態。

無論是樹冠火、地表火還是地下火，都沒有一定的先後順序，我們能做的就是把林火鐵三角「氧氣、溫度、燃料」其中一個要件拔除，讓火燒不起來。

電腦螢幕前方，宋博士和莊哥交頭接耳，商量我們這一隊的任務。

「狀況很糟，那一帶有很多富含油脂的二葉松。」

「……二葉松常被拿來製作火柴，還能當作火種。」

「嗯，目前已延燒了將近一百公頃，測量溫度，火焰八四七，灰燼七三六。」

「沿著東向開防火線，長一千米，寬一米。如何？」

「可以。」

莊哥將我們集結起來，我們五人圍成一個圈，莊哥就是圓圈的中心點。

「人員安全為第一考量要素。」他以中氣十足的音量喊話：「愈是緊急危險的現場，愈是要穩住情緒。我們一定能完成任務，我會把隊伍中的每個人都帶回家！」

「是！」

於是，我們啟程追火。

火在哪裡燒，我們就往哪裡去。奮不顧身猶如趨光的飛蛾。

我踩著步步下陷的足跡，忍著因搭乘直升機而觸發的耳鳴，咬緊牙關持續前進，猛烈起伏的胸膛幾乎關不住狂亂的心跳，同時納悶著不知道火場實際上是什麼樣子？

疑惑馬上得到了解答，當我聽見莊哥吆喝「到了！」的剎那，卻只能怔怔地凝望前方，身體僵硬有如石化。

是典型的地表火，二葉松、冷杉、鐵杉、紅檜和台灣雲杉的根部彷如鋪了一張火舌組成的紅毯，邀請死亡大駕光臨。森林被燒出一條火龍，紅色火光張牙舞爪，大搖大擺還拖著尾巴，一口口鯨吞蠶食，一步步侵門踏戶，留下代表死亡、頹圮和衰敗的灰燼和煙硝。

這些樹，我所摯愛的樹，全部身陷火海，我卻束手無策，只能眼睜睜地目睹它們付之一炬。焦化的樹皮和葉片隨風飄零，猶如撒落的冥紙，整座山頭已然成為森林的靈堂。

眼前的景象太過震撼，有如人間煉獄，我呆立原地，淚腺幾乎失守，儘管不是我的皮肉，我卻深切地感受到蝕骨疼痛。

「小儀，用砍刀。」楊向陽大喊著喚回我的注意力。

「知道了。」我試著移動，赫然發現自己雙腿發軟，那是源自靈魂深處的恐懼，是渺小人類面對燎原野火的本能反應。

「ＯＫ嗎？」他關切地問。

「我可以。」我咬牙回答。

莊哥左顧右盼，觀察地形後找出了最佳的撤退路線，接著以手勢外加呼喊向我們下達指令：「從這裡為起點，往左右開闢防火線。」

我們一字排開，與彼此間隔二十公尺的距離，像一群辛勤收割的農夫，在緘默中使勁揮舞手中刀鋸，屏棄所有雜念，純然專注於眼前的工作。

響亮的鏈鋸馬達聲充斥於森林內，灌木倒下，一株株草莖與爬藤被連根拔起，所有的植被草木等可燃物質被集中堆放在稍微遠的位置，韶光在我們忙碌的指間分秒流逝，地上也開出一條黃褐色的砂土帶。

我走向一塊枯枝落葉熊熊燃燒的地被，以滅火把將火焰徹底拍熄，我的左邊不遠處，宋子平抓著一大把乾燥樹枝，也正一點一滴撲滅零星散佈的地表火。

「要是能引火回燒，會更有效率，快點結束這場大火。」我停下來喝水，對楊向陽偷偷說道。

「這年頭已經沒人敢那麼做了，怕輿論攻擊，說林務局自己在放火燒山。」他回答。

「小心，樹要倒了。」莊哥手裡的鏈鋸對準一棵二葉松，他評估著樹幹倒下的方向，並大喊著高聲示警：「子平，注意！」

「媽的！你在恍神喔？」老劉不知從何處跳出來，一把抓住宋子平外套往旁邊扯，剛好和傾倒的樹幹錯身而過。

「子平你在搞什麼？睜大眼睛，打開耳朵！」莊哥的怒吼從遠處傳來。

「對不起。」宋子平咕噥。

「兄弟，專心一點。」楊向陽也說。

在生命安全遭受威脅的時刻，必須嚴肅以對，一不小心就是燒傷、燙傷或嗆傷，祝融可沒有幽默感，不會和你鬧著玩。我再度動作起來。

快一點！再快一點！身處火場就是要搶時間，一切民生所需就地解決。

肚子餓了，就拿出背包裡的乾糧，兩三口塞進嘴裡止飢；口渴了，快速抿一口水，水壺空了就摘取可食植物的根莖咀嚼。我們沒有閒功夫返回指揮所拿補給品，相較於拯救一座山，個人的挨餓受凍，都是微不足道的小意思。

夜幕降臨於無人知曉之際，我猛一抬頭，才意識到早就過了晚餐的時間。

只見蜿蜒林火在黑暗的映襯下，好似一條閃閃發亮的橘紅火蛇，它嘶嘶吐信，周圍則全是鬼影幢幢，讓人看了怵目驚心。

我們繼續滅火直到入夜，白天打火的好處是視線清晰，缺點則是日曬助長了火勢，火場溫度過高難以靠近。夜晚則因為山區溫度下降，林火也會受到抑制，剛好可以趁勝追擊，只不過在光照不均勻的環境下，我們常常必須暫時關閉頭燈，才看得清楚哪邊還有悶燒的火苗待處理。

一直以為打火事業是耐著高溫工作，白天身穿防火重裝面對難以招架的襖熱，自然是汗如雨下，沒想到入夜竟異常寒冷。火的中心點大約是攝氏一千兩百度，野火肆虐過的地表也保持著七八百度的高溫。然而，我們在兩百公尺外的紮營點還是冷得要死。

儘管如此，也不可能貼著火場睡覺，除了有可能被燒到以外，歷劫後的火場因缺乏抓住土石的樹根，地質很容易鬆動，聽說以前有位同事不幸被落石砸中，他伸出手去擋，結果手腕當場被打斷，只好緊急送往醫院。

搭好藍白帆布的營帳後，我們穿著防火裝依偎著彼此發抖，沒辦法，為了攜帶打火工具，加上不確定補給是否充裕，每個人都得依規定揹上三天的乾糧和飲用水，只好捨棄能增加舒適度和保暖度的睡袋。

濃煙依舊繚繞於林木間，在每一棵樹幹後、每一個轉角處探頭，經過幾近一整天的連續勞動，我渾身酸痛不堪，尤其雙臂肌肉更是虛脫無力，好似和人狠狠比劃了一場擂台賽，而且下場不怎麼好。

然身體帶來的疼痛，還是比不過內心層面的酸楚。我默默啃著餅乾，累到不想講話。

「唉，」宋子平長嘆一聲，愁眉苦臉地道：「我吃不飽。」

「要不要請空勤隊吊個麥當勞上來？」老劉面色不善地瞪眼，「年輕人，很會抱怨耶。」

這時，楊向陽以手肘輕輕推我，「怎麼了？那麼安靜。」

「沒什麼，只是為森林感到難過。」我垂下眼睫。

「不用太傷心，森林火是自然演替的必經過程。」他說。

「喔？」

「簡單來說，幾十年前，政府為了綠化裸露地，就種了大面積的松樹純林。為什麼選擇松樹呢？因為松樹長得最快，很容易看到成績。問題是，針葉樹的油脂比闊葉樹豐富，是很容易燃燒的媒材，所以單一林相的造林政策大大提高了森林火的機率。如果可以藉由一場森林大火，讓闊葉樹的種子進來，適當撫育單純林，增加林相的豐富性並且提高生物的多樣性，不是可以讓森林更健全嗎？」

「這樣說，好像也滿有道理。」

我把最後一片餅乾扔進嘴裡，配著兩口水吞嚥下去，想了想又道：「可是，山那麼大，我們人那麼小，滅火的速度永遠趕不上燃燒的速度，到底要怎樣才能撲滅森林大火呢？」

楊向陽與莊哥互看一眼。

莊哥嘆道：「還是得靠老天爺才行哪！要是現在來一場雨，問題就解決了，這是大自然的定律。」

他也特別提醒大家，夜裡上廁所要記得抓著樹頭，以免不小心滑下山坡。

草草結束晚餐，我們沒有換裝便睡下了，以免半夜需要臨時起身行動。雖然心神不寧，雖然身穿厚重的裝備極不舒服，我還是難敵過度疲憊，幾乎是馬上，我躺平後即刻沉入模糊的意識底端，再也爬不起來。

夜裡我好幾次醒來又昏沉睡去，我依稀記得，半夜有人高喊「火來了、火來了」，我在恍惚中被隊友們挖起來，大家一起把背包丟在帆布上，再合力將藍白帆布拖到一百五十公尺之遠，接著繼續倒頭睡覺。

這場火似乎永無止息，第二天、第三天也是差不多的境況。

我們從一千六百公尺的高度爬升至海拔兩千公尺高，在神經緊繃的高壓環境下苦苦拍火、覆土和挖溝阻絕火勢，過著白天追火、晚上被火追的生活，沿途有些地形甚至得架設繩索攀登，才有辦法順利抵達。

夜裡看似火勢縮小，白天卻又冒出大大小小向上高竄的白煙。舉目所及皆是焦土，焚燒的氣味如影隨形，舊的散了、新的又來，彷彿永遠也沒有嗅覺疲乏的一刻。

到了第四天，臨時指揮所傳來好消息，空中消防隊的直升機出動了，他們將會吊掛水袋，上山灑水灌救！

從未受過登山訓練的普通消防員，是不負責森林大火的。而空消隊拖了好幾天才來，主要原因是灰煙衝天，瀰漫的霧瘴降低了能見度。

直升機若飛得太高，灌灑而下的水會過於分散，像蓮蓬頭的水霧一樣起不了作用。若想要飛低一些，視野範圍內又密布阻礙，致飛行員看不清楚火點。不包含機組人員，直升機出勤一趟的油耗、折舊、零件耗損成本是四十萬元起跳，當然希望物盡其用，假使灑錯地方可就徒勞了。

清晨時直升機來了六架次，每台載五公噸湖水灌救，卻因為投水距離過遠，使半空灑下的水瀑在接觸高溫的剎那頓從液態轉為氣態，變成了水蒸氣和霧狀毛毛雨的混合體，再經過層層樹冠與枝葉，到達地面時水幾乎是用滴的，非常令人失望。

隨後，空消隊將直升機提高至九架次，不斷往返於日月潭和玉山之間，總算對降溫起了一定程度的幫助。原本野火肆虐過的地表保持上百度的高溫，普通膠鞋鞋底一經接觸立刻融化變形，人根本不可能走上去，但是灑水降溫後就輕鬆多了。

空消隊持續作業，同時地面部隊在山頭砍出圓形的防火線，圍困住起火點的延燒面積，阻止大火越過稜線、波及隔壁的山，火勢終於慢慢被控制住。
「開始清理地底火吧。」莊哥下令。
中空悶燒的樹幹像是一根根煙囪，我們把樹放倒，將悶燒的部分移到火堆內讓它燒完，再刮除樹幹上的燒焦木炭，最後覆蓋泥土使之冷卻，或用噴水筒唧水澆灌，一次處理一棵，按部就班收拾最後的殘火。
像工廠生產線一樣，不停重複一模一樣的動作，很容易對時光流轉失去概念。這個上午漫長得彷彿度日如年，卻也短暫得似是曇花一現。
偶爾我在人群中搜索楊向陽的身影，唯見一群渾身髒兮兮的狼狽巡山員，只能憑藉熟悉的動作和姿勢，勉強辨認出我喜歡的男人。
「大家先休息一下，臨時指揮所說，會用空拍機巡視一遍，看看哪邊還有火。」莊哥把手圍成喇叭狀吶喊。
我鬆了一大口氣，抽出背包側邊的水壺，連續灌下好幾口水。說真的，現在只要給我一張床，不需要洗澡，我馬上可以表演三秒入睡。
然而火場的情況總是瞬息萬變。
突然間狂風大作，風向的變化令人猝不及防，灼熱氣流撲面而來，猶如猛然拉開桑拿房門。霎時間火苗亂竄，赤色烈燄在氧氣的助威下迅速掠過倒樹，隨即躍過防火線，形成了新的團火，火勢再度蔓延而開。

「糟糕！跳火了。」莊哥臉色一沉，拿起哨子猛吹，邊用力揮手，想把走遠的隊員們喊回來，「撤！快撤！」

所有人一哄而散，有的往上衝，有的向下跑，莊哥留在原地，正以無線電回報臨時指揮所。

一團混亂之間，我的直覺是先找到楊向陽，可當我轉過身去，我愛的男人卻不見蹤影。

30.

「向陽？」我的聲音在風中變得破碎。

失去他的恐懼攫住了我的呼吸，點滴擠壓著我，比濃煙充塞肺部更加難受。

不遠處爆發巨響，火焰轟的一聲捲到四層樓高，成為劃破天際線的一道割痕。野火迅速擴大，彷彿在和風勢競速，熊熊火光倒映在莊哥的瞳仁內，猶如一朵鮮血淋漓的花。

「向陽不見了！我要去找他！」我對莊哥咆哮。

「妳不行，我有責任把你們帶回去。」莊哥的手指像鐵塊一樣，緊箍住我的領口，一字一句咬牙切齒地說：「我的命令是『撤、退』。」

「莊哥，老劉也不見了。」宋子平上氣不接下氣地朝我們跑來。

「子平，你把小儀帶回指揮所，我親自去找！」莊哥那雙深沉的眼睛在我們臉上來回掃視。

「可是……」

「廢話少說！」

我們相互瞪視，猶如一場目光的角力。

就在這僵持不下的時刻，一頭詭異的生物從林後竄出，朝我們狂奔而來。

牠渾身披著灰黑色的捲毛，大小近似山羌，長相卻更接近狼。莊哥高高舉起砍刀，擺出保護者的姿態，把我和宋子平擋在身後。

「汪汪汪！」那頭生物邊跑邊搖尾巴。

我攔下莊哥的手臂，頭目的吠叫，我絕對不可能聽錯。

「頭目！」我蹲下來，張開雙臂迎接牠。

灰頭土臉的高砂犬衝進我懷裡，猛舔我的臉。牠的毛髮被燒得蜷曲，腳掌趾甲斷裂，皮開肉綻的腳底滲出鮮血。真是難以置信，火場離蔡約翰家起碼有十幾公里遠，頭目一定是不眠不休地跑了好幾天，牠果然是父親派給我的天使。

「無論妳在哪裡，牠一定會找到妳，對吧？」莊哥引用我告訴陸姊的話。

「頭目，帶我去找楊向陽！」我拍拍牠的腦袋。

頭目一躍而起，面露專注神情，仔細嗅聞空氣，隨後牠吠了一聲，偏頭就往南側跑去。

我、莊哥和宋子平緊跟著牠，拔足於林間衝刺，身後才是安全的撤退路線，我彷彿看見當年的父親，在保全性命和捨己為人之間陷入兩難。

在這生死交關的瞬間，面對相同的處境，我卻選擇聽從內心羅盤的指引，我果然是父親的女兒。

樹林沐浴在金紅色的烈火中，宛如裹著一層神聖的光暈，樹影以張狂的姿態顫抖、搖曳、萎縮、癱倒，以殉身進行大自然的生命演替。

「向陽！」我的面容扭曲，喉頭迸發原始而赤裸的尖叫。

我矮身閃過樹幹，被銳利的枝椏劃破了臉頰，停頓半秒後又重新加速。

這是一個考驗嗎？我會和父親一樣，讓母親失望嗎？

「我懂了，我明白你的意思了，是我錯，我不該不尊重你！」我在心中高聲吶喊：「山神，求求你把楊向陽還給我！我會學習謙卑……」

舉目所及煙霧翻騰扭動，令人瞇眼流淚、咳嗽不停，我吸入燒焦的氣味，胸口疼痛得像是快要窒息。

接著，樹林彼端出現兩道朦朧人影。

「汪汪汪！」頭目像一頭小馬一樣興奮地抬起了腿，回頭凝望時眼底閃爍得意光芒。

「向陽？老劉？」莊哥大步衝向他們。

楊向陽手忙腳亂地試著把地上的老劉扶起來，可是，厚重的服裝和背包綁手綁腳，不停地干預、拉扯阻撓他。

「他怎麼了？」我就地蹲下。

「我也不清楚，好像崩潰了。」楊向陽嘶啞著嗓子道。

老劉整個人僵住了，既是昏迷也是醒著，他屈膝環抱自己，神情茫然雙眼空洞，喊他也沒有回應，意識彷彿退至心靈最深處的角落，只剩下一具空殼。

「會不會是創傷壓力症候群發作？」我問。

頭目擠上前來，牠愉快地搖搖尾巴，前腳搭上老劉的手肘，溫熱粉紅的小舌頭舔了舔老劉被燻黑的臉。

老劉恍然回神，像孩子一樣哭了起來：「我沒辦法走路……」

「沒關係，我們會幫你。」宋子平單膝跪地，手掌蓋住老劉的膝頭，語氣誠摯地說：「兄弟，堅持下去。」

莊哥和宋子平交換眼色，兩人在協力下各拽起老劉的一隻胳膊。

「我們走！」莊哥低吼一聲，把老劉抬離地面，他們三人彷彿成為連體嬰。

咿呀——

不祥的斷裂聲成為索命的預告，接下來的一切都發生在眨眼之間。

「砰！」一根樹幹應聲倒地，造成轟然巨響，壓垮了站在正下方、閃避不及的高砂人。

我瞪大眼睛，那團灰黑色的毛球不見了，頭目原本站立的位置空蕩蕩的，牠昂然挺立的身影、咧嘴開懷的傻笑和規律晃動的尾巴，剎那間只剩下殘影……

「頭目！」我聽見自己發出撕心裂肺的哭喊。

我全身癱軟跪倒在地，呆呆地看著莊哥、宋子平和楊向陽用盡力氣搬開樹幹，把頭目從樹下拖出來。宋子平朝莊哥搖了搖頭，一個動作訴盡千言萬語。

我急得哽咽：「叫救護車，送牠去獸醫院，我朋友是很厲害的獸醫！快點啊！」

「小儀，頭目沒氣了。」宋子平無奈地說。

「小儀，我需要妳站起來。」楊向陽來到我身邊，捧著我滿是淚痕和鼻涕的臉，把一字一句銘刻進我心底：「想想愛妳的人，別辜負了頭目。」

他說「愛」那個字的語氣，凝視我的那種方式，感覺就像在表露心意。於是我從地上爬起，先一隻腳，再一隻腳，撐起自己與登山背包的全部重量。

我想要活下去。

我想要我們全部的人都活下去。

我想要打電話給我媽。

「來。」楊向陽把頭目扛在左肩上，用他的右手牽住我。

我也握緊了他，吸吸鼻子，止住眼淚。我們五個，楊向陽、我，以及攙扶著老劉的莊哥和宋子平，跌跌撞撞地奔向新鮮空氣，火光在我們身上映現出渴望生存的斑斕瑩彩。

幾小時後，一場突如其來的滂沱大雨，終結了這場森林大火。

我們回到前進指揮所，縈繞山頭的霧靄散去，天空密布的烏雲也破了一個小洞，雲隙間露出一束耶穌光。山谷的那一端，則是雨過天青後的一道彩虹。

宋博士說，我們能逃出火場實在僥倖，也相當不可思議。他說我們當時被三面火團包圍，只要不小心猜錯方向，就不可能活著看見太陽。我也不清楚為什麼我們會選對邊，也許是因為那棵倒樹，也許是頭目的緣故，又也許冥冥中自有定數。

人是否非得在一無所有的時刻，才會低下頭看看自己所擁有？才會注意到那些真正重要的事？

眼前的景色是如此壯闊，而我還活著，我和我的本質，能用眼睛看、用耳朵聽、用鼻子聞、用心去感受，已經比很多渾渾噩噩過日子的人更幸福。

我決定把頭目的屍首埋在跳舞七里香原本的位置，我知道牠會喜歡，正如同我知道，山神還有我父親會好好照顧頭目一樣。

31.

回到闊別已久的北部，總有幾分近鄉情怯的悵然。

今天是七月三十一日，也是「世界巡護員日」，莊哥點名楊向陽和我請公假北上，一同出席林務局一年一度舉辦的「森林護管員論壇」活動。

加入巡山員行列即將期滿一年，回首當初，我帶著一顆空洞的心，以近乎逃難的方式離開桃園、前往南投。兩百公里的路程，每一里路都遺留滿地心碎。

這段期間以來，我歷經了虎頭蜂螫傷、樹苗滅種、國有地侵占、山難救援和森林大火等事件，屢次死裡逃生，拋開矜持學習，終於為自己正名：我是葉綠儀，葉茂山的獨生女。

也多虧水里工作站的同事們，亦師亦友的莊哥、待我親如家人的陸姊，還有安大哥、老劉、宋子平以及楊向陽。從他們每個人身上，我都看到自己家庭的一部分縮影。

尤其，前輩們給予的嚴格要求和紮實訓練，在看穿表象後，會發現其實是經過包裝的指引和關心，讓我不再腳步虛浮、思慮欠周。

那是一份必須經過長時間打磨，才能看清本質的生命餽贈。我的心被他們填滿了，現在，我可以很驕傲地說，葉綠儀沒有辜負自己和他人的期望，相信父親也會以她為榮。

這次，我不是離開，而是回來。一樣橫跨多個縣市，行經高低起伏的地貌，穿越公路、橋梁、城鎮和鄉間，心情卻截然不同。我把自己過往的碎片撿拾起來，只差最後一塊，拼圖便得以圓滿。

再說，我是搭楊向楊的車，不是自己騎車。

楊向陽總在我飄搖不定時擔任我的錨，無論哪段旅途，只要有他領路，我便不再需要故作堅強，死盯著遠方目標。終於可以鬆口氣，享受沿途風景，在宛如跑馬燈的玻璃窗上，捕捉人生的每一個幸福片刻，拼貼在腦海裡。

「到了。」楊向陽停好車。

下車時我把制服拉好，調勻了呼吸，掩飾自己的手足無措。很多年之前，父親曾多次來到這裡，接受「優秀護管員」頒獎，有機會和父親站在同一個座標上，即使時空交錯，我也備感榮幸。

隨後，經由林務局工作人員的指引，楊向陽與我並肩步入會場。

眼前的景象讓我深受撼動，這是一間大型階梯式演講廳，類似國家劇院的座椅，被張貼上新竹、花蓮、宜蘭、台中、嘉義、屏東和台東等分站的名牌。全省各工作站都派員出席，現場人聲鼎沸，來自四面八方的巡山員齊聚一堂，放眼望去全是穿著淺綠色夏季制服的人們，不是一個、兩個，而是一整群，像是映入滿眼的浩瀚森林。

強烈的歸屬感襲上心頭，我也是屬於這片森林裡的，一棵樹。

楊向陽和其他同事打招呼，為我介紹每個他認識的人。大家都對我很好，誇我「虎父無犬女」，還開玩笑叮嚀楊向陽要多多愛護「站花」。奇怪的是，我也跟著他們一起笑，心中毫無芥蒂，再也不會因為身為女性而感到自卑自憐。

找到座位坐下後，活動馬上開始進行，林務局局長、農委會主委、移民署署長和調查局代表等嘉賓依序上台致詞。我的內心始終有股澎湃洶湧的感受，聽著他們分享各種守護山林的政策和計畫，那股豐沛的激動更是讓我渾身顫慄，尤其在頒發獎項時攀向高峰。

「接下來，我們有請以下唱名到的同仁們上台，領取『優秀護管員』獎項。」主持人宣布。

安大哥的身影出現在舞台邊緣，他的腿還打著石膏，身上遍布傷疤，微笑卻閃現驕傲。只見他以烏龜般的慢動作，一拐一拐的走向舞台正中央，沒有人怪他耽擱了時程，他的現身，只是更延長了台下的歡呼和掌聲。

「安大哥！」我興奮地猛揮手，他則笑著對我們點點頭。

是在當了巡山員以後，我才見識到山有多大、樹又能有多大。儘管像安大哥一樣，身上不斷出現新的傷痕，然後結痂，然後又是新傷痕，週而復始如同人生。但是，傷口總會癒合，我依然熱愛巡山。

台上的嘉賓說，要向森林的守護者致敬，感謝這群人讓福爾摩沙寶貴的森林資源生生不息。我覺得他們真是說對了，我們曾經離死亡那麼近，卻又同時領受到源源不絕的生命力，這就是山，讓人體悟到生命的渺小與偉大，珍稀與平凡，永恆與剎那。

我想謝謝每個人，也謝謝我自己。

活動結束之後，楊向陽問我：「還有一點時間，妳想不想回桃園？」

沒有猶豫，我深吸一口氣，從背包中挖出手機，按下「家」的速撥鍵，最後一塊拼圖即將歸位。

有人接起了話筒。

「喂，媽？」

後記　每個人，都能以自己的方式愛護台灣

後來再回頭看，一切，就像冥冥之中安排好的；簡而言之，命運使然。一直都很喜歡山。童年時期住在半山腰上，屋前有一方小小的庭院，由於公寓坪數不大，家家戶戶都將院子剷平，或改建為車庫、或將客廳往外推。唯獨我那鍾情於蒔花弄草的老媽，誓死維護那三坪大的庭院，誰若想在她的地盤動土，她就和誰翻臉。然而，也正是那片映入眼簾的綠意，日間陪我於窗邊讀書，夜裡則以風吹樹梢的沙沙聲和搖曳樹影伴我入眠，更在我和弟弟心中埋下喜愛親近大自然的種子。

小時候常和弟弟在院子裡玩耍，我也曾趁著媽媽不注意，偷偷把兔子放進去吃草，沒想到兔子品味獨特，把媽媽種的花啃得亂七八糟。弟弟則是發揮創意，在院子裡用魚缸養泥鰍，自然又是一場悲劇。說到庭院裡的故事，還有媽媽種的絲瓜，無論她如何逼迫弟弟以童子尿灌溉，永遠只長肥碩的葉子，一條絲瓜也不結，在沒有網路、資訊不易取得的年代，最後她只能怪罪肥料不對。

若干年後，我和弟弟陸續離家念大學，畢業後在社會上庸庸碌碌地轉了幾圈。說來奇怪，拿到森林系學位的弟弟沒有馬上投入林業工作，而是幾年後才聽從朋友的建議，到台大實驗林擔任巡山員；於此同時，我也開始動筆寫作。弟弟休假返家，透過他的轉述，我初步認識了「森林護管員」這個職業，剛好他當巡山員、我從事創作，生活在某個層面上有了重疊，讓我萌生寫巡山員職人小說的念頭，任何一方快一點或慢一些，這個公式可能就不成立了。

猶記得弟弟為了趕一大早的面試，前一天從桃園家中騎機車至南投，身穿襯衫、長褲的面試服裝，連民宿也沒訂，就直接在公園的長椅上躺平，湊合睡了一晚。我聽說之後大為驚異，還取笑他是流浪漢，沒想到，後來與其他巡山員朋友們聊天時才發現，在森林人的觀念裡，以天空為被、以大地為床，根本只是平凡的日常。相較於居住在水泥森林裡的我，只是獨立筒床墊的彈簧老舊了，便能讓我輾轉反側，根本是養尊處優的「豌豆公主」啊。

決定以「森林護管員」為寫作題材後，我先纏著弟弟問問題，礙於親情壓力，他不得不應付我成千上萬的提問。基本功課進行到一定程度後，我又找上我交往二十年的好朋友，他在林務局服務多年，過去，我不曾認真探究他的工作內容，畢竟隔行如隔山。沒想到好朋友的專業知識背景幫上大忙，成為《山神》這本書的重要推手，不僅幫我引薦、約訪負責巡山員的業務窗口，在我的寫作過程中有問必答，完稿後還協助我校稿。只能說，他真的交到壞朋友。

一路以來，我受到很多幫助，心中除了感謝仍是感謝。先是林務局劉科長和阿雅，於訪談中給我上了紮實的一課，並且在聽聞我想去南投踏查時，立刻聯繫水里工作站同仁協助。至此，全部的線索便兜攏在一起，化身為清晰的指標。二〇一九年八月，我揹著行囊從新北市出發，我無法像書中主角葉綠儀颯爽地騎乘野狼，只能乖乖搭乘公車、捷運、高鐵、火車再轉集集線，陸續更換了五種交通工具，風塵僕僕來到南投水里，生平第一次，踏上這塊位於中台灣的美麗淨土。

水里工作站是個富有人情味的地方，謝主任待我相當親切，安排的主要受訪者田哥和志哥都是經驗老到的巡護員，不僅知無不言、言無不盡，還有滿肚子的故事，訪談中一度讓我笑到肚子痛，也一度令我酸了鼻頭，他們都是真英雄。隔日，應謝主任的熱情邀約，我厚著臉皮前往海拔更高的人倫分站，聽照哥分享打火經歷、吃武哥燒的菜，還讓志哥和阿輝陪我淋雨巡苗圃，學到更多東西，還蹭了一頓飯。武哥是個非常可愛的大哥，在深山裡，他擁有絕佳的判途能力，然而一旦到了平地，他卻會在捷運站迷路，因此成為笑談。

田野調查的那幾天，顛覆了我的世界觀，我發現巡山員過的，是另外一種生活方式，見山又是山，彷彿看透生命的本質，讓我心生嚮往。在撰寫《山神》一書時，我曾多次因他們的際遇而動容落淚，並且下定決心，要讓這個世界看見這群人的付出。

感謝責任編輯黃深對我的信任，於最初支持我選擇如此小眾的題目，並為增添故事性提供許多點子和建議，小說完成後，也陪著我構思效益的最大化。感謝出版編輯芳如、企劃凱瑛，以及其他鏡文學的夥伴們，尤其毓瑜和劉璞，親力親為陪同至林務局開會，討論各種合作的可行性，也感謝林務局方面的鼎力支持。

四月，在《山神》進入實體書排版階段，又榮獲國家文化藝術基金會二〇二〇年第一期常態補助，這無疑是加倍的肯定，也讓我更為深信，每一個人，都能以自己的方式愛護台灣這個島嶼。

何其有幸，我們攜手往正確的方向邁進。

海德薇，二〇二〇年四月二十日

注：因應劇情需要，本書故事有將小狗帶至山區的情節安排。然山區並不建議帶寵物，避免干擾生態。特此加注說明。

鏡小說 035

山神

作　　者：海德薇
責任編輯：黃深、林芳如
責任企劃：劉凱瑛
裝幀設計：Ancy PI
主　　編：劉璞
副總編輯：林毓瑜
總 編 輯：董成瑜
發 行 人：裴偉

出　　版：鏡文學股份有限公司
114066 台北市內湖區堤頂大道一段 365 號 7 樓
電　　話：02-6633-3500
傳　　真：02-6633-3544
讀者服務信箱：MF.Publication@mirrorfiction.com

總 經 銷：大和書報圖書股份有限公司
242 新北市新莊區五工五路 2 號
電　　話：02-8990-2588
傳　　真：02-2299-7900

內頁排版：宸遠彩藝
印　　刷：漾格科技股份有限公司
出版日期：2020 年 7 月 初版一刷
2024 年 3 月 初版十刷
I S B N：978-986-98868-2-6
定　　價：360 元
本作品部分內容由財團法人國家文化藝術基金會贊助創作

國家圖書館出版品預行編目 (CIP) 資料

山神 / 海德薇著. -- 初版. -- 臺北市 : 鏡文學, 2020.07
面 ; 14.8×21 公分 . -- (鏡小說 ; 35)
ISBN 978-986-98868-2-6(平裝)

863.57　　109005879